異端の匣《はこ》

ミステリー・ホラー・ファンタジー論集

川村 湊

インパクト出版会

Ⅵ 庶民の冒険 311

I

紙の中の殺人

黒い白鳥の歌
——中井英夫論Ⅰ

1

中井英夫という人物は、私には三人、あるいは四人分の〝人格〟を持っているように思われた。一人は小説家の中井英夫で、彼は〝塔晶夫〟という別名による傑作『虚無への供物』の作者だった。もう一人は、『黒衣《くろご》の短歌史』の著者の中井英夫で、中城ふみ子や塚本邦雄、寺山修司などの新人歌人を発掘した短歌雑誌の名うての編集者だった。そして、もう一人は、『黒鳥の旅もしくは幻想庭園』『ケンタウロスの嘆き』『地下を旅して』というエッセイ集でうかがわれるような、上質で、気品のある散文家、エッセイスト、あるいは気難しく、かつ快楽的な文芸批評家としての中井英夫である。

最初の頃、それは『黒衣の短歌史』を読んだ頃のことだと思うが、中井英夫がこんなふうに二重、三重の輪郭を持った文章家であるということを知らずに、きわめて鑑識眼の高い文芸ものの編集者だと思っていた。それから『虚無への供物』を読み、書評新聞や文芸雑誌などで、あるいは異端文学と呼ばれた作家たちの文庫や全集本の解説といった批評的散文を、よく見かけることになるという順序だったと思うが、そうした小説家、批評家、編集者としての中井英夫の〝裏側〟に、「人外《にんがい》」の人として、〝もう一人〟の中井英夫がいると思い始めたのは、そう昔のことではなかったのである。

「人外」という言葉は、中井英夫自身がよく使っている。たとえば「人形への惧《おそ》れ」という文章の中で「人外というと人倫に外れた人でなし、人非人、あるいは人交りのならぬ下賤な輩《やから》と解されそうだが、この言葉にはもう少し自分で自分の優しさ悔しさを身に沁みて知っているニュアンスがあり、誤って地上に生を承《う》けた思いの強いひとほど共感する言葉であろう」と書き、江戸川乱歩の小説『影男』の中の登場人物のセリフ、「ほっといてくれ。おれは人外なんだ。人外とは人間でないということだ。お前さんにゃ分かるまい」を引いている。「何かしら惨憺たる哀調をおび」たその声は、続けて叫ぶ。「そこいらのみんな、聞いてくれ。人外というものを知っているか。ここにいるおれがその人外だ。人間の形をして人間でない化けもののことだ」と。

江戸川乱歩の小説の人物は、自己否定の感情が強いが、中井英夫の場合は、その文章の後段、すなわち「誤って地上に生を承《う》けた思いの強いひと」というところに、その「人外」という言葉にかけた〝思いの強さ〟があらわれていると思う。そしてこれは、エッセイ集『黒鳥の旅もしくは幻想庭園』で一種のシンボル・イメージとなっている「黒鳥」ともつながっているものなのかもしれない。

もとより、「黒鳥」は鴉《からす》や鵲《かささぎ》のような、単に羽根の色の黒い鳥類ということではない。それは〝黒い白鳥〟という、その定義自体にもともと矛盾を孕むような〝鳥類外の鳥（鳥外？）〟なのである（もっとも、これは私の勝手な定義であって、中井英夫の文章では、正しく「黒鳥。ガンカモ科。ラテン名はケノーピス・アートラータ（アルファベット表記略）〝黒変した鵞鳥の類〟」と説明されている）。しかし、人間ではない人間としての「人外《にんがい》」や、鳥や動物の「人形」といった本来矛盾した言葉と同様に、形容矛盾の語として〝黒い白鳥〟という言葉を使ってみたいのだ。中井英夫が自らの存在と重ねて語った〝黒い白鳥〟としての黒鳥は、白鳥として生まれるべきだったのに（みにくいアヒルの子のように）、たまたま「誤って」、黒鳥として「地上に生を承けた」にすぎない存在だったのである。

それにしても、「黒鳥」に出会うためだけに、初めての海外旅行の目的地としてオーストラリア、そしてタスマニア島の旅を選んだというのは、いかにも中井英夫らしく、またそれが「人外」の人間の行動としてきわめてふさわしいものと感じられる。というのは、日本から見れば、オーストラリアは南半球の反対側の地であり、それは上と下、夏と冬とがさかさまであり、あべこべである一種の〝パラレル・ワールド〟であるからだ。地球の裏側で、いま自分が踏んでいる地球の向こう側で、逆さまに足の裏をつけている人間がいる。それが南半球に住む人間であり、オーストラリア大陸やニュージーランドの島々なのである。しかも、そこには南半球、またオセアニアの地域でしか見ることのできない奇妙な動物たちがいる。お腹に袋を持ち、その中に子供を入れて、大きな尾っぽと太い後足とをバネにして跳び回るカンガルー。小型のカンガルーのワラビー。ユーカリの葉しか食べないという、ぬいぐるみ人形のようなコアラ。そうした有袋類といわれる動物たちは、〝こちら側〟と〝向こう側〟とを分別する指標として中井英夫によって、取り上げられていると思わざるをえないのである。

安部公房の遺作である『カンガルー・ノート』の中に、こんな言葉がある。

「でも有袋類って、観察すればするほどみじめなんです。ご存じとは思いますけど、真獣類も有袋類も、鏡に映したみたいにそれぞれに対応する進化の枝をもっていますね。ネコとフクロネコ、ハイエナとタスマニア・デビル、オオカミとフクロオオカミ、クマとコアラ、ウサギとフクロウサギ……」

カンガルーやワラビーは、そうすると大型のリスか何かに対応するのかといいたくなるが、確かにこうした〝こちら側〟と〝向こう側〟との鏡に映した左右が逆の対称性が、北半球と南半球とには存在しているような気がしてくる。ハイエナは北半球の地上に〝誤って〟生を承けたタスマニア・デビルであり、また、タスマニア・デビルは南半球に〝誤って〟生まれついたハイエナなのである。そこは、人間のような姿をしているけれど、人間ではない〝化けもの〟の国、「人でなし」や「人外」たちの住む国なのだ。

中井英夫は、ひそかに自分が「人外」であることを自覚しており、それは自分はむしろ北半球に白鳥や真獣類として生まれるべきものではなく、南半球に黒鳥、あるいは有袋類として生まれるべきものだったのではないか、という思いが強くあったのではないか。そういえば、中井英夫が称揚する『黒死館殺人事件』の作者、小栗虫太郎の『人外魔境《じんがい》』の中には、有尾人とともに有袋人というのも出てきたのではなかっただろうか？（それは私が勝手に作りあげた幻影の「人外」の姿だったろうか？）いずれにしても、「人でなし」「人外」の世界は、中井英夫にとって、故郷のように懐かしくもあり、また魔境・秘境でもあるような世界にほかならなかったのだ。

2

しかし、「黒鳥」に変じた中井英夫のオーストラリアへの幻想の旅は、もう一つ、彼にとって「戦後」的なものから自分の身を切り離す旅でもあった。黒鳥をめぐるオーストラリア旅行記のまえがき的な文章の中で、彼はこういっている。

醜く戦後に生き残った、その思いにばかり苛まれていた当時の私にとって、檻の中にうなだれている黒鳥は、さながらもう一人の私にほかならなかった。それは、真黒い恥の固まりで、きれぎれな小さい啼き声は、こみあげる恥の記憶に堪えかねて洩らす呻きというより呪文に近い。どのような魔法の鞭が、こんな変身を可能にしたのだろう。いや、あれを見たそのときから、黒鳥と私とは、こともなく入れ替ったのかも知れない。

そうした「戦後に生き残った」という「恥の記憶」を埋めるために、自分の中の黒鳥を解き放すために、中井英夫はオーストラリアへと行ったのである。動物園を見てしまえばそれでよく、シドニーやメルボルンの市街や建物や、あるいは聖なる岩や砂漠や珊瑚礁などは、彼にとってどうでもよい観光名所にしかすぎなかった。だから、彼は飛行機に乗り、目的地に着いて降りた一夜だけで、その紀行的文章を止めてしまったのである。戦後の日本という現実の中ではなく、黒鳥が〝向こう側〟の世界にいて、自分の中の黒鳥をそこに連れてゆき、〝放生《ほうじょう》〟することが彼の旅の目的であって、彼はそこで自らの「戦後」を埋葬したのである。

だが、彼がオーストラリアに旅をした一九七〇年には、彼にとってもう一つ、「戦後」を埋葬させるにふさわしい事件が起こった。いうまでもなく、一九七〇年十一月二十五日に起こった、作家・三島由紀夫における市ヶ谷の自衛隊東部方面総監部への闖入《ちんにゅう》であり、それに続く三島の切腹死に至る事件である。中井英夫は、十七歳の「平岡公威《きみたけ》」（三島由紀夫の本名）という名前の少年の「玉刻春《たまきはる》」という作品を学習院の学園誌に見出した時のショックを、何回か繰り返し書いている。彼にとっては、「三島由紀夫」という名前は、おそらく「戦後」の文学のきわめて大きな部分を占めるものだった。『ケンタウロスの嘆き』は、中井英夫の作家論集といってもよいものだが、『新青年』系の異端作家といわれていた夢野久作・小栗虫太郎・久生十蘭を別にすれば、そこで論じられている「戦後」の小説家は、吉行淳之介と五木寛之以外は、ほとんど三島由紀夫だけであるといっていいのだ。そうした「戦後」の〝唯一〟ともいっていい小説家が、クーデター決起を促すために自衛隊に侵入し、決起の煽動が容《い》れられないとわかると、彼は武士の作法通りの切腹を実行してみせたのである。中井英夫にとって、まさにそれは「戦後」を暴力的に幕引かせるものにほかならなかったのだ。

しかし、もちろん中井英夫は三島由紀夫のそうした政治的行動を是認しているわけではない。というより、戦中派として、日本の軍国主義、皇国主義時代の悪夢を実体験している彼は、ファナティックな天皇制の体制については批判的であり、そういう意味では〝右翼〟の三島由紀夫とは、その政治信条を明確に異にしているといえる。だが、中井英夫と三島由紀夫とは、そうした〝政治〟やイデオロギーのレベルではない次元で、精神的、文学的につながっていたのであり、〝事件〟を起こすと、それまでの天才作家、文豪、鬼才といった称賛からはがらりと変えて、ただちに狂人、右翼、犯罪者として三島由紀夫に悪罵を投げ付けるマスコミ、およびそれに同調する人々に、中井英夫は静かで深い憤りを発しているのである。

中井英夫にとって、三島由紀夫もまた「人外《にんがい》」の文学者だった。そもそも、彼もこの世界に〝誤って〟生を承《う》けた「黒鳥」の類であって、彼の小説作品は、すべて「美」という名前の〝向こう側〟の世界に対する憧れであり、希求であって、そこにはどこをどう探しても、右翼的な、天皇主義的な政治イデオロギーなどなかったのである。三島由紀夫が〝誤った〟としたら、それは自分が〝誤って生を承けた〟この世界においても、自分の場所があるかのように考えたということであり、最初からそうしたはかない望みを放棄してしまえば、〝向こう側〟の世界へと向かう、蠱惑《こわく》的で、あえかな物語の語り手として、長い生命を約束されていたはずなのである。

3

いささか不謹慎に聞こえることをおそれながらいうのだが、三島由紀夫は、自分の腹を切ることによって、〝有袋類〟となろうとしたのではないか。中井英夫は「ケンタウロスの嘆き」の中で、三島の切腹の傷が「深さ五センチ、引回し十三センチを真一文字」であることに感嘆している。もとより、江戸時代の切腹の儀式は、あくまでも儀式としてのものであって、切腹を仰せつかった武士が「刀を腹へ突き立てた瞬間に首を打落す」というのが作法だった。実際に腹を切り、小腸、大腸をはみ出させて出血多量で絶命するという死に方は、ほとんど人間業《わざ》と思えない至難の自殺法なのである。三島由紀夫の腹に空いた穴。それは、ブラック・ユーモア的にいってしまえば、カンガルーやコアラの腹にあるという〝袋〟の模倣であり、彼はお腹に袋を持つ〝有袋類〟の一種として死んだのではないだろうか。

もちろん、こうした言い方がコジツケにしかすぎず、我田引水の言葉であることは百も承知のうえのことだが、三島由紀夫が、中井英夫が思っているような意味での「黒鳥」の仲間であり、北半球の真獣類とまるで鏡に映したような南半球の有袋類の、不思議な進化の枝分かれの一端であったと考えることは、それほどに論外であり、慮外なことであるだろうか。

「人外」の人間がこの世に受け容れられようとする時、そこに必然的に暴力的なものが顕現する。それは排除しようとする暴力というよりは、受け容れることを認めさせるために、当人が自らの身体に傷をつけ、暴力的に振る舞うということだ。『太陽と鉄』で展開された身体論は、三島由紀夫にとっていかに「身体」を徹底的に意志によってコントロールするかということであり、それが限界点に達した時こそ、身体と意志（精神）、すなわち〝知行合一〟が完成する瞬間だと考えたのである。しかし、「人外」の人間がそんなことをしたとしても、それは所詮は徒労にしかすぎない。〝こちら側〟の世界の人間は、それをコアラの木登りやカンガルーのボクシングのように面白がるかもしれないが、それは鏡を前にした物真似芸の面白さであり興味であって、その真剣さは結局は伝わることがないからである。

中井英夫にとって「戦後」が終わったのは、「黒鳥」として生きることの恥をオーストラリアの土地に埋葬し、三島由紀夫というもう一羽の「黒鳥」が戦後の大衆文化社会の中で、壮絶に切り死にしたということが区切りとなっているだろう。代表作『虚無への供物』もそうだが、彼の作り出す虚構・幻想（反現実）の世界は、常に「現実」に裏打ちされている。その意味では、中井英夫はまぎれなく「戦中派」であり、戦中、戦後へと、苦難の現代史を歩んできた日本人の一人であることは疑う余地のないことなのである。

だから、彼は戦中派として三島由紀夫に共感すると同時に、「戦争の日々の哀歓」を共有する「戦中派世代の生き残り」として、山田風太郎にも似ているのである。山田風太郎の『滅失への青春』(後『戦中派虫けら日記』)の書評(「戦争の日々の哀歓」)において、中井英夫は(戦中派世代のこれまでのところの)「戦時下の日記」として、鮎川信夫の手記と、山田風太郎の『戦中派不戦日記』と、自身の『彼方より』の三編に留まることを指摘している。彼はいう。

しかもその三編はともに戦後二十五年をすぎてからようやく刊行されたという点が私には興味深い。戦中派にとっては、いやでもそれだけの年月が必要であったといえば、すぐにも英霊に対して愧ずかしいとか、生き残ったみっともなさのせいだとかいわれそうだが、理由は単純明快で、ただいいようのない憂鬱のせいと答えるしかない。

「黒鳥」としての憂鬱、「人外」であり、「虫けら」であることの自覚と、やはり憂鬱。戦中派としての中井英夫と山田風太郎は、そうした戦後の憂鬱から、反現実の虚構世界の構築へと向かったという意味において、相似形の軌跡を示している。もちろん、その幻想・綺想の赴く先は別の場所であり、方法論としても天と地ほどに違ってはいるのだが。山田風太郎は、「現実」の世界に介入し、それを改変、変容させることによって、異様な〝もう一つ〟の現実世界、仮想現実の歴史の空間を作り出す。それはまるで大がかりな手品、魔術のように読者を眩惑させるのだが、そのカラクリはある意味では騙《だま》されている読者たちにも明瞭なのだ。中井英夫のマジックは、トランプ手品のように繊細で、鮮やかな手捌きによって読者を魅了する。本来的に彼は「短歌」や「トランプ手品」や「人形」のように、小さなもの、微細なものに関する天才的な創造者であり享楽者であったのだ。

だが、そうした気質や器質的な違いはあっても、この二人の戦中派世代の作家が、「いいようのない憂鬱」を抱いて「戦後」という時代を生きてきたことは間違いない。三人目の戦中派世代、すなわち三島由紀夫はその「憂鬱」に耐え切れずに自ら虚無の世界へとジャンプしたといってもいいのである。彼らは「人外」の世界を描いた。三島由紀夫の『仮面の告白』『鏡子の家』『禁色《きんじき》』『憂国』、いずれも戦後社会の価値観において、人交りを許されないような「人外の恋」をテーマとしているものであり、江戸川乱歩風にいうと、〝人でなしの恋〟である。「人外」の文学者・三島由紀夫の腹からこぼれ出たのは、幾顆《いくか》の珠玉だったのである。山田風太郎の忍法帖シリーズが、「人間の形をした化けもの」としての「人外」の忍者たちの世界を、荒唐無稽といわれるまでに華麗に描いた小説であることはいうまでもないだろう。そして中井英夫の虚無の海へ捧げられた美酒の滴《しずく》のきらめく『虚無への供物』。

「人外」たちの憂鬱は、真珠貝の苦痛が生み出す真珠のように、戦後世代へのこよなき宝物となったことは、歴史の皮肉であり逆説であったというほかはないだろう。

漂流する密室

——中井英夫論Ⅱ『虚無への供物』

1

『虚無への供物』を最初に読んだのは、いつだったろうか。三一書房（だったと思う）の作品集の中に「塔晶夫『虚無への供物』」というのがあって、それを北海道の片田舎の市立図書館から借り出して読んだような記憶がある。生意気な高校生の御多分にもれず、日本の〝探偵小説〟を小馬鹿にしているようなところのあった私だったが、この寝転がって読むには、やや手首の疲れる、持ち重りのする本を読んで、本当のところ何が何だかよくわからなかった。エピグラフの詩もキザったらしく思えたし、内容もえらく錯綜していてストーリーを追うことさえ、かなり骨の折れることだった。しかし、読みおわったあとに、〈虚無〉という概念が、伸びたりも縮んだりもする奇妙な世界空間をも意味するのだ、とおぼろげに感じたことをおぼえている（そして大学時代に再読したとき、私は文字通りこの作品に〝熱狂〟した）。

兄弟が多かったので一人きりの部屋があるわけはなく、電気スタンドを持ちこんだ押し入れ部屋の中で、江戸川乱歩の「屋根裏の散歩者」や「人間椅子」、「パノラマ島奇談」といった〝引き込もり〟初期ともいえる小説類を耽読していたわが思春期は、いま思いかえしてみてもおぞましく、潤いに欠けるものだった。そして、そうした変格もの探偵小説の、押し入れの隙間からのぞき込むような〈世界〉の光景は、猟奇的で官能的であった。ただ、北海道の田舎の高校生だった私にとっては、それらの小説の主な舞台である「東京」は、「巴里《パリ》」や「倫敦《ロンドン》」とも等しく遠い〝異空間〟のようなものであって、そうした異空間の中にもまた稠密《ちゅうみつ》な密度を持った自閉的な空間のあることが異様に思えたのだ。『ドグラ・マグラ』（夢野久作）や『黒死館殺人事件』（小栗虫太郎）あるいは『死霊』（埴谷雄高）といった小説はその後に読んだものだが、初め、その〈閉ざされた世界〉に容易に入りこみにくい抵抗感を感じた覚えがある。いってみれば〝閉ざされた空間〟など、乱歩や永井荷風などを読んだあの思春期以来、もうまっぴらという気持が反動的にあったのだろう。

塔晶夫の『虚無への供物』を久しぶりに読み返してみたのだが、まず私が読んだこの「本」のことについてちょっと書いておきたい。私がいま手にしているのは「昭和39年2月29日／第1刷発行」と奥付にある講談社版のいわゆる初版本で、私はこの本を私が住んでいた韓国・釜山市の宝水洞《ポスドン》にある古本屋で見つけ、手に入れたのである。カバーもとれ、表紙と見返しのつなぎ目をセロテープで補強しているこの本が、愛書家の所蔵になったものとは考えられず、おそらく数人もの手を経たものであることはそのシミのつき方、手ずれの度合いで容易に想像がつく。一番考えやすいのは、おそらく船乗りたちのための船内の備蔵図書であって、そんな船員たちの一人が入港、上陸のさいに売りとばしたということだ。時間だけはたっぷりと積みこまれている航海のつれづれに、このいかにもオールド・ファッションな題名の「探偵小説」を手にしたいく人かの船乗りがあったことは想定しやすいだろう。だが、この小説を読んだ海の男がいったいどんな感想を持ったものか、ちょっと見当がつかない。ただひとつ、〝洞爺丸《とうやまる》事件〟という海難事件を作品成立の大きな動機《モチーフ》としているこの小説が、玄海灘という海峡を渡りつつある船人に、あまりいい印象を与えなかっただろうということだけは、だいたい推測がつく。日本に最も近い外国の港町でその本が売りとばされた、というのもそのためだろうと考えてみることは、たぶんそれほど的がはずれていないと思えるのである。

さて、数奇な運命を経てきたらしいこの『虚無への供物』(〝数奇〟というほどではなくても、少なくとも海を越えてきたことだけは確かだ)を二度目に読み返してみて、自分がストーリーの細かなところをどんどん忘れてしまうたちで、すでに一度通読したはずのこの探偵小説の〝犯人〟も〝トリック〟も〝動機〟もことごとく忘れていることを改めて発見した。おかげでまったく初読のときと同じように固唾《かたず》を飲んで読むことができたのだが、最後にこの小説にちょっと〝裏切られた〟という感じが残ったことは、初めて読んだ時に感じたものと同じであった。裏切られたというと穏やかならぬ感じに聞こえるかもしれないが、鮮やかにドンデン返しのうっちゃりを喰らわされたとか、ふっと肩すかしを喰ったという感覚ともちょっと違って、留守だと思いつつも訪ねた人が、そこに居てしまった時のような裏切られ方なのである。

むろん、作者はあらかじめこのことを勘定にいれていたらしく、たとえば登場人物の一人にこんなことを言わせている。「そんなの、嫌だな。……謎ときの本格物だと思って、ストーブの傍や木陰のハンモックでのんびりページを繰っていると、いきなり犯人は読者のあなただなんて、悪趣味だな」

つまり、それは通常の推理的結論の反転につぐ反転というルールを守ったドンデン返しではなく、どこかルール破りの、虚構と現実とのしきい目の垂れ幕をパッと切り落としてしまうような逆転の仕方であって、それが作品の中の殺人事件の動機だけではなく、この作品そのものの動機《モチーフ》をも〈奇抜〉なものとしているゆえんなのである。

『虚無への供物』の中に書かれた〃氷沼《ザ・ヒヌマ》家連続（不連続？）殺人事件《マーダーケース》〃――それは一九五四年十二月から一九五五年四月（七月）にかけての約五か月間にわたって狂言廻し役のアリョーシャこと亜利夫、女探偵気取り（いつも失敗する似而非《えせ》探偵役）の久生、本当の探偵役の牟礼田俊夫、および氷沼蒼司、藍司といった若者たちの見た錯綜した〃夢〃が織り出した非現実の事件なのであり、それはまさに初版本の「あとがき」で述べられているように「反地球での反人間のための物語」というにふさわしい虚構性、非現実性に彩られているのである。

すなわち、それは徹底的に非現実的（反宇宙的）で虚構的《フィクショナル》な〃拵えもの〃の小説であって、いわゆる日本近代文学風の自然主義といったリアリズム小説や私小説とは縁もゆかりもない文学作品といえるのだ。マニエリスム、衒学趣味、オカルティズム、神秘主義、高踏的な倒錯趣味といったものが、全篇のいたるところにちりばめられ、螺鈿《らでん》の模様のようにきらきら輝いているこの作品は、そういう意味でいえば日本近代文学史のうえでも独歩、孤高の地位を占めるものであり、竹本健治の『匣《はこ》の中の失楽』が登場するまでは〝空前絶後〟と評してもよい作品だったのである（むろん、〝空前〟を称するためにも『黒死館殺人事件』や『ドグラ・マグラ』の存在には目をつぶっておかなければならないが）。

しかし、『虚無への供物』が持つ最も鮮やかな特徴は、逆説的な言い方となってしまうが、〝非現実〟の物語でありながら、それが〝現実〟とぴったり密着しながら物語られているということにあるといわざるをえないだろう。それは奇怪なシャム双生児のような非現実と現実との癒着なのであり、歴史的現実空間と虚構空間が、陳腐な比喩を使えば「メビウスの輪」あるいは「クラインの壺」のようにどこかで密通しあっているのである。

正確には一九五四年十二月十日、東京下谷・竜泉寺で始まったこの探偵小説のストーリーは、現実的な歴史的時間を刻みながら（時おり、当時の事件相、社会相がコラージュされる）、実在の地名のうえをたどったうえ、一九五五年七月十二日、下落合で幕が閉ざされるのだ。これは物語の基本的な性格である〝時〟と〝場所〟の虚構化、暖昧化という文法に背馳していることはいうまでもない（――「昔々、あるところに」「いずれの御時にか」「一九××年、F県A町で」といったような）。潔癖な小説家が自分の作品の中に、その当時を思い起こさせるような具体的な映画俳優の名前や事件や金額（物価）を出さないように努めているといった文章道を実行していることは珍しくないことだろう（たとえば三島由紀夫のように）。

それは小説家としての生活的現実と小説の内部とのしきい目をあっさりと踏み破って、日常茶飯事めいたこと、垂れ流しの感想めいたものをえんえんと書き続ける私小説および私小説擬《まが》いの文学作品への嫌悪に裏打ちされている。そういう意味では、本格的な〝変格もの探偵小説〟

の、正統的な〝異端文学〟の嫡流を意図したと思われる小説作品の中に、具体的な年号、日付、地名や新聞記事の話題（さすがにそれらの当時の事件はほとんど忘れ去られ、風化しきっているように見える）を書きつけるたびに、作者はひりひりとした審美的な痛みを、マゾヒスティックに味わっていたのではないかと思われるのである。もちろん、これは倒錯的な快楽にほかならない。そして、この『虚無への供物』はまさにそうした〝倒錯性〟のよって来る由来を問うことによって、時代精神そのものと切りむすびあうスリリングな緊張を持続させていると思われるのである。

2

ところで、近代推理小説の中であらわれてくる「密室」は、しばしば〝小説〟という閉ざされた文学空間についての自己言及的な比喩なのである。いや、これはあえて推理小説と限る必要はないだろう。たとえば、自他ともに純文学の小説家であることを認めるだろう吉行淳之介（〝塔晶夫〟とは東大在学中に椿実らといっしょに第十四次『新思潮』を発行した同人誌仲間である）の作品の中にも〝密室〟のモチーフは数多く孕まれている。その短篇小説の名品「出口」では、主人公は〈見張り役〉に監視されている密室を逃れ、ウナギ屋へと行くのだが、そのウナギ屋が兄妹二人が閉じこもり、内側から鍵をかけている密室空間であることを知るのである。密室を逃れてゆくと、その外側にもさらに堅牢な密室がある。これはむろん私たちの生の場が結局は〝閉ざされた空間〟の中にあることを比喩しているのと同時に、そうした小説を書くという創作の現場、そしてつくりあげた作品空間が〝閉ざされている〟ことを示しているだろう。

「鞄の中身」「水族館にて」「海沿いの土地で」「墓地」といった短篇小説がすべてきわめて内閉した空間を作品の中に内包したものであることは明らかなことだろう。吉行淳之介の作品は、その中で見事なひとつの均質で堅牢な密室空間をつくることによって、その小説としての文学空間の自立性を保証されているような構造を持っているのである。そして、さらに類比的に語ってみれば、そうした堅固な密室のトリックを打ち破って自閉空間を瓦壊させる探偵役は、小説作品に対する批評家の役まわりに近いだろう。だから、良質な推理（探偵）小説は〝小説〟という十九世紀的な文学ジャンルの最も典型的で、原型的な構造をさし示すのであり、またその中に自己批評をも含む総合的な文学空間を現出させるのである。

以上のような観点から見てゆくと、日本に完璧な密室トリックの探偵小説がほとんどないことは、日本的な建築様式がそうした密室空間にふさわしい建造物を提供しないことと、もうひとつ、私小説的な文学風土がもともと風通しのきわめてよい〝開かれた〟多孔質的な作品空間を志向していて、そのような文学が主流となっている文学史的な偏倚を示しているといえるだろう。〝閉ざされた〟密室空間が、じつは開放された、吹きぬけの空間であることを論証する探偵役としての批評家。しかし、日本の近代文学のような開放系の文学空間にあっては、批評家（探偵）はむしろ開かれた空間であり、外と内とが筒抜けであるような私小説的空間が逆に内部的に〝閉ざされて〟いて、いわば開放をよそおった密室空間であることを論証する課題を担わされているといえるのである。

さて、前置きはこれぐらいにして『虚無への供物』の中で書かれている三つの〝殺人事件〟

（らしきもの）の「密室」の特徴を見てみよう。まず第一は、一九五四年十二月二十二日に発生した氷沼紅司の〝死〟という事件であって、彼は自宅の風呂場の中で素裸のままでタイル床の上に倒れていたのである。むろん、浴室の二つの戸は内側から、〝鎌錠〟がとりつけられ、窓には鉄格子がはまっているうえ、鍵がかけられていて、完璧な〝密室〟となっていた。しかし、この密室が完璧であるのは、わざわざ鎌錠や鉄格子の存在を強調的に書きとめたからであって、本来日本の家屋の風呂場（たとえ西洋風建築であっても）は〝開放的〟であり、密室というイメージからは遠いのである。だからこそ、作者（あるいは犯人）は、死者の背に紅いみみず腫れの十字架模様を刻印し、蛍光灯がジーッと点きかけて、ぽっと消えるような小細工を弄してまで、それをいかにも〝密室殺人〟らしく仕立てあげることに腐心したのだ。

　実際のこの密室のトリックも鎌錠と電気洗濯機という組み合わせという小細工めいたもので、そうしたやや見かけ倒しのトリックの上に、「凶鳥の黒影」、「花亦妖輪廻兇鳥《はなもえうりんねのまがとり》」といった〝作中作〟や、コンガラ童子、原爆に被災して死んだという黄司、男色の相手の与太者・鴻巣玄次といった〝虚実皮膜〟にある人物たちを跳梁させるという〈ケレン味〉たっぷりの舞台が目も彩《あや》に繰り広げられるのである。

　もちろん、こうした舞台づくりがなければ、この密室はいかにも日本的で柔構造的な脆さをさらしかねないのである。浴室の窓の引き違いの戸にまるめた懐紙をはさみこみ、一見完全に締まっているようにみえるというトリック。あるいは洗濯機の泡の中に隠れ、発見者たちが狼狽してその場を離れているうちに逃げ出すというトリック。これらはストーリーの進展によって否定され、投げ棄てられる推理にほかならないのだが、いかにも隙間だらけの日本の家屋を象徴するような〈おトイレくさい〉(作中の久生の言葉) トリックなのである。
だが、いってみればこうした瑣末なトリックは問題ではない。第一の密室について重要なのは、目白の氷沼邸にいる亜利夫が事件の前と後とに九段の八田皓吉の家を訪ねている氷沼蒼司へかけた電話にまつわる〝電話によるアリバイ・トリック〟なのである。むろん、私はそうしたトリックが独創的で、鮮やかな成功を収めているといったことをいいたいわけではない。このアリバイ・トリックが、目白と九段という常識的にはかけ離れた東京の中の地区において、わずか数か月の間だけ、同じ九段局の局番の電話番号が使われていたという事実に依っているという作者の着眼点そのものに着目したいのである。

東京という迷路のような大都市の中で、背中合わせになっている「目白」と「九段」(もちろん電話局のテリトリーとして)――このことに目をつけた塔晶夫という作者には「東京」(一九五〇年代の)という街はどのように見えたのだろうか。それはひとつの中心から放射状に延びる街路を丸く区切る城郭都市でもなく、碁盤の目に区切られ、左右対称の整然とした街並が続く古代都市でもなく、小高い丘や平地を埋めながらアメーバー状に増殖してゆく、〝頭も尻尾もわからない〟ような不定形の、混沌・混然とした街だったのではないだろうか。思いがけないところまで触手の先がのび、迷路のような一角が繁華な通りと隣り合っていたり、ひっそりとした屋敷町と歓楽街が通りをひとつへだてて向かいあったりする……神社、寺刹の数の夥しさ……水天宮、花園神社、鬼子母神、本願寺、さらに不動尊、稲荷社、道祖神など、古代の〝杜《もり》〟や〝巷《ちまた》〟がそのまま現代の都市の中に埋めこまれ、空間だけではなく、時間をも雑然と混在させているのだ……。

　こうした「東京」の化け物じみた都市の構造が、この第一の事件のアリバイ・トリックをささえているのである。いや、単にひとつのトリックを成立させているだけではなく、この〝紅司の死〟という幕あきによって繰り広げられる〈氷沼家連続殺人事件〉、そして『虚無への供物』という作品空間それ自体をささえているのが、迷路としての「東京」、袋小路と階段坂、路地と抜け道とを張りめぐらした迷宮の首都としての東京なのである。

　私はここで最近流行《はや》りの「東京」という都市論を行おうというつもりはない。むろん乱歩という探偵小説家と東京との関わりを、あたかも刑事や探偵役ででもあるかのように〝踏破〟して書きあげた一冊の本（松山巖『乱歩と東京』）のように、塔晶夫の『虚無への供物』をネタに一九五〇年代の東京論を展開することは十分に可能なのである。

　たとえば、第三の事件である本郷・動坂の〝日限《ひぎり》地蔵〟の角を入った裏通りにある、木造二階建てアパート「黒馬荘」での鴻巣玄次殺しの殺人事件（一九五五年三月一日）――この事件の舞台となった「木造二階建てアパート」は現在の東京都内およびその周辺でも決して珍しくはないが、そこに住んでいる住人たち、すなわち寄席芸人、ペット吹き、仕立下職、人形絵師、地方廻りのセールスマンといった職種の人間たちが集まって一つ屋根の下に住んでいるということが、一九五〇年代初期の東京の一つの切断面を示していると思われるのである。これらの職業人たちが、地方から東京へとやってきて、都市の下層社会にもぐりこんでいながら、どこか地方との〝臍の緒〟をとどめているというところに、五〇年代の（それ以前の）都市と地方との交渉の形が見えると思う。それはむろん故郷へのUターン現象とか帰省ということではなく、東京から地方都市へ、地方都市からさらに地方をまわって東京へと帰るという、回遊魚的に動きまわる職業の形態があったということだ。つまり、そこには〝押絵と旅する男〟や〝犬神博士〟などの漂泊する商売人、芸人たちの世界がまだ生き残っていたということであり、そうした〝どこか不思議な商売のために旅に出ている隣人たち〟が商人宿や都会の安アパートの中で薄い壁やフスマをへだてて息づいていたのである。

「黒馬荘」での密室殺人事件のトリックが、こうした安アパートの「隣りは何をする人ぞ」式の好奇心にささえられていることは明らかだろう。人形絵師鴻巣玄次の隣人である仕立職人伊豆金造は、アパートの住民のところへ来た郵便物（葉書）を盗み読みする癖と、他人の部屋をのぞきこむ悪癖を持っていた。これはむろん乱歩のあの「屋根裏の散歩者」の主人公と同様の〝都会の中の孤独者〟とでもいうべき人間なのである。しかし、彼らは自分の孤独に内閉してゆくには、まだまだ地方での村落的な人間ネットワークへの健康な郷愁を抱いていたのだ。それが盗み見、他人の部屋への侵入といった軽犯罪から、やがては出歯亀や小平事件の小平義雄のような猟奇的な性犯罪、殺人事件といった都市型犯罪へと転化してゆくのである。

鴻巣玄次殺しが、たとえ素人探偵たちが寄ってたかってつくりあげた架空の殺人事件であったとしても、もしそれが密室殺人であったとしたら、その密室トリックは牟礼田俊夫や藍ちゃんの考えたように部屋の中に居た〝犯人〟の一人二役の声色のトリックと、木造建築を利用した部屋から部屋への秘密の抜け穴、箪笥の裏の空間とを組み合わせた秘密の通路といったトリックとならざるをえないだろう。そして、それはこれまで述べてきたように、隣りの物音に耳を澄まし、ドアからこわごわ首をつき出すような仕立職人金造や管理人のとよ婆さんといった人物の存在を抜きにしては、発想することのできないトリックにほかならないのである。

このトリックが現在のマンションというコンクリート建てアパートはもちろん、木造モルタル塗りのアパートにおいても成立がおぼつかなく思えるのは、こうした隣人への関心という人間的なファクターがもはや喪失されているからだ。隣りの部屋でどんどん物音や悲鳴がしたとしても、むしろ聞かざる・見ざる・言わざるを貫くことが現代の都市住民の知恵なのである。ましてや、明らかに犯罪に関わりそうな類いのことであれば、現代のコンクリート製の壁と鉄扉とを持ったアパートの住人たちはその部屋の戸を閉ざし、自ら内閉することによって余計な関わりを断とうとするだろう。そういう状況の中で、一人芝居の声色トリックや秘密の通路トリックといったものが通用するはずもないのだ。

探偵小説においてトリックそのものは大てい〝コロンブスの卵〟のようなものであって、『虚無への供物』の中で唯一の、〝真犯人〟による殺人事件と目される橙二郎殺しという密室殺人事件（一九五五年二月六日）も、細かな部分を捨象してしまえば、そのキーとなるのは真犯人自身がドアをガチャガチャさせることによって、鍵がかかっているというふうに見せかけ、その結果、密室をつくりだすというトリックである。このトリックは盲点トリックであり、また「密室殺人事件」という暗示の中ではじめて成立することが可能なものであることは贅言を要しまい。それは逆説的にいえば、探偵たちから犯人、共犯者、被害者に至るまでの、この小説の登場人物全員が、〝協力〟することによって、密室殺人事件が不可能である日本の家屋の中で、いかにして密室が可能であるかというテーマを追い求めることによって成立するトリックなのである。すなわち、いってしまえばこうしたトリックを可能とする共犯者グループとして、登場人物全員、そして探偵小説ファンとしての読者、批評家が必要なのであって、そういう意味では「いきなり犯人は読者のあなただ」という悪趣味なドンデン返しも作者の内部では実は悪趣味でも何でもなく、それなりにマジメなものとしてあったのではないだろうか。

探偵たちが密室をつくり出し、殺人事件を演出し、犯人を生み出してゆく――それは探偵小説マニアが古今東西の探偵小説の月旦からはじまって、ついには現実の犯罪へと突き進むという乱歩の「赤い部屋」から竹本健治の『匣《はこ》の中の失楽』に至るまでの、「探偵小説」をつくり出すためのマニアの殺人という〝倒錯性〟をそのまま踏みたどっているといえるだろう。そしてこれは、日本の近代文学が私小説というスタイルに代表されるように、私小説という文学へ突き進んでゆく小説家の生活そのものを、また私小説として書きあらわすという〝倒錯性〟とどこかで吻合しているのである。たとえば、乱歩の『陰獣』はいわば探偵小説作家の私小説であり、大藪春彦の『野獣死すべし』の主人公はハードボイルド小説を読み耽ったあまりにハードボイルド劇のヒーローとなってしまったというように、おうおうにして探偵小説中の人物そのものが、私小説作家型の人物といえるわけなのである。

いわゆる日本近代文学における文壇という制度性、これはもちろん純文学の私小説的文壇についてだけいうことではない。探偵小説文壇であれ、SF文壇であれ、島宇宙的に存在する小説空間という閉域を中心とした作者たちの世界は、それ自体閉ざされた特殊な空間を形成することによって、日本近代文学空間という〝閉ざされた〟体系をつくりあげたのである。だから、こうした閉空間の中でのいわゆる純文学と探偵小説（『新青年』風の異端文学）の併立、相克といった文学史的テーマはほとんど意味がないのだ。近代の日本文学空間が〝歪《ひず》み〟を持ち、ねじれていたというのならば、純文学、探偵小説のいずれにおいても、等しくその歪みは歪みとしてあらわれているはずである。『ドグラ・マグラ』や「屋根裏の散歩者」、「押絵と旅する男」の密室性は、近松秋江や宇野浩二、梶井基次郎、葛西善蔵、嘉村礒多の四畳半的な密室につながっており、『虚無への供物』の世界の閉鎖性は、それぞれ『深夜の酒宴』（椎名麟三）や『砂時計』（梅崎春生）、『死霊』といった戦後派文学的な内閉した精神の鬱屈を何ほどか受けついでいるのである。

しかし、それはまた同時に根底のない底抜けの閉ざされた体系であって、そこから現実世界の時間性（歴史性）や空間性（社会性）は絶え間なく浸透してくるのである。日本の近代文学空間は、日本的密室空間の成立と不成立との対立であり、〝閉ざされた〟空間と〝開かれた〟空間の相互浸透による、ねじれを孕んだ癒着というべきなのだ。つまり、探偵小説マニア、私小説マニアたちがつくり出してゆく〝閉ざされた〟作品空間は、当然のことながらその時代相、風俗、流行思想、時代的課題といったもろもろの要素の浸蝕を受けているのであり、決してそこから切り離された形で閉ざされているわけでも、自立しているわけでもないのである。それは、これまで見てきたように、探偵小説のトリックひとつをとりあげてみても、その時代の環境下においてしか成立しないような密室、あるいはアリバイといったものによって下部構造的に規定されているということでも明らかなのだ。

自転車あるいは自動車のいまだ珍しかった時代でのこれら交通手段を利用した時間トリック。新発見の物理現象、化学物質、あるいは病気を利用した動機や密室、アリバイのトリック。これらの新しいテクノロジーは探偵小説にはふさわしくない。なぜなら、探偵小説は純文学と同じようにきわめて人間中心主義的なテクノロジーしか許容しないのであり、その意味では保守的な趣味人のものなのである。純文学や探偵小説は、時代のあとからいやいやその変化の軌跡をたどってゆく。そうでなければ、それは裏返された探偵小説としてのSF小説として、こんどは先端的、空想的なテクノロジーをいかに人間中心主義的に使いこなすかという課題に突きあたってゆかざるをえないだろう。

本格探偵小説の〝変格〟ものとしての乱歩以来の日本の探偵小説。それは本格的自然主義（リアリズム）小説の〝変格〟ものである私小説と相即的に発展してきたのであり、いってみれば変格的な文学空間として一卵性双生児的な存在だったのである。この両者が胎児として羊水の中に浮游している状態こそ、閉ざされた空間としての〝近代日本〟という歴史的局面にほかなるまい。そして、それが実は閉ざされたものであると同時に開かれており、また開かれていると同時に閉ざされているものであるという背理的な弁証が、この小論のひそかな動機《モチーフ》ということになるのである。

3

ところで、この『虚無への供物』という小説が、一九五四年九月二十六日に起こった青函連絡船洞爺丸の遭難、沈没という実際の事件からインスピレーションを受けて書かれたものであることは作者の「あとがき」からも明らかだが、この作品刊行に一年と隔たらない時期に同じように洞爺丸沈没事件にインスピレーションを受けて書かれたもう一冊の長篇推理小説がある。いうまでもなく水上勉の代表作のひとつとして知られる『飢餓海峡』である。一九六二年一月から十二月まで『週刊朝日』に連載されたこの小説は、松本清張と並び称された〝社会派推理小説作家〟水上勉の最も重厚な、密度の高い作品であって、水上作品中においても『耳』『眼』『海の牙』などの一連の社会派小説の集大成の趣きがあり、日本の戦後の推理小説界に不抜の位置を築いたものといえよう。

『虚無への供物』と『飢餓海峡』――この二つの探偵小説と推理小説とを同一のパースペクティブのもとに見ることができるというのが、後発世代としての私たちの特権的な立場にほかなるまい。たとえば、私たちは『虚無への供物』の中で久生・亜利夫・藍ちゃんといった登場人物たちが下谷・竜泉寺のゲイ・バア〝アラビク〟で初顔合わせをしているちょうどその頃、亀戸遊廓「梨花」では『飢餓海峡』の女主人公である杉戸八重が上京以来七年目の年を迎えて、客をとる仕事に余念がなかったことを知っている。あるいは、雷門や下谷をうろつくこの美少年・美少女たちの群れを、やや年増の玄人女が見かけて、その若さをまぶしげに見つめたことがあったかもしれないと考えることは、フィクションの空間内（インターテクスチュアル）のこととしては許容されうることであろう。

もちろん、一方は〝変格〟派探偵小説の正当な嫡子として孤高で狷介な姿勢を保っているし、もう一方は社会派推理小説として、そうした探偵小説の否定・脱皮からあらわれてきた新しい時代のホープなのであり、これらが普通の文学史上でいっしょに括られるということはまずありえないだろう（またこの二つの作品が文学史に書き録《しる》されることも想定しやすくはない）。だが、この二つの小説作品は私にはやはり五〇、六〇年代の刻印を帯び、その見掛け上の容貌よりも内部的には案外共通する部分があるのではないかと思われるのである。

たとえば、『虚無への供物』には氷沼蒼司のこんな述懐がある。

とにかく、おれは死なずに生き残った。生き残って、だが、何をすればよかったろう。おれのいたのは、砂まみれの死体が、つぎつぎとマグロのように陸あげされる、あの海の屠殺場だった。それを現実として容認し、パパはもう死んだと自覚することが、さしあたっての務めだったが、おれには出来なかった。いまだって、これから先だって、おれには絶対できないだろう。おれのおやじを、くだらない船の事故でいきなりなくすなんてことは、どう考えても許せることじゃない。そんな現実が、どうして容認できるものか。……

おれは、ずいぶん長いこと考えていた。七重浜に坐り込んで、何日も暗い海を見ながら、この事件を人間界の出来ごとだと信じるにはどうしたらいいかを考え続けていた。あの晩、あの嵐の中へ、いつものように洞爺丸が出航した。その事実を、おれ自身にはっきり納得させるには、どう考えたらいいのか。答は、一つだけあった。おれのおやじは、嵐だからこそ喜んで乗っていったということだ。この船が暴風に揉みくちゃにされ、海に放り出されるかも知れぬということを、あらかじめ知って、何もかも承知で乗りこんだというならば、まだ救われる。まだ納得がいく。いや、それ以外の理由は、いっさいあり得べきことじゃない筈だ。

少々長い引用になってしまったが、氷沼家殺人事件の根本的な〝動機〟が、ここで蒼司の口から語られているのである。私たちはここで、『虚無への供物』という題名の「虚無」が、「存在と虚無」といった敗戦直後の流行思想的な書物のものと、どこか響きあうことを感じるのではないだろうか。

人生は虚無《ネアン》である、だがその虚無を引き受けて生きることこそ、現実存在としての人間の択びとる道にほかならない。……私の耳には氷沼蒼司の述懐はこんな戦後の流行思想の語り口と重なりあって聞こえる。無意味な死、不条理な死――それを無意味、不条理と知ったうえであえて受けとめ、それに向かって自らを「投企《アンガージュ》」することによって虚無を超えるのである……。

こうした思想が人びとの心をとらえたのは、むろん無意味な死、不条理な死を夥しく目撃しなければならなかった時代の状況が色濃く投影されているからだ。そういう意味では、多数の死者を出した洞爺丸事件もひとつの象徴的な出来事にしかすぎないだろう。その事件の裏――ぽっかりと口をあけたブラック・ホールのような〝虚無〟への入り口――は、当然ながら夥しい兵士たちと銃後民と被支配地域の人びとの無意味で、不条理な死が堆積されているのである。

しかし、こうした限界状況的な設定は、より『飢餓海峡』のほうに鮮やかに見てとれるだろう。作者水上勉はこの時代的状況をはっきりと隈どらせるために、実際には一九五四年に起こった洞爺丸事件を七年さかのぼらせ、敗戦直後の四六年の事件としてフィクション化しているのである。そこでは暗い海に多くの人命を投げ出させ、嵐の海面に阿鼻叫喚の地獄を現出させた天災は、あたかも〝不条理〟の死を無数に生み出した戦災によるものと同じように描かれているのである。


ひっくりかえった船は腹をみせて海にういている。そのわきに、助けを求めて、救命ボートにしがみついている人びとの泣き叫ぶ声がきこえます。波はまだ荒れていてとても、よりつけはしない。陸地の者は、ただもう呆然と死んでゆく人びとを見ているしかなかった。朝方になっても、まだ、泣き叫びながら、海上で手をあげている人もありましたし、一夜じゅう海に浮いていて力つきて、息たえたとみえ、波に打ちあげられて、七重の浜にあがる女や子供の姿は哀れでしたね。市内の死体収容所はいっぱいになって、とうとう、浜にならべて、火をつけて焼いたんですが、人間の燃える匂いというものを嗅いだのは刑事の生活をしていて、あれがはじめてでした。何ともいえんイヤな匂いでした。脂のこげる匂い、生ぐさいというか、何というか、えもいえぬイヤな匂いが、函館の町の空を二日も三日もたれこめているような気がしました。

弓坂元刑事が語る〝層雲丸〟遭難現場の状況ということだが、これはむろん東京大空襲によって焼尽した東京下町の〈地獄絵〉であったとしても別におかしくはないだろう。あるいは、原爆被災の長崎、広島の悲惨なイメージを、この遭難シーンに重ねて思い浮かべてみてしまうことは、あの戦争を経てきた日本人にとってはむしろ当然というべきことかもしれないのである。

「それだけに」と元刑事・弓坂は言葉を続ける。「わたしは、あの男犬飼多吉を憎んだものです。このような史上空前の大事故のさ中にあって、自分の犯罪を消すための殺人をやった……」と。

しかし、論理的にいうと、この弓坂刑事の言葉はあまり意味を持たない。犬飼多吉の〝殺人〟と〝層雲丸事件〟とは、たまたま時を同じくしただけであって、殺人事件の犯人である犬飼が自分の犯行湮滅を計るために遭難事件をひき起こしたわけでも何でもない。彼はただそれをおあつらえ向きの死体処理の機会として利用しただけである。殺人事件の犯人に、偶然のチャンスを利用することは許されない、フェアにやれ、などといったところで始まらないだろう。

つまり弓坂元刑事は、何といっても、理不尽で不条理そのものである連絡船遭難事故に対する怒りを、具体的な殺人事件の犯人のほうへと振り向けて、その憎しみをかりたてているのだ。単なる殺人事件であるならば、終戦後のどさくさの時期に函館署の刑事が青森、東京へと足をのばして犯人を追いつめるという気力自体が生み出されたかどうか、あやういところだろう。終戦直後であったからこそ、あの夥しい戦死者と戦災による死者たちの群れを見てしまったからこそ、そして、その不条理で理不尽な「死」の重みがあったからこそ、日本列島を縦断し、十年の歳月をさかのぼって〝事件〟の真犯人として犬飼多吉を追いつめる物語は成立したのである。

復員服の男――無精髭をはやし、雑嚢をさげた六尺ちかい怒り肩の男として『飢餓海峡』に登場してくる犯人・犬飼多吉が、〈戦争〉をその背に背負っていることは明らかだろう。つまり彼は無意味で、理不尽な死の影をいっぱいに背負わされて、〝仏が宇陀〟をさまよわなければならなかった登場人物なのである。ちょうど『虚無への供物』の橙二郎がカインとアベルの神話という虚構を成り立たせるためだけに殺されなければならなかったように、彼も〝不条理〟に捧げられたひとつの供物にほかならなかった……。

だが、私たちが『飢餓海峡』から読みとらねばならないことはもうひとつある。それはこの日本列島が一九五〇年代後半において、もはやひとつの〝密室空間〟として閉ざされているということの認識だ。犬飼多吉こと樽見京一郎を、「犬飼多吉」の唯一の目撃者である杉戸八重と再び細い線で結びつけたのは、新聞のありふれた三面記事の一枚の顔写真だった。舞鶴の篤志家の善行が全国紙で紹介される。それが娼婦として東京の下町で働く女の目に触れる……。こうした小説上の設定が成立するのは、もちろん新聞、雑誌、ラジオ、テレビといった不特定多数の大衆に対する、不特定の情報が高密度で供給される社会を前提としなければならない。そういう意味で戦後五〇年代後半から六〇年代にかけては、圧倒的なマスコミの発達と情報量の厖大化のさきがけの時期だったのである。これは一九五一年生まれの私にとっては経験的にわかることだ。ラジオが家の中にそなわり、白黒テレビが普及し、カラーテレビがそれにとってかわる……。狂気じみた新聞の拡販戦争があり、世界一の発行部数を誇る新聞が毎朝毎夕投げこまれる……。

こうしたマスコミの拡大と、新幹線、高速道路建設をシンボルとしての交通網の整備――もちろん、それは小市民、中間層の進出による社会の均一化とパラレルな現象である。松本清張の『点と線』や『飢餓海峡』を生み出したのは、まさにこのような社会構造の変容なのであり、平野謙のいわゆる〈純文学変質論〉はこうした背景を持ってかまびすしく論壇に迎えられることになったのだ。

しかし、一般の大衆に与えられる情報量の厖大化は、一見〈世界〉の広がりを意味しているようだが、それはそうではなく、逆にその最も外側の枠において、〝閉じてゆく〟ことを意味しているのである。つまり、それはいわゆるネズミ講の組織と同じで、部分的にはとどまることを知らない伸張を見せながら、そのこと自体が大枠の閉空間をせっせとつくりあげることになるのだ。遅かれ早かれ日本列島はマスコミの供給する情報によって飽和する。すると、それは供給側のスクラップ・アンド・ビルドを促すとともに、高密度の〝閉空間〟を形成しはじめる……。それはまさに〝虚無〟にささえられた現実擬《まが》いの〝閉ざされた〟空間が、島宇宙的に「世界」に浮游する事態ということにほかならないのである。

4

『虚無への供物』は、殺人のない殺人事件だった。少なくともそこには、〝氷沼家殺人事件《ザ・ヒヌマ・マーダーケース》〟は存在しない、という作中で繰り返し断言される言葉のように「連続殺人事件」などなかったのである。それはむろん凶悪な殺人事件の成立する余地がこの社会になくなったからではなく、逆に「殺人」が普遍化してしまったからにほかならない。一九五四年――偽〝氷沼家殺人事件〟が開始されるその年、作者はさりげなくこんな〝草子地《そうしじ》〟的な文章をさしはさむ。

　この年が特に意味深いのは、たとえば新年早々に二重橋圧死事件、春には第五福竜丸の死の灰、夏には黄変米、秋は台風十五号のさなかを出航した洞爺丸の転覆といった具合に、新形式の殺人が次から次と案出された年だからである。（傍点引用者）

子どもだましの論理だ、といわれるかもしれない。単なる事故、災害、天災までを「殺人」

と呼ぶことは無理がありすぎて、何が何でも悪いのは日本政府とアメリカだ、といった安易な進歩派的新聞の論調と同じだと思われるかもしれない。しかし、『虚無への供物』という探偵小説は、〝洞爺丸事件〟を〈新形式の殺人〉事件だと考えることによって初めて成立する作品なのである。なぜなら、暗い心のときめきを誘発し、スリリングな倒錯した快楽を呼びおこす「殺人事件」という実体は、もはや交通機関の事故による大量死、公害による無差別的〝殺人〟によってほとんど空無化されてしまっているのだから。そして一方では殺人の「事故」化が積極的に推進されるのだ。最近の例でいえば、白昼の路上で出刃包丁を振りかざし、女・子どもを殺傷した男は心神喪失を理由に〝殺人犯〟になることを免がれ、バスの中にガソリンをまき散らし、放火した男は心神耗弱を楯にとって殺人を否認する……。

　こうした現実の側からの挟撃を受けて、非現実＝虚構の側においても「殺人事件」は成立しにくくなったのである。もちろん、この事態は『虚無への供物』のような本格的な〝探偵小説〟の分野の中でだけ起こったことではない。私たちは『飢餓海峡』においても、執念を燃やして「犬飼多吉」の殺人事件を追っていた老刑事が、それが実は殺人ではなかったことを知らされる場面に立ち会う。「そ、そんな証拠はどこにあるッ。樽見ッ」「嘘をつけ」「樽見、お前は、証拠がないことを利用して、われわれをだますのか」と二人の刑事は怒りにかられて、怒号する。無理もない。十数年前の、目撃者が犯人か被害者しかいない殺人において、証拠が犯人の自白以外にないことを、このベテランの刑事たちはよく知っているのだから。

　『虚無への供物』が〈新形式の殺人〉事件を発明することによって、〝探偵小説〟最後の金字塔を打ちたてたのとほぼ同時に、社会派推理小説は「殺人事件」の不成立という事態を前にして、なお探偵＝推理小説は可能かという問いを突きつけられていた。そういう意味では、『飢餓海峡』もまた、『虚無への供物』と同じく、敗戦から高度経済成長にいたる戦後史の変容をまともに身に浴びた形で、自らの存立する空間をもとめていたといえるだろう。だが、この同じひとつの現実の〝事件〟からインスピレーションをかきたてられた二つの作品が、ほとんど無縁のままにともに正統的な「文学史」から黙殺されているところに、近代日本文学という〝歪んだ空間〟があるということはすでに指摘した。次には、この二つの作品が、どのような形で擦れ違ってゆき、一方はより現実に即する身振りをみせながら白鳥星雲の彼方に、暗黒宇宙の反現実の反世界を構築し、一方は、日本列島という均質的な空間に閉ざされていったか、ということを問わなければならないだろう。もちろん、それはほとんど日本の現代文学の成立する基盤を丸ごと問うことに等しい。比肩するものなく、孤高で、独立独歩の世界を築きあげたと思われる『虚無への供物』が、たとえば埴谷雄高の『死霊』ときわめて似通った思想的刻印を押されていることは、すでに私たちの間ではことさらにいいふらすまでもない常識だ。『死霊』が純文学で、『虚無への供物』は探偵小説だなんてセリフは、たとえ冗談でもいってもらいたくない。それぐらいには日本の現在の文芸批評も〝成熟〟している……。

だが、『虚無への供物』が、ほとんど媒介なしに、下谷から下落合までに結ばれた作品舞台を〝反現実〟化することによって、後続する作品の可能性を絶ち切ったこともまた事実である（『匣の中の失楽』を例外として）。それは私小説の極北といわれる嘉村礒多が、私小説という近代文学の特殊な空間を、より細密で微小な容器とすることによって、私小説の遠心的な可能性を摘みとってしまったことと似ているだろう。つまり、『虚無への供物』は、一九五〇年代の東京を〝密室〟、〝迷路〟化することによって、密室の中の密室、迷路の中の迷路という無限小に向かっての循環を定立し、〝閉ざされた空間〟が、より閉ざされた形の無数の小空間から成り立っていることを明らかにしたのである。このとき重要なことは、これがあくまでも無限小の方向へ向けての運動であるということだ。そして、塔晶夫から中井英夫へと仮面をとったこの作者は、ついにこの無限小へ向けての歩みをとどめることも、転換することもなかったのだ……。

竹本健治の『匣の中の失楽』が、『虚無への供物』の衣鉢を継いだ作品として成功したのは、この求心的な〝密室〟願望を逆手にとることにより、すなわち、ほぼ同寸大の密室をいくつも並列することによって、無限小へのベクトルの進行を遅延させたということにあるだろう。つまり、それは「密室は可能か」という問いをつねに投げかけることによって、密室の成立を遅らせ、それだけ無限小への傾斜を遅滞させたということなのである。

たとえば、「薔薇の獄」とか「空き瓶ブルース」とかいった題名に示されるような、中井英夫の〝閉所空間〟への偏愛——これが『虚無への供物』でもうっすらと見られた、〝無限小〟へ向けての運動のベクトルの帰結するところから出てくるものであることは、すでに明らかだろう。私が塔晶夫ではなく、中井英夫から徐々に遠ざかっていったのも、たぶんこの無限小への傾きが息苦しく思われ始めたから、ということになるかもしれない。むろん、私は中井英夫をおとしめるためこんなことをいっているわけではない。ただ、「塔晶夫」がその名の〈名詮自性〉のように虚空に高くそびえ立つ、〝塔〟として、また水晶の輝く燦めきのように、私を眩暈させ、魅了したことをいっておきたいだけのことだ。そこには無限小へと向かう精神の動きが、いっきょに無限大の世界へと飛び散ってゆく爽快さがあった。現実が非現実に、あるいは非現実が現実に〝早変わり〟する〈魔術的リアリズム〉が存在した……。それを可能とした根拠は、やはり逆説めくが一九五〇、六〇年代の、悲惨な〈不条理〉の記憶と、現実社会の急テンポの変容ということにもとめられるだろう。それは閉ざそうとする力と開こうという力とが、ちょうど均衡し、一瞬の緩《ゆる》みも見せなかった時期ということになるだろう。つまり、そこには現実がまだ強固に存在していたからこそ「非現実」もありえたのであり、変ないい方だが、虚構そのものの〝リアリティー〟が歴然と保たれていたのである。『飢餓海峡』を頂点とする〈社会派推理小説〉が、一方は〝ディスカバー・ジャパン〟にも似た、列島のお国巡り的な現地小説と化し、他方ではフィクションの枠を跳び越して、『日本の夜と霧』といった暴露的なノンフィクションへと分散していったことを、ここで私たちは補助線的に思い浮かべておいてもよいだろう。そして、きわめて大ざっぱにいってしまえば、それは日本列島という地理的条件と、戦後という歴史的条件との軛《くびき》のもとで、〝閉ざされて〟しまったのである。つまり、そこでは外側へ、無限大へと広がろうとする衝動が、逆に強固なイデオロギーの外枠に触れて自閉してしまったのだ。かつて『点と線』や『砂の器』で私に〝社会派〟への目を見開かせてくれた松本清張や、『海の牙』から『飢餓海峡』『五番町夕霧楼』に至る作品群である種の〝渇き〟をいやしてくれた水上勉の現在の姿を見ることで、それは十分に証明されることであろう。それを高度経済成長から現在にいたる日本資本主義体制の爛熟に因をもとめるとしたら、昔ながらの「社会決定論」に後戻りしてしまうことになるのだが……。

さて、このように論を進めてきた私の中で、何か重要なことを言い忘れているような気がしてならないのはどうしてだろうか。亜利夫、久生、俊夫、蒼司、紅司、藍司、玄次……これらの若者たちの一種の〝青春小説〟ともいうべきこの『虚無への供物』が、また〈性〉的な倒錯小説として読めること（その意味では、この小説のラスト・シーンは意味深長といえるだろう）は繰り返すまでもないだろうが、そこに倒錯した観念としての〈性〉に溺れこまざるをえなかった、戦後第一世代の〝痛切な青春〟があり、そうした内部的な動機がこの小説成立の大きな要因となっていることは、やはりいっておかざるをえないのである。それはあるいは六〇年という政治的熱狂の季節を経た後の、閉塞的な時代精神の反映ともいえるかもしれない。ちょうど『匣の中の失楽』が七〇年の迷走的な状況を反映した性的〝不能者〟たちの青春劇を演出しているように。

そういう意味では〈性〉と〈政治〉に挟撃された「戦後文学」という枠組みは、この小説においても強固に残存しているのであり、そうした閉空間をいかに転倒させたか、ということによって、この作品の真価は問われなければならないのである。もとより、それはまた別の文脈の〝論〟として筆を新たにしなければならないものであるだろう。

監視人のいない檻
――竹本健治『匣の中の失楽』　笠井潔『バイバイ、エンジェル』

1　曼荼羅と流行神

　世界に大きな事や変りた事が出て来るのは、皆此の金神《こんじん》の渡る橋であるから、世界の出来事を考へたら、神の仕組《しぐみ》が判りて来て、誠の改心が出来るぞよ。世界には誠の者を神が借りて居るから、漸々《だんだん》結構が判りて来るぞよ。善《よ》き目醒しも有るぞよ。亦悪しき目醒しも有るから、世界の事を見て改心致されよ。新たまりて世を替へるぞよ。今迄宜《よ》かりた所はチト悪くなり、悪かりた所は善くなるぞよ。日本は上へお土が上るぞよ。外国はお土が下りて海となるぞよ。是も時節であるから、ドウも致しやうが無いなれど、一人なりと改心を為《さ》して、世界を助けたいと思ふて、天地の元の大神様へ、艮《うしとら》の金神が昼夜に御詫を致して居るぞよ。

　この文章のキーワードが「世界」であることは一目瞭然だろう。綾部の一老婦が精神に異常を来して何やらワケのわからぬことを口走りはじめた。もてあました家族の者は座敷牢の中に老婦を閉じこめ、その妄想の鎮《しず》まるのを待った。しかし、老婦の神がかり（あるいは狐つき）は熄《や》むどころか、ますます昂じて、座敷牢の柱に折れ釘で平仮名ばかりの〝神の語《ことば》〟（神の諭《おしえ》）を書きつけはじめた――。これが、現在大本教の教典である『大本神諭』としてまとめられた老婦・出口ナオの「お筆先」のはじまりである。

出口ナオのお筆先が「世界」という言葉をめぐって展開されていることは、一度でも『大本神諭』をながめてみたものには、すぐにわかることだ。そして、『大本神諭』にあらわれてくる「世界」がいくつかの層をなした概念であることも。

まず、世界は一般的な「世間」「世上」「世」といった言葉に対応しながら頽落したイメージとしてあらわれる。次に、世界（外国）対日本という緊張した対立関係としてあらわされ、それは〝艮の金神〟を中心とした〈つくり変えられた〉世界のヴィジョン（「三千世界」「みろくの世」という言葉で示されるように、それは東アジア的ユートピア信仰の残光のもとにイメージされている）として最終的に示されるのである。

おそらく、こうした「世界」という概念はほとんどの日本の宗教運動の底流に共有されるものであると思われる。世界が頽落していること、あるいは世界の〝仕組〟や〝結構〟がわかりにくく、見えにくくなっていることに対しての、人びとの不安と苛立ちという反応。それは日本と世界（外国、異国）という図式の中では、被害妄想的な排外主義と夜郎自大的な皇国思想として先鋭化され、さらに次の段階としてそれは千年王国的な世直し、世界の立て替えの運動として組織されるか、または〝ええじゃないか〟式の厖大なエネルギーの発散作用として終結するのである。

「世界」という概念を前にしてたたずんでいる人びとを組織して、対面する世界の外側へと跳躍しようと試みること、あるいは世界の〝仕組〟や〝結構〟をとらえ、世界を隈なくわかろうとする渇望をいやすことは、つねに宗教的な情熱を湛えて具現されるのである。そのひとつは、私たちが過去に通り過ぎてきた〈反核運動〉(これは次の段階として〈反原発運動〉という形で再び現在的問題として再帰するが)という一過性の、やたらと騒がしいだけのエネルギーの発散現象であり、もうひとつは、現在通り過ぎつつある〈知〉の新たな組み替え、立て直しを試みると称する〈ニューアカデミズム〉(これはやがて旧アカデミズムとなしくずし的に相互乗り入れを完成させるだろう)の、先行きの不安な〝世界知〟への逃走という現象なのだ。この二つの社会現象(これを文化運動、文化現象というには少しく精神の変革性に乏しすぎる)に共通しているのは、世界を目の前にして手を拱《こまね》き、「世界概念」を突破しようとする、大向こう受けするハデなしぐさのみをみせながら、じつはそれが繰り返される世界像の複製の再生産、刷り直しにほかならないということなのである。

　吉本隆明はその『マス・イメージ論』中の「世界論」という各論において、〈反核署名運動〉の発起人たちの名簿をひとつの「世界模型」に見立てて、彼らをからかった。むろんそれは、吉本隆明がことわるまでもなく、〈真剣なからかい〉なのであり、その世界模型はまさしく反核文学者と称される彼らの世界イメージ、世界像とちょうどつりあっているのだ。曼荼羅状に四角く並べられた人名たち。それはアイウエオ順でもなく、文壇的地位の席順でもなく、かといって決定的に偶然や恣意でもありえない微妙不可思議の位階として、その席次が定められているのだ。

つまり、その微妙な構図・構成が解体されるときには、その世界像それ自身が崩壊してしまうという意味において、それはまさしく〝曼荼羅〟的なのである。むろん、曼荼羅に位置を占める仏や菩薩たちは、恣意的であるようにみえながら、むしろ本質的な世界像の意味を表現するためにそこに並んで（並べられて）いるのである。

こういう曼荼羅図を思い浮かべてみよう。ソ連、アメリカをそれぞれ中央に位置させた両界曼荼羅があり、その如来の手に握られているのは金剛不壊《ふえ》の〝核〟である。その中心から放射される光は、四方、八方に居並ぶ菩薩たち（それぞれ手に食料やら車やら電算機やらを持っているだろう）を浮きたたせ、さらにその背後に陣をしめる羅漢やら天人やら比丘《びく》などを照らし出している。もちろん、修羅や畜生はその性《さが》の浅ましさからことあるごとに争闘、騒擾を曼荼羅図の片隅でひきおこすのだが、如来がその〝核〟という金剛杵をちょっと振りあげるとたちまちにおとなしくなってしまう……。

〈反核運動〉において提示された世界という概念は、徹頭徹尾こうした世界の模型的な構成に依存したものであった。そこには米・ソ冷戦構造という二極化（それでいて番《つがい》でしかありえない）のもとに秩序化された世界があり、そうした世界概念に観念的に対立するものとして戦後日本の絶対的平和主義、人間主義があったのである（むろん、それはいまや決定的に色褪せ、ひび割れている）。つまり、それはいわば世界の破局、人類の破滅といった〝恐怖〟を中心に据えることによって成り立っている世界概念なのであり、〈反核運動〉はそうした旧態依然の世界イメージを温存したまま、ただ世界模型としての〝曼荼羅図〟の位階づくりに腐心していたともいえるのである。

それでは、〈反核運動〉の再来としての〈反原発運動〉は、どんな世界図式を描こうとしているのだろうか。それは明らかに米ソ二大強国の世界分割という構造が、EC（現在はEUに拡大）、日本などの経済的浮上によって多極化、流動化した現在の段階に対応したものであり、それは都市と地方、南と北、先進国と発展途上国という二元論を背景としている。自然と人工、男性原理と婦女子の原理といった二項対立がここでは持ち出され、さらに国際資本（ユダヤ的陰謀）の世界支配という〝目に見えない〟恐怖の源泉が指さされるのである。

だが、こうした〝恐怖〟を中央集権的に統合した世界像が、たとえば出口ナオが『大本神諭』の中で「外国は獣類《けもの》の世、強いもの勝ちの、悪魔ばかりの国であるぞよ」とか「露国から始まりて、モウ一と戦《いくさ》があるぞよ。あとは世界の大たたかひで、是から段々判りて来るぞよ」とかいった言葉で、後進国・日本の「世界」への〝畏怖〟や〝恐怖〟を語ってみせたところから、どれほどの距離のあるものだろうか。もちろん、綾部の貧しい〝ボロ買い〟のナオにとっては、「世界」の向こう側から輸入されてくる安い繊維のひとつさえ、彼女と彼女の家族たちとの〝生存〟をいっきょに不安に吊り下げるほどの脅威に満ちたものであったのだが、現在の日本が世界の側からそのような直接的な形で威圧を受けることはおよそありえないのである（むろん〝ソ連の脅威〟とか〝石油パニック〟といった仕組まれ、煽られた恐怖はあるにしても）。

こうした観点からみてゆけば、〈反核運動〉が〝異端〟的な言説を徹底的に排除しようとした宗教運動に酷似したものとして推し進められ、そして世界模型の〝曼荼羅〟的完成（国際ペン・クラブ東京大会）を確認しあうことによって雲散霧消していったことの理由もうなずけるだろう。つまり、そこにはもともと出来あいの世界概念へと収斂してゆく機縁しかありえなかったのであり、少なくとも出口ナオやその同調者たち（世界の変革というヴィジョンを最下層において受けとめた後進国・日本の細民たち）のように、目の前に流通する世界イメージにおいては救済されず、いやおうなくそれらの世界像の廃棄と、世界概念の〝立て替え〟、〝立て直し〟を強いられなければならなかったこととは無縁だったのである。世界イメージは、世界概念は、運動の始まりにおいても、終りにおいても何も変わることなく、いや、何ら変わらなかったなどというのさえおこがましいほどに一過的に通りすぎていってしまったのだが、しかし、その〈運動〉はただひとつ、そうした世界模型の〝曼荼羅〟的秩序を強化していったことだけは確実だといえるのである。

一方の〈ニューアカデミズム〉（〝ポスト構造主義〟が合言葉であるらしい）が、やはり世界を目の前にしての衰弱した無力感を組織したものであることは明らかなことだろう。構造主義が、少なくとも世界の拡がりを拡がりのままに受け入れようとしたのに対し、〝ポスト構造主義〟は「世界」を地球儀のようにクルクルと片手で扱えるもののように受けとめるか、あるいは断片的で、不愉快な〝あまり〟（算数の解におけるような）の集積としてみなすかの択一を信者たちに強いるのである。むろん、それは世界概念が記号論的配置の中にうまく焦点を結んでくれないという消化不良感をぬぐい去ってくれるものではもちろんないのだ。

たしかに、世界思想の現在的潮流を巧みに交通整理し、解説し、ときにはそれを〝乗り越え〟てみせること。あるいは、アジア的混沌を記号の〈戯れ〉とみなし、チベット密教やインドや韓国やバリ島のシャーマニズムやアニミズムなどを相手に遊び戯れてみせることなど、〈ニューアカデミズム〉の技法は洗練され、精緻なものとなっているのかもしれない。だが、そうした〝アカぬけ（脱アカデミズム）〟した〈知〉のひらめきや組み合わせは、陰欝なまでに家族やら血族やら村落的共同体のアカにまみれた日本的・アジア的思考の持っていた〝ねばり〟を失ってしまっているのである。つまり、それはあくまでも現在の日本的現実から生み出されたものでありながら、その基底に伝統的な思惟との葛藤も、擦れ違いも、もちろん制覇すらありえず、ひたすらケイレン的な表面的なものとしてとどまっているのだ。

そういう意味で、〈ニューアカデミズム〉と称される知の波動は、まさしく「流行神現象」に近似してくるのである。〝経済人類学者〟のしゃべり出したらやめられなく、止まらない知的軽薄体の駄弁を露払いに、〝若者の神〟やら〝神降りした修行者〟たちが「御託宣」を下しはじめる。おそらく、ほとんどの読者にとって理解不能の（それもわかってしまえば、ネタはあいかわらずの〝横文字〟と〝縦文字〟との差異にあるわけだが）知的な話体の文章は、世界概念を引っ掻きまわし、世界イメージを横に寝そべらせるか、その前でトンボ返りを打ってみせるといった、知的なアクロバット技で大向こう受けを狙ったものでしかありえないのである。

たとえば、チベットで密教の瞑想行を実践したという触れこみのある新鋭宗教学者はこんなふうに書いている。

……つまり、私は自分が身体の外にいて、自分の身体を上の方から見おろしていることに気づいたのである。それは奇妙な感覚だった。上の方から見おろす身体は髪の毛や着物のひだにいたるまでくっきりと見えるのに、その周囲の空間は身体から遠くなるにしたがって、しだいに暗闇に溶けこんでいくようだった。……
……ラマは、弟子が無意識のうちにつくり上げ獲得してきた世界のとらえ方と感受性とかを根こそぎ揺がし、解体して、世界をまったく異なる態度でとらえられるようにしむけていく。……

（中沢新一「孤独な鳥の条件――カスタネダ論」）

こうした体験は、方法論的な懐疑を持つ若い宗教学者が「世界」を感受しようとするその手前のところで、悪戦苦闘しているという意味あいのほかは、別にとりたてていうほどの意味などないように思う。意識の身体分離は〝エクスタシーの技術〟であるシャーマニズムにとって、ごく初歩的な〝行〟であるだろうし、自己催眠によってもこの程度の幻覚は招来することが可能だろう。もちろん出口王仁三郎のような一級の霊能者は、『霊界物語』などにおいてもっと奔放で、濃密な〝脱我体験〟を語っているし、そこでは「世界」のとらえ方や感受のしかたの転位などではなく、まさに「世界」の変容そのものが書きとめられているのである。

世界の側ではなく、むしろこちら側の意識や身体の変容こそが求められていること。それはまた〝世界の解釈〟といった古く、懐かしい問題の範疇ではなく、「世界」がさまざまな解釈でおおわれ、すでにそれらの、蠣殻《かきがら》のようにこびりついた〝解釈〟で世界が流動性を失い、ほとんど伸縮のない固定したものとしてとらえられていることを証明している。だから、そうした世界を〝透明〟に見つめようというシャーマニスティックな修行者の意志とはほとんど無縁な、――〈ニューアカデミズム〉の知は、世界を不毛な砂漠と見立てて必死な逃走をくわだてるか、世界とはおかまいなしにあらゆる精神的な倒立（アクロバット、サーカス技）を試みようとするのだ。

それは、たとえば『ベストセラーの構造』という、マス・メディアと文学というテーマを吉本隆明の『マス・イメージ論』とはまた別な角度から論じてみせた中島梓（時代の〝オリ〟を吸いこんだ分だけ賢明さを増したようである）のこんな言葉――すなわち「かれらはそのすべての段階をとびこえ、自我を世界とのかかわりにおいて完成するはるか以前に、シニシズムと出会ってしまう。世界を解釈することをせずに、いきなりけとばし、あざわらうやり方をまねてしまうのである」という批判の射程に基本的には入りこんでしまうことがらであると思われる。むろん、中島梓がここで問題としている「かれら」とは、ごく狭い意味では〝筒井康隆のファン〟ということであり、広くは「知的」なものを気取ろうとする大学生ということであるが、「かれら」がまた〈ニューアカデミズム〉におけるマス・メディア側からのターゲットとなっていたことは明らかであろう。つまり、彼らは「世界」を世界のあらわれとして透視しようとはせず、まず、世界に対する斜に構えた〝関わりかた〟だけを学びとってしまったのである。むろん、それは世界に関わる問題ではなく、世界に関わらないというその〝無関係さ〟において〈世界―私〉という関係性がありうるということだ。

中島梓はさらに続けてこういっている。

すべてをわらいとばしながら、かれらはすべてを受容している。筒井康隆は決して何をも変革しようとはたらきかけない。彼はただ笑い、愚弄するが、それでは何が愚弄に値しないのかは示さないし、愚弄されぬためにはどうすればいいのかも云わない。わらわれたくなければ、ただひとつ、わらう側にくみすることである。ひとをもわらい、自分をもわらい、自分をわらう自分をもわらう——鏡あわせの迷路におちこみながら、若者たちは、「ただひとつ確か」なものを見出したと信じる。

現代の知的な「流行神現象」の精神的な基盤をよく説明しうる文章であると思う。もともと流行り神は〝流行る〟ことそれ自体の内在的な不安を孕んでいる。それは神経症的な社会的な病理として剔決《てっけつ》することさえ可能であろう。現代において〝流行神〟はほんとうは〈笑いとばされる〉ためにあるのだ。「ひとをもわらい」「自分をもわらい」「自分をわらう自分をもわらう」という無限の循環性。意味ありげな〝クラインの壺〟も〝砂漠の思考〟も〝ダブル・バインド〟も、所詮は自分の腰かけている木の枝を切る男、自分のえり首をつかんで水の上を歩こうとしている男、という戯画とそれほど異なったものではない。そうした「自己言及」の〝迷路〟におちこみながら、そうした立場が「わらうべきこと」ではなく、まるで「ただひとつ確か」な〝立場〟であるとして振る舞ってみせることが、現代の〝流行神〟たちの流行神たるゆえんであるだろう。むろん、〝流行る〟こと自体はこのマス・メディアの肥大した社会できわめて気まぐれで、その全盛期はあまりにも短い。高貴な顔をした猿と、どこか陰険な自虐さを表情にあらわしていた〝人類学者〟はもうテレビの画面からは姿を消している。伏し目がちに〝チャート式現代先端思想の参考書〟の喧伝を行っていた若手の〝経済学者〟の顔写真パネルは書店の棚からはずされている。もちろん、それはあらかじめわかっていたことだと彼らはいってのけるだろう。「自分をわらう自分をもわらう」ために。

だが、世界との不透明な関わりのままで、世界概念や世界イメージだけを歪形し、むしろ世界に対面する自分の足もとを掘るようなこれらの〝流行神〟たちは、後からあらわれてくる〈より人をも自分をもわらう〉者へと、その〝流行神〟としての地位を交替してゆかざるをえないのである。彼らは現在というマス・イメージによっておおわれた世界の本質的な変容を見ようとはしないし、むしろそこから目をそむけることによって、マス・イメージによって産出された「世界」イメージの側へと加担しているのである。そういう意味において彼らはどんな世界概念をこしらえあげることもないし、消極的な現世界の肯定を二項対立の論理の果てに導き出してくるだけの役割をしか、〈知〉の世界においてはたしえないだろう。それはあきらかに、「世界」の変容を、主体的に、積極的に〝変革〟へのヴィジョンへと導いていった綾部の一老婦の〝世界観〟よりもはるかに衰弱したものにほかならないのである。

2　小説という〈匣《はこ》〉の中で

世界を〝曼荼羅図〟的な世界模型に還元するのでもなく、二項対立の無限連鎖のはてに追いやってしまうのでもなく、ただ〝透視〟してみようという健やかな視力はどのようにして可能なのか。もちろん、それは言うほどにたやすいものではないだろう。ましてや、こうした不安定にしか感受できない世界を相手に、結局はその内部に孕みこまれてしまうにしろ、ひとつの世界として作品を提出しなければならない文学作品は、さまざまな形で「世界概念」をまず構築してみせなければならないのであり、それはかなりの力業《ちからわざ》であるといわざるをえないだろう。

ここで取りあげようとする二つの、若手作家による〈探偵小説〉が、もちろんそうした意図を完璧に実現したものであるということはできないだろう。だが、私のみるところでは、これらの作品が〈探偵小説〉という枠組みの中で「世界」に触れようとしている稀少の例であると思われるのだ。むろん、それは〈探偵小説〉の問題であるのではなく、〈小説〉そのものの問題にほかならない。そうした意味で、竹本健治の『匣《はこ》の中の失楽』は、このような世界概念を構築することの困難そのものをテーマとしていることにおいて注目すべき〈小説〉であるといえるのだ。

『匣の中の失楽』という小説が、日本近代文学史の〝裏面〟に流れ続けた「異端文学」の末流に連なることは自明だろう。さしあたりそれは中井英夫（塔晶夫）の『虚無への供物』を直接の〝父系〟としているし、さらに夢野久作の『ドグラ・マグラ』、小栗虫太郎の『黒死館殺人事件』という〝異端文学史〟（〝新青年〟文学史）の二大巨峰から水脈を受け継いでいる。あるいは埴谷雄高の『死霊』と坂口安吾の『不連続殺人事件』がこの作品に〝哲学〟的インスピレーションを与えていることをいっておくべきだろうか（これらの作品をアンチ・ミステリーと呼ぶならわしが定着している）。

『匣の中の失楽』は、ある意味でいえばこうした先行作品のさまざまな要素を掻き集め、ゴッタ煮にしたもので、当時二十三歳だった作者の〝独創性〟などは細かく腑分けしてしまえば何も残らなくなるのかもしれない。しかしそこで一点残りうるものがあるとしたら、それは「世界」そのものを二重、三重の〝密室〟として受けとめるという〈世界への感受性〉の青臭さ

（島田雅彦＝ゴンヴロヴィッチ風にいえば〝青二才〟性！）なのだ。もちろん、この場合の〝青臭さ〟という言葉はマイナス的なものと同時に積極的、肯定的な意味をも孕んでいる。「世界」ほ奥深く、わかりえない。それは二重三重の〝密室〟の中に閉ざされ、さらに三重四重の〝密室〟的な世界に内包されているだろう……。

そういう意味で、この小説の書き出しと結語とがまったく同じ次のような文章であること（よく使われるテではあるが）は象徴的なものであるといえよう。

その時まで彼は、こんな深い霧を経験したことがなかった。周囲のもの総てが、厚くたれこめたミルク色に鎖され、深海の光景のようにどんよりと沈みこんでいる、こんな霧を。

むろん、これがどんな心象風景であるかは解説するまでもないだろう。世界には厚い目隠しのカーテンがかけられ、どんなに苛立ち、目を凝らしたところではっきりとした形や構造は目に見えてこないのだ。この作品の中でさまざまな衒学的な道具立てが駆使されているわけだが、それらのものはこの作品の世界とか筋立てとか設定といったものを明瞭化させるよりは、ミスティフィカシオン（神秘化、朦朧化）のためだけに役立っている。そして、これらの〝不可知〟の雲や霧におおわれているところをとっぱらってみれば、そこには退屈なモラトリアム時代を生きている大学生たちの、閉塞された観念や生活の在り方が見えてくると思う。

本格的な推理小説（探偵小説）としての『匣の中の失楽』は、四つの密室殺人（失踪）事件を主軸に成り立っている。もちろん西欧的な堅牢な家屋構造とは異なる日本の開放的な家屋構造の中での〝密室トリック〟は、どうしてもやや〝風通しのよすぎる〟ものとなってしまいがちだが、〈遊び〉の精神に長《た》けた作者は比較的難のない盲点トリックを考案して、何とか四つの密室殺人をこなしている（こうした〈遊び〉精神は以後『トランプ殺人事件』『囲碁殺人事件』などの推理小説作品により活かされることになるだろう）。しかし、こうしたトリックの問題ではなく、福永武彦（加田怜太郎）のいうところの〝探偵小説のミソ〟にあたるのは、小説作品の中で小説が書かれていること、すなわち『匣の中の失楽』の中には、その中での登場人物・ナイルズが書いた（書いている）『いかにして密室はつくられたか』という題名の推理小説がはめこまれているということだ。むろん、小説の中に小説が埋めこまれているという構成は、最近の例をとりあげてみても長部日出雄の『未完反語派』や山田風太郎の『八犬伝』などのように、さして珍しいことではないだろう。だが、読者が読み進めてきた〝殺人事件〟の被害者が、次の章では、彼自身が被害者となっている殺人事件をテーマとした〝小説〟を読んでいたのだというカラクリにはいささか小気味よい〝はぐらかし〟を受けた爽快感があるだろう。

しかし、そのような小気味よさはほんの一時《いっとき》のものである。自分が殺される殺人事件の小説を読んでいた登場人物は、やはり同じような形で〝殺されて〟しまうのだ。読者は徐々に自分が今読んでいるこの小説世界の底が一瞬に割れて、また別の作品世界へと足を踏みはずしてしまうのではないかという疑心暗鬼に襲われ始める。匣の中を開けるとまた匣があり、その匣の中にもまた匣があるという〝入れ子細工〟……あるいはミルク缶のおもてにそのミルク缶を持った少女の絵が描かれ、その手に持ったミルク缶のおもてにもまたミルク缶を持った少女が描かれているという〝無限〟のダマシ絵……。

危うい霧の中の道を踏みわけてゆきながら、読者は作中人物の誰彼れと同じように、現実と虚構との〝不連続〟な連続線を越えてしまうかもしれない。後戻りのできない〝密室〟が世界全体をおおう。そして小説は、行けども行けども「世界」という不可解な〝おもちゃ箱〟の中から出てゆくことのできない、気まぐれな子どもたちから棄て去られた〝人形〟のような人間たちという暗喩を形づくってゆくのである。

この作品の登場人物たちの名前が〝人形名〟のアナグラムによって命名されていることはすでに指摘されていることだが（松山俊太郎「眩めく知的青春の悲歌」――『匣の中の失楽』講談社文庫版解説）、その中で〈マリオネット〉の隠し文字をその名前の中に持つ〝根戸真理夫〟は、作品の最後に近い部分でこんなふうに述懐するのである。

――俺達は密室のなかを生きてきたんだ……――産まれた時からそうだったんだ。俺達はいつも自分自身というこの密室のなかに育ってきた。そうだ。そしてそれはいつの間にか奇妙な愉悦となっていた。だからそれ故に、この世界は失楽園以外の何物でもない密室のなかで、いつまでこの失楽を担わなければならないのだろう。『いかにして密室はつくられたか』とは果たしていかなる問いかけだったのか。俺達は一体、いつまでこの匣のなかの失楽を味わわなければならないのだろう。

『匣の中の失楽』というやや奇矯な標題のゆえんもここで説きあかされているわけだが、むろん重要なのはここで〈マリオネット〉であるはずの登場人物が、自分がマリオネット＝あやつり人形であるということに気がつくということだろう。人形のような〝生〟の密室――現実と虚構との境い目が不確かなあいまいなものへと変貌していった時点で、登場人物は自分が誰かに操られ、動きまわらされていることを自覚する。そして、その閉ざされた〝生〟という密室が、どのようにしてつくられたのか、と〝操る手〟を見据えるように問いかけるのだ。

しかし、もちろん〈マリオネット〉は操る糸からの完全な自由をかちえることはできないし、何重もの生の密室に閉ざされた〝匣〟の中の登場人物たちは、その小説世界という枠組みをはみ出して生きることはできない。それはまた、半ば現実と虚構とが癒着し、融合してしまった時点において、〝操る手〟の側、小説という一個の〝匣〟の世界を書いている側へもはねかえってくる事態でもあるだろう……。

〈遊ぶ〉こと、軽やかにすべての現象に戯れかかること、決して深層に至らず、表面の波動にだけ身を委ね、快活に滑りまわること。たとえば、演劇の野田秀樹から〝思想〟の浅田彰に至るまで、現代を疾走するためには一瞬の休みもなく、軽やかに飛びはね、走りまわらなければならない（野田秀樹の芝居は単純に彼の脚力が落ちた瞬間から瓦解するのだ）。それはマリオネットが激しく動き回り、踊り跳ねているうちは、まるで、〝操る糸〟はなく、人形それ自体が生きているかのように見えることと同じだ。

野田秀樹の出世作『怪盗乱魔』は、〝教育問題〟と〝見えざる眼の支配〟とを無自覚的にテーマとした芝居だった。つまり、そこでの登場人物は（〝二十四の瞳〟の大石先生や生徒たち、新撰組の沖田総司、そしてもちろん〝怪盗乱魔〟も）、舞台の裏側（あるいは表側）の〝眼ざし〟

によって支配されているのであり、彼らがときどき一瞬動きを止めて静止像化したり、また動き出したりするのは、ちょうど〈ダルマサンガ、コロンダ〉の〝遊戯〟のように、〝眼ざし〟が彼らから逸《そ》らされている時にだけ、彼らは遊びのための自由時間を持つことができるためなのである。

劇の最初に登場人物の一人〝大石先生〟はこんな台詞《せりふ》をしゃべる。すなわち「このように、西洋の中世では、児童教育という名前の仮面を皮かむりして、ぞんざいに非人道的なことがまかり通ってきたんですよ」と。このようにとはどのようになのか。むろん、それは芝居を行っている彼らが受けて来た「このような」教育にほかならないのだ。そして、この「このような教育」を、野田秀樹などとほぼ同世代といっていい浅田彰は、「不幸な道化としての近代人の肖像」という文章で的確に指摘している。つまり、それは「教室」を監督（支配）する〝眼ざし〟が生徒たちに対面する前方にあるのではなく、後方から、すなわち背後から自分たちを〝見つめているだろうに違いない〟ような「非人道的」な「教育（＝管理）装置」にほかならないのである。

もちろん、浅田彰がそうした〝眼ざし〟から自由であるとも、逃げ切っているともいうことはできない。なぜなら、その眼ざしが実は内部的に繰り込まれてゆくところにほんとうの問題はあるのだから。一見、自由奔放に見える野田秀樹の芝居や、あるいはラディカルに見える表層批評、〈記号の戯れ〉批評がたわいもなく〝脆い〟素地を見せてしまうのは、こうした〝背後（内面）からの眼ざし〟という一点を忘れたふりをしようとし、忘れ切れないという機微に関わっているように思う。

遊びは遊ばせられることであり、戯れは戯れさせられることにほかならない。『匣の中の失楽』が、モラトリアム的な大学生の群像を描き出しながら、そうした怠惰な〈執行猶予〉の状態を一歩脱け出したところにあるというのは、登場人物の〝人形たち〟が突きあたる〝失楽〟の度合いによるものなのだろう。心理学、数学、国文学、物理学という登場人物の大学生たちのそれぞれの専門科目も、じつは学問というより〝遊び〟に近い。加持祈禱法、プルキニエ現象、カタストロフィー理論、九星術、ラプラスの悪魔——可能な限り衒学的な素材を推理過程のために次つぎに持ち出してくる彼らには、ただひとつ、それらの要素をゴッタ煮にして殺人事件—推理ゲームへとつなげてゆくだけの基本的な〝動機〟が欠けているのである（それはまさにニューアカデミストたちの手つきに酷似している）。

つまり、そこには遊戯はあっても、遊戯への意志はきわめてあいまいな、微弱なものでしかないのだ。彼らは〝動機〟を模索し始める。つまり、遊ばせられているのではなく、遊んでいることを証明するためには、その推理ゲームの〝動機〟が何よりも必要とされるからだ（作者の別な作品『狂い壁狂い窓』では〝動機〟の薄弱さを〈狂気〉ということで糊塗しようとしている。むろんこれは探偵小説としてはルール違反にほかならない）。

しかし、もちろん本質的な意味で〈遊び〉に誰をも納得させうるような〝動機〟はない。作者がそこで持ち出して来たのは、〝第一の殺人〟がじつは自殺であり、そこから波及してゆく一定のグループ内での疑心暗鬼が第二、第三の殺人事件をひき起こしてゆくという設定なのだ。同じような観念の色に染めあげられた学生たちの小グループ。そこにはどのような〝極限的〟

な事態がひき起こされても不思議ではないような観念の同質性と、事件への待望が一人一人を捉えているのである。ただ、そこに欠けているのは〝事件〟へと連鎖してゆく発火の〝動機〟なのであり、そのハズミだけなのである……。

　こうして書いてゆけば、私たちの「世界」の中に閉ざされ、内向したさまざまな〝匣〟が浮游し、それぞれの〝失楽〟を抱えながら見はらしのきかぬ霧の中で、いつしか現実と観念との不連続線を越境してしまうことのあったことに思いあたってしまうだろう。『匣の中の失楽』は、そういう意味で私たちの現実の世界そのものをとらえようとする意志を手放してはいない。それは中井英夫の『虚無への供物』が堅牢な観念の宇宙、虚構の世界をつくりあげているのと同時に、その世界の水際は現実の側からの浸透してくる波浪のために溺れ谷となっていたことと、どこか通底するカラクリを孕んでいる。こういういい方が許されるとするならば、『虚無への供物』という探偵小説はたとえば水上勉の『飢餓海峡』といったリアリスティックな小説と、戦後という時代意識、世界観において〝一卵性双生児〟であったのだ。あるいは『虚無への供物』をさかさまの密室、『飢餓海峡』を開かれた密室と呼んでもよい。いずれにしても、これらの作品は戦後という密室の中で、「世界」の形を自らの作品の世界の似姿として描き出そうとしていたのである。『匣の中の失楽』が、そのような意味で「世界」の形を示そうとしたり、その重みとつりあうような濃密な作品世界をつくりあげようとしているというわけにはゆかないだろう。だが、世界を目の前にして、そこを回避しようとしたり、安易な世界模型をつくり出してしまうような志向性とは、ひとまず無縁であるということだけはいえると思う。

閉ざされ、操られ、遊ばされている生の〝匣〟の中にもやはり世界は浸透し、〝密室〟はボルヘスの〝迷宮〟と〝沙漠〟の逆説のように、それ自体が世界として私たちの生に現出してくるものにほかならないからである。かくして、二十三歳の〈遊戯〉好きの一青年は、そうした自分の〝青臭い〟密室の世界をそのまま吊るし上げるような、きわめて特異な小説を書きあげてしまったのである。

3　観念と死

笠井潔の『バイバイ、エンジェル』の中に、主人公の矢吹駆《ヤブキカケル》の語る〈現象学的直観〉なる言葉がある。たとえば、首を切られた女の外出着姿の死体がある。ふつうの〝推理〟ならばこれをどうとらえるだろう。まず、警察、新聞記者的な推理ならば、〝首のない死体〟を一種の〝表現〟として、その情報《メッセージ》を読みとろうとするだろう。犯人はよほど深い怨恨を抱いていた、殺人者は精神異常者だ、この犯罪は猟奇性を帯びている……といった具合に。また、首そのものがひとつの記号であると考える〝記号論者〟ならば、これは記号の抹消であり、そうした記号の無化にこそ意味がある（すなわち、被害者のすり替え、殺害方法、凶器の秘匿化など）と主張するかもしれない。そして、この二つの立場は『バイバイ、エンジェル』の中で、パリ警察の〝体験派〟のバルベス警部と、探偵好きの女子大生ナディア・モガールによって、つとに表明されているところなのだ。

では、矢吹駆の〈現象学的直観〉によればこのことはどう推理されるべきことなのか。彼はまず〝首切り〟の本質は犯罪の隠蔽そのものにあるという。そうした本質直観から始めなければば首切りについて何も語ったことにならないというのだ。次に彼はこの〝首なし死体〟の転がっていた〈場〉における細かな疑問点をひとつずつ列挙してゆく。そして、この細かな疑問点と〝首なし死体〟とが無理なく結びあわされる論理の線上にこそ、この殺人事件の〝構造〟が浮かびあがってくるというのだ。

むろん、そんなことは犯罪捜査の常道にほかならないと半畳をさしはさむことは簡単だ。何もそんなことを〈現象学的直観〉などともったいをつけなくてもいいだろう、と。だが、ここで作者が意図していたのは〝もったいぶる〟とか読者を〝はぐらかす〟ということとは少し違っていたのではないかと思う。〈現象学的直観〉という言葉からその衒学的な響きをとり払ってしまえば、それは思い込みや手垢にまみれた有徴性などの意味を排除して「あるがままに見、感じるままに感じる」ということとさほど異ならない意味内容を持っているだけだろう。つまり、それはごく平均的な、日常的な意味での〝明晰さ〟〝合理性〟、あるいはごく単純な人間心理の把握といったものと相隔たるものではありえないのだ。

なぜ、その程度のものが〈現象学的直観〉といったようにことごとしい言葉で語られなければならないのか。そのへんに、笠井潔の〝観念による観念批判〟のカラクリがありそうである。

『バイバイ、エンジェル』という処女探偵小説を読むと、この作品が〝推理小説〟としては〝危うい〟二重構造を持ち、この二重底の物語が「小説」という形式的美学をいくぶんか損なっていると考えられてしまうことは否めないのである。ひとつは〝ラルース家の首切り殺人事件〟という、いわゆる推理小説仕立ての「事件」があり、もうひとつには矢吹駆というやや謎めいた探偵役と犯人・マチルド（犯人を名指してしまうのは、探偵小説について語る際の大きな〝ルール〟破りとなってしまうが、作者、読者とも諒解されたい）との思想的、観念的な〝葛藤劇〟があるのだ。そして、この二つのドラマは、コナン・ドイルのホームズものの長篇の多くがそうであるように、一つの小説で探偵小説と冒険・秘境小説を同時に楽しみたいというきわめて、〝経済《エコノミック》〟的な要求を満たす以外に、重ね合わせられる必然性はあまり存在しないのである。

だから、笠井潔の小説は「推理小説」の仮面をかぶった〝思想小説〟で、狗頭をかかげて羊肉を売っているという〝好意的〟な批判も出て、作者も半ばそれを肯《うべな》っているようだが、それは私にはいささかの疑義がある。なぜなら、彼の小説はそこで思想小説となってしまっては〝失敗〟であるような「探偵小説」をこそ目指しているのではなかったのだろうか。つまり、蒼ざめた観念、赤き死の仮面にもなぞらえられるべき「記号」の跳梁、そして総括と粛清に収斂する思想という総体を批判するような「小説」をこそ作者は構想していたはずであり、そこで世界を解釈し、その成り立ちを見きわめるという名目で、世界を憎悪したり、世界の手前でその影と後ろ向きに戯れている連中は、彼のペンによってあっさりと首を切られねばならないのではないか。

すなわち、いってみれば彼の小説の中の〝犯罪〟〝事件〟そのものが観念の束として中心にあるのであり、その観念を世界の現実へと還元する手続きとして〈現象学的直観〉の推理力があるというわけだ。彼の小説の中では「世界」はあたかも観念であるかのようにあらわされる。すべてのもの、さまざまな人物が観念によって「世界」の地平に登場してくるのであり、おそらくそうした〝観念性〟を抜きとってしまったら、ほとんどの登場人物はまさに作者の手で操られる〝木偶《でく》人形〟に異ならず、いちじるしく生彩を欠いたものになるのに違いあるまい。つまり、〈現象学的直観〉によって透視されねばならないのは、そこで引き起こされた〝犯罪事件〟そのものではなく、その犯罪にまつわる記号や意味や観念の体系なのであり、それは〈現象学的直観〉（現象学的還元を本質直観的に行うというほどの意味だろう）によって、出来あいの世界概念、さまざまな観念に憑かれた魑魅魍魎《ちみもうりょう》の跋扈《ばっこ》する世界を現実に〝還元〟し、そうした観念の世界を白日の下に曝してしまうことではなかったのだろうか。

だから、笠井潔の〝推理小説〟が矢吹駆という「賢者」とナディア・モガールという早とちりの「愚者」との組み合わせという基本的構図を持ちながら、おそらく矢吹駆の〝推理的優越性〟は、これまでに世界中にあらわれた名探偵のように、微細な観察力や明晰な論理性、あるいは人間心理への卓越した理解力や情報収集のための行動力といったものではなく、彼自身がいっているように「どんな人間であってもほとんど無自覚のうちに日常的にはたらかせているような、対象を認識するための機構の秘密」を手にしているということだけなのだ。そしてそれは基本的には「観念の等価性」という、われわれの心理の奥深くに喰いこんでいる心理的（心情的、気分的）装置のもたらす、〝秘密〟であると思われるのだ。

観念の等価性とは何か。それは、ある人間的な事実にはそれに相当（相応）する観念があり、それらは〝補償〟しあっているということ、または、観念にはそれとつりあう別の観念をつねに対置することができるということだ。

たとえば、前にあげた〝首切り〟の本質直観についての矢吹駆の〝講義〟は、それが犯罪の隠蔽であると語っていた。これはむろん〝首なし死体〟が十分に殺人事件の物証であって、犯罪そのものの隠蔽となりえようがない以上、犯罪者によってそれが犯罪ではないと確認される〝心理的取り引き〟の問題となるだろう。〝首切り〟の実行者・アントワーヌ（とジルベール）に対して駆はこういう。

「君たちには人間の怖ろしさがなにもわかっていない。君たちはただの手先だ。操られた木偶《でく》人形だ。……殺人を正当化する観念は、ひとりで背負うにはあまりにも重い。途方もなく重い。君たちの脆弱な精神に耐えられるものではないんだ。……君たちは、自分の行為からも眼をそむけ始めている。そこから逃げ出し始めている。君たちの無知と無自覚が惹き起こした犯罪ならば、自分で責任を負うがいい。どうすればいいか、自分で考えることだ」

ここにあらわれているのは、いわゆる〝確信犯〟の場合、つまり行為と観念とがつりあった場合にそれは犯罪になるのか、という論議につながってゆくものと、もうひとつはたとえば犯罪という行為を「観念的行為」によって後から帳消しにすることができるかという問題につながってゆくものがあると思われる。そしてその基底の部分には「目には目を、歯には歯を」といった一対一の対応の原理が強く働いているのである。〝首切り〟の宗教史学的（民俗学的）見解からも明らかなように、殺した相手の〝首〟をとることによって、基本的には殺人者は死者の霊的な〝復讐〟を避けることができる。むろんその裏面には殺したものは殺される、すなわち「死には死を」という合理的、経済的な原理が孕まれているのであり、〝首狩り〟はそうした死者の霊力を逆に自分に転嫁しようということであったり、あるいはその霊力を封じこめることであったのである。

『バイバイ、エンジェル』に戻っていえば〝首切り〟はもちろんある物証を隠匿するための行為にほかならないわけだが、観念のレベルでいえばそれは犯罪そのものの抹消、すなわち秘密結社〈赤い死《ラ・モール・ルージュ》〉の一員として抱懐する「思想」による行為はすべて免責されるという観念のもとにあるのである。しかし、それはほんとうにそうなのか。ひとつの確信（観念）は、その観念の下で行われた行為をほんとうに－（マイナス）という数式のように〝差し引き〟できるものなのか。こうしたドストエフスキイ的な難問がこの作品の中には吊り下げられているわけだが、しかし、もちろん問題の範型はドストエフスキイ的なものからいささか変形させられている。それは、まずひとりの人間の「死」につりあうだけの観念はありうるとはっきりと肯定されていることだ。次には、だが、そうした観念を負うことはむしろありきたりの〝罰〟を受けることより苛酷であり、過重であるという認識なのだ。

駆は〝首切り殺人〟の実行者の二人に法の軛《くびき》をかけようとはしなかった。しかし、ナディアがうすうす感じたように、彼は社会的な法の下で罰を受けることより、もっと苛酷で過重な「目には目を、歯には歯を」の世界へと二人を追いやったのである。つまり、それは彼らの犯罪が免責されるためには、より過激な観念の側へ身を投じなければならず、それはむろん彼らの身体と精神とをぼろぼろな銃弾の巣にしなければ、とどまることがないのである。

このことはマチルドについての作品の扱いを見ても確認されることであるだろう。マチルドはその〝精神的双生児〟の駆を殺そうとした。そして逆に毒入り珈琲茶碗をすりかえられて、駆に殺されてしまうのだが、むろんこの結末がマチルドがその「観念」に殉じて死んだということよりも、結果的には〝殺すものは殺される〟、一つの死体には一つの死体が対置されるという根深い〈倫理〉がそこに働いていたというべきことではないだろうか（『バイバイ、エンジェル』は、結果的には三つの殺人事件［三つの死体］に、三つの〝犯人〟の死体が等価として対置される構造を持っている）。つまり、マチルドと駆とは〝死〟と〝生〟との切り札を互いに交換しあう〝息づまる〟ゲームを行っていたわけだが、そこに働いていたのは偶然という名の〈倫理〉にほかならず、それはついには「観念」はひとつの死にもつりあわず、「死」には「死」のみがつりあうというきわめて現実的な〝法・倫理〟の範疇の問題に収斂してゆくのではないだろうか。

　駆が〝駆け破らなければならない〟のは、まさにそうした〝対応〟の論理でなければならないだろう。なぜなら、明らかに現実の世界では「目には目、歯には歯」は、いつでもどこでも実現されている論理ではありえず、ただそれは観念的な〝法・倫理〟の根拠として流布されているにしかすぎないからである。そのとき「観念」の過激性こそが笠井潔によって問われなくてはならなくなったのであり、それは観念と現実、観念と観念という〝一対一〟の対応そのものを食い破るような「観念」にほかならないのである。それはまた「世界」が世界のままに流動し、混沌とし、アモルファスな状態で蠢《うごめ》くさまを、「観念」の器によってとらえようとする、もうひとつの「小説」による〝世界〟を創りあげることなのだ。

「世界」はその前にたたずみ、それを解釈しなおし、とらえ直してみるというスタティックで、対象的なものではない。人間はまずその「世界」の中に生みつけられ、捕えられ、囚われるものにほかならないのだ。しかし、だからこそ人は「世界」へ対して働きかけ、その構造や成り立ちを問い、さらに「世界」そのものへと関わってゆくことができるのである。そして「世界」を変えてゆこうという変革の意志は、こうした、「世界」のとらえ方、「世界」への関わり方によって規定されていることは明らかなのである。

探偵の恋
――江戸川乱歩・三島由紀夫『黒蜥蜴』

江戸川乱歩が、変装や変身に興味を持っていたことは、その夥《おびただ》しい作品のいくつかを読めば、すぐにわかることだ。怪人二十面相が、その名の通り〝二十の顔〟を持つ犯罪者であることは周知のことだし、二十面相どころではなく、後には〝四十面相〟を名乗ることもあったほどなのだ。悪人だけではない。名探偵・明智小五郎もまた、怪人二十面相に優るとも劣らない変装の名人なのであり、この探偵と犯人の好敵手同士はお互いに、どうしてこうも簡単に相手の変装に騙されてしまうのかといぶかしく思えるほどに、〝変装合戦〟を繰り広げるのである。

ある時は紳士、ある時は場末の労務者、ある時は外国人学者、ある時は老婆、ある時はサーカスのピエロ、ある時は荒くれの船乗り……怪人二十面相と明智小五郎は、性別、年齢、職業、階層に縛られずにあらゆる立場、種類の人間に、変装、変身する。さらに、彼らだけではなく、小林少年や、二十面相の部下なども、ことあれば変装・変身することにやぶさかではないのである。

ここから、作者・江戸川乱歩の〝変身願望〟を読み取ろうとすることは、とりたてて奇矯なことではないだろう。乱歩には〝密室願望〟〝少年愛〟〝フェティシズム〟〝マゾヒズム〟〝人形愛〟といった精神分析の対象となりそうな精神傾向が見られるのであり、その一つに〝変装・変身〟への願望、すなわち自分を他人に仕立て、知人たちの間で他人として振る舞うということへの夢があったことは、「一人二役」のような短篇作品を見ても明らかなのである。

もちろん、こうした変身願望が、異常性格とまでは言わない程度に、一般の人々にも存在することは、別段人間通でなくてもわかることで、演劇や仮装にまったく興味を示さないという人はむしろ珍しい。変装・変身・演技・仮装は、その意味では人間の本質的な精神の欲望から発しているものなのかもしれないのだ。

ところで、〝二十もの顔〟を持つ怪人二十面相（四十面相）の本当の素顔は、どんなものなのだろう。怪人二十面相シリーズを読破しても、この稀代の悪役の〝本当の顔〟は、容易につかむことができない。彼はいったい本当の自分の顔というものを持っているのだろうか。

「僕自身も自分が誰であるか、よくは解らなくなっている。鏡を見ても自分にはそれが自分だと気がつかない」と、二十面相の先輩格に当たるアルセーヌ・ルパンは、そのデビュー作『アルセーヌ・ルパンの逮捕』の中で語っている。怪人二十面相も、たぶん前記のような問いには、同じように答えるだろう。いくつもの顔を持つということは、本当の一つの〝顔〟を失うということだ。それを、アイデンティティーの危機というには、いささか大げさ過ぎるかもしれないが、ルパンや二十面相の〝変装・変身〟を、素顔の自分自身を見出そうとする人間の試みであると見れば、問題は明らかに現代の情報社会、ビジネス社会、機能的な社会に生きる人間の、人間性や個性の喪失のテーマに関わるものとなってくるのである。

『黒蜥蜴』は、二十面相ものではなく、名探偵・明智小五郎に挑戦するのは、美貌の女性の宝石泥棒〈黒蜥蜴〉である。暗黒街の女王で、一度狙った獲物は、逃がしたことのないというこの女盗賊は、宝石商・岩瀬氏の持つ二つの宝物、ダイヤ「エジプトの星」と、愛娘の早苗に目星をつけて、大胆不敵にも予告状を突きつけてくる。岩瀬氏は、明智探偵に保護を依頼するが、第一ラウンドはともかく、第二ラウンドでは早苗もダイヤも、有閑マダムの緑川夫人に扮した〈黒蜥蜴〉に、まんまと奪われてしまうのである。

だが、私がこの作品で興味を持つのは、その探偵小説としてのスリルやサスペンスなどではない。長椅子に人間を入れて、人目をくらませて出入りするというアイデアは、すでに「人間椅子」に使われて、目新しいものではないし、人間と人形のすり替えといったことも、江戸川乱歩の小説では、よく使われる手なのである。では、この作品のどんな趣向に、私は興味をそそられたのか。それは、探偵と犯人の恋、追う者と追われる者との、対立する立場の者同士の恋というテーマについてなのだ。

明智探偵と〈黒蜥蜴〉との虚々実々の知恵較べ。それは、互いの目論見の裏をかき、どんでん返しに次ぐどんでん返しの繰り返しなのだ。そうした過程において、追う者と追われる者とは、好敵手同士としてまるで相手に〝恋〟でもしているような、奇妙な気分となってしまうのである。探偵と犯罪者との恋。これこそ社会上、もっとも〝禁じられるべき恋〟といわざるをえないだろう。だからこそ、それは〈黒蜥蜴〉の死んでゆく最期の場面において、たった一度だけの接吻として実現されるものとして表現されるしかなかったのである。

乱歩がこの『黒蜥蜴』で書こうとしたのが、探偵と犯人の恋であるとひとまずは言うことができるだろうが、しかし、よく読んでみると、〈黒蜥蜴〉の側の、明智探偵への恋慕は明らかであるのに対し、探偵の側の犯罪者へ対する恋心は、あまりはっきりとした形を示さないのだ。物語の最後で、〈黒蜥蜴〉は毒を飲み、その断末魔において彼女が語るのはこんな言葉である。

「あたし、あなたの腕に抱かれていますのね……嬉しいわ……あたし、こんな仕合わせな死に方ができようとは、想像もしていませんでしたわ」。いささか新派悲劇的な台詞といえるわけだが、それに対しての探偵の言葉は、「君のためには、僕は命がけの目にもあわされた。しかし、僕の職業にとっては、それが貴重な体験にもなったのだよ。もう君を憎んでやしない。かわいそうにさえ思っている」といったものだ。

可哀そうというのは惚れたということだ、としたり顔に言ってもいいのだが、やはりここでは〈黒蜥蜴〉の側の探偵に対する〝片思い〟といったほうが順当なような気がする。こう考えてもいい。〈黒蜥蜴〉は明智探偵に対して、愛と憎しみの相反する感情を抱いていた。だから、彼女は長椅子に潜んでいた（と思い込んでいた）探偵を手下の者に命じて、水葬にしてしまったのだ。

しかし、その後に彼女はいかに自分が、明智小五郎を愛していたか、自ら気がつかざるをえなかったのである。つまり、彼女にとって自分の〝本心〟、言い換えれば、〝女としての素顔〟をそこで改めて発見しなければならなかったのである。〈黒蜥蜴〉は、一人の哀れな女として、恋しい人の腕の中で死ぬ。それは、彼女が初めて仮面や変装ではない、自分の〝顔〟を取り戻した瞬間ということにほかならないのではないか。

このことは、江戸川乱歩の原作だけではなく、それを脚色した三島由紀夫の戯曲作品『黒蜥蜴』を対比的に見ることによって、より明らかとなることではないだろうか。三島の戯曲作品も、筋立ての面からいえば、乱歩のものとほとんど変わりはないが、磨きぬかれたその台詞のひとつひとつは、乱歩の世界とはまた違った、華麗で妖艶な世界を作り出している。

前出の〈黒蜥蜴〉の最期の場面では、彼女のしゃべる台詞は、原作のものとは大分違う。それはこんなものだ。

黒蜥蜴　でも心の世界では、あなたが泥棒で、私が探偵だつたわ。あなたはとつくに盗んでゐた。私はあなたの心を探したわ。探して探して探しぬいたわ。でも今やつとつかまえてみれば、冷たい石ころのやうなものだとわかつたの。

明智　僕にはわかつたよ、君の心は本物の宝石、本物のダイヤだ、と。

別段、乱歩の原作と大きく違うところはないじゃないかと言われそうだが、ここに「本物」と「贋物」という二元論が持ち込まれていることに、私は気がつかざるをえないのだ。もちろん、乱歩の原作にも、本物と贋物とのすり替えという要素はあるし、先に述べたように、〈黒蜥蜴〉の恋心に比較して、明智探偵が〝冷たい〟ということはできるだろう。だが、三島がここで表しているのは、探偵と犯人との立場の逆転であり、〝探偵〟の〈石のように冷たい心〉ということなのである。

現実の世界はともかく、心の世界では探偵と犯人とは、その立場を逆にしている。〈黒蜥蜴〉の心を盗み、彼女を死にまで追い詰めたのは、明智小五郎にほかならない。彼は冷静で、冷血であり、恋人の腕の中で死のうとする彼女は、血の通った、人間らしい人間だったといえる。もちろん、これは探偵が実は真犯人とか、捜査側のほうがむしろ犯罪的、暴力的であるといった悪徳警官もののミステリーとはわけが違う。それは、いわば「探偵」というものに対しての、ひとつの時代的、哲学的な問題の表れの形だと思われるのである。

「探偵」は、実は「犯人」とほとんど同じ立場にいる。それは、日本の〝私立探偵〟が、ほとんど犯罪者とまぎらわしいほどに〝いかがわしい〟からにほかならない。松山巖は、「遊民からロボットへ」という文章の中で、「D坂の殺人事件」の明智小五郎について「日本最初の名探偵は犯人と名指されてもなんら不思議のない男だったのである」と言い、そして「探偵か犯人か分からぬいかがわしさを備えていたからこそ彼はリアリティーをもっていた」と言っている（『ミステリー・ランドの人々』）。つまり、このことは、探偵も犯罪者も、近代の日本の一般社会からは疎外され、はみ出た存在であって、たとえば明智小五郎と怪人二十面相とは、いわばジキル博士とハイド氏にも似た、互いの〝分身〟同士の関係にあるといえるのだ。

明智小五郎と〈黒蜥蜴〉も、まさにこうした分身なのであり、二人は自分の片割れを探すように、惹きつけ合うのである。騙しあい、欺きあいながら、そこには同質のもの同士としての、奇妙な連帯感や共感のようなものが感じられる。それは、一般社会での申し分のない紳士である宝石商人・岩瀬氏への二人の〝反潑〟といったものからも読み取ることができるだろう。

三島の戯曲の中で、明智と〈黒蜥蜴〉の恋と対蹠的に描かれているのが、雨宮と早苗の〝恋〟である。といっても、この恋はいかにもミステリーらしくこみいっている。簡単に言ってしまうと、この岩瀬早苗は贋の早苗で、雨宮も〈黒蜥蜴〉の忠実な部下というよりも、彼女に恋をした贋の奴隷であり、二人は〝贋の恋人〟同士として、〝贋の情死〟を行うことを決心するのである。「贋物」の上に組み立てられた「贋」の恋。これが、虚偽や欺瞞や詐術の上に組み立てられながら、『本物』の恋を手に入れた〈黒蜥蜴〉と対照的なものであることは明らかだろう。

そして、こうした〈黒蜥蜴〉、雨宮、贋の早苗という登場人物を見てゆくと、彼（彼女）らが「本物」であれ「贋物」であれ、〝恋〟に身を焦がして死んでゆこうとするのに対し、独り明智小五郎だけが、そうした恋の炎とは無縁な〈冷たい石ころ〉として、とり残されるというところに、三島が乱歩の原作から読み取り、つけ加えたものがあるように思うのだ。つまり、明智以外の登場人物たちは、大団円においてそれぞれに自分の〝素顔〟、すなわちアイデンティティー（たとえ、それが贋物であったとしても）を見つけ出すのに対し、「探偵」だけは、その〝変装〟を解くことができないのである。

ここまで言ってしまうと、これはもはや乱歩の原作を離れて、三島由紀夫の〝自意識〟の問題ということになるだろう。犯罪も演劇であり、恋も演劇である。しかし、やがて犯罪も恋も、そうした芝居であることを通り越して、〝本物〟となってゆく。なぜなら、演技と真実とは一枚のコインの裏と表であって、それは容易に転換するものなのだから。

だが、自意識という「探偵」は、あくまでも変装や変身、演技、芝居の虚構を排して、事実そのものに肉薄しようとする。しかし、事実そのものが虚構であり、素顔が仮面であり、現実そのものが演劇であったとしたらどうだろうか?

「探偵」の恋は、そうした意味において、言語矛盾にほかならない。なぜなら、捜査し、証拠を見つけ、お芝居を見破ることとは、〝恋愛〟という現象と背馳するものなのだから。江戸川乱歩は、そうした「探偵」に、〈黒蜥蜴〉という犯人を配して、憐れで哀しい女盗賊の恋物語を語ってみせたのだが、三島由紀夫はそれを素材としながら、舞台の上で、自分で自分の影を追うという「探偵」の物語を演出してみせた。もちろん、自意識という〝探偵〟は、自己自身という〝犯人〟を捕えることができない。それは、地球という舞台の上で行われる、永遠の追走劇なのだからである。

「少年探偵団」の謎

謎① 「少年探偵団」のメンバーは何人で、どんな少年たちか。

「少年探偵団」は、シリーズ第一作『怪人二十面相』(『少年倶楽部』昭和十一年一月号~十二月号)によれば、高千穂小学校五年生の羽柴壮二少年が、学校の仲間、十人ほどで作ったもので、壮二少年の父親は実業界の大立者・羽柴壮太郎氏。ロマノフ王家に伝わったダイヤモンドを所蔵していて、怪人二十面相に狙われ、次男の壮二少年が誘拐されるという事件に巻き込まれた。壮二少年は明智探偵、小林助手を助けるために「少年探偵団」を組織したのである。「きみのはたらきのことを、学校でみんなに話したら、ぼくと同じ考えのものが、十人集まっちゃったんです。それで、みんなで、少年探偵団っていう会をつくっているんです」と、壮二少年は少年探偵団設立の経緯を小林少年に語っている。

第三作『妖怪博士』(『少年倶楽部』昭和十三年一月号~十二月号)では、少年探偵団のメンバーは十人であり、中学一年生三人、小学六年生六人、小学五年生一人ということになっている。中一の三人のうち二人は、壮二少年のいとこの桂正一少年とその級友の篠崎始少年、二人は壮二少年とは別の学校で年齢も違う。玉川線沿線に家がある（第二作『少年探偵団』に登場する）。もう一人の中一の団員は氏名不明。小六の団員の六人のうち、相川泰二少年、大野敏夫少年、斎藤太郎少年、上村洋一少年、小泉信雄少年の名前は明らかにされているが、後の一人は不明。小五の一人は、団員最年少で、創設者の羽柴壮二少年。初期のメンバーは、実業界の大立者の息子とか、銀座の宝石商の子供とか、ブルジョア家庭の少年が多く、住居も世田谷区、千代田区、渋谷区などで、お屋敷や洋館に住み、家には女中、書生がいる場合が多い。

しかし、こうした初期メンバーは途中で交替し、第十二作『探偵少年』（『読売新聞』昭和三十年九月～十二月連載・改題『黄金の虎』）では、団長の小林少年は、「少年探偵団員は二十三人おります」と証言している。そこで団員の名前として明らかとなっているのは野呂一平少年（小五――臆病者のノロちゃんとして知られている。井上一郎少年とコンビを組むことが多い）、今井少年（家業はセトモノ屋）、坂口少年（家業は金庫屋）、さらに木村正雄少年（住所・麴町六番町十二番地）が団員であることが明らかになっている。第二十一作目の『夜光人間』（『少年』昭和三十三年一月号～十二月号）では、「名探偵明智小五郎の少年助手、小林芳雄君を団長とする少年探偵団は、小学校の五、六年生から中学の一、二年生までの少年二十人ほどで組織されていました」とあり、井上一郎少年、木下昌一少年（世田谷のはずれに住む）、野田少年、上山一郎少年（小六）などが登場する。初期の十人前後から中期の二十三人、後期の二十人というのが、「少年探偵団」のメンバーで、初期のブルジョア階級の子息中心から、一般家庭の子供も団員となれるようになったようだ。ただし、学齢が小学校五、六年から中学一、二年までが対象というのは、シリーズ全作を通じて変わらない。

謎②「少年探偵団」の中に少女団員はいるか。

正式には、いない。しかし、「探偵団のおねえさま」(あるいは女王、顧問)として慕われている明智探偵の助手の花崎マユミ嬢がいて、彼女は第十五作『妖人ゴング』(『少年』昭和三十二年一月号〜十二月号)で初登場する。彼女は「高等学校を出た美しいおじょうさん」で、「えびちゃ色のワンピースを着て」いる。「明智先生のめい」で「先生のおくさんのねえさんの子ども」である。父親は花崎俊夫という検事であり、女探偵を目指しているが、『妖人ゴング』の事件では誘拐事件の被害者となる。

シリーズ第十八作『魔法人形』(『少女クラブ』昭和三十二年一月号〜十二月号)では「一年ほどまえに明智探偵の助手になった十八歳のむすめさん」として紹介されていて、そのマユミ助手に淡谷スミ子嬢と森下トシ子嬢という二人の少女探偵の助手がいる(中一)。ただ、二人の登場する二十二作目の『塔上の奇術師』(『少女クラブ』昭和三十三年一月号〜十二月号)でもそれほど活躍するわけではない。二人とも美少女でお金持ちの〝お嬢さん〟である。

謎③「少年探偵団」の「七つ道具」とは何か。

シリーズ最終作である第二十八作目『超人ニコラ』(『少年』昭和三十七年一月号〜十二月号)に、①BDバッジ、②万年筆型の懐中電灯、③呼び子の笛、④虫めがね、⑤小型望遠鏡、⑥磁石、⑦手帳と鉛筆、とされている。小林少年と中学生の幹部団員はこれに絹で作った縄ばしごを持っている（『鉄人Q』にも同様の記述がある）。これらの七つ道具は、第十三作『天空の魔人』（『少年クラブ』増刊号・昭和三十一年一月）の事件で小林少年が謝礼として貰った百万円を少年探偵団基金としたものから購入され、団員に支給されたものと思われる。また、第二十四作『仮面の恐怖王』（『少年』昭和三十四年一月号〜十二月号）で小林少年とポケット小僧がホウビとして貰った五百万円では、携帯無電機とボーイスカウト風の制服をそろえた。

なお、小林少年は初期の作品において、小型の万能ナイフ、時計、小型のピストル、伝書鳩（ピッポちゃん）などをその〝七つ道具〟としている。ナイフ、ピストルは教育上の問題からはずされたのだろう。なお、明智探偵も小林少年も小型ピストルを所有していて、時々使用することがあるが、銃刀法違反ではないかと思われる。BDバッジは、Boy（少年）Detective（探偵）の略称で、団員はこのバッジを常時二、三十個持ち、誘拐された時や犯人追跡の時、目印として落としてゆく。

ところで、ポプラ社版の「少年探偵団」シリーズでは、「少年探偵団手帳」の引換券があり、十数枚集めて送ると貰えるということで、我われ、少年探偵団世代の者にとっては垂涎の的だった。もちろん、友達の中で少年探偵団シリーズをそんなに買えるブルジョア家庭の子息などいなかったのである。

謎④「少年探偵団チンピラ別働隊」はどのように作られ、何をしたか。

「少年探偵団チンピラ別働隊」は戦後における最初のシリーズ作品（通算五作目）『青銅の魔人』（『少年』昭和二十四年一月号〜十二月号）から登場する。上野駅周辺にたむろしている十二—三歳の浮浪少年を組織したもので、十五、六人が隊員。小林少年を「小林のあにい」と呼ぶ。副団長格のノッポの松ちゃんとか、他の作品でも活躍するポケット小僧（十二歳）などが隊員。「少年探偵団」がブルジョア家庭の〝お坊っちゃん〟で、探偵をするよりも、営利誘拐の対象として被害者になりそうな（現実によく攫《さら》われる）富裕な家の子弟であるのに対し、この浮浪少年たちは、学校に行く必要もなく、危険な目に遭っても大丈夫である。そのため、〝身代わり〟としてよく怪人二十面相に捕われる。危険、汚い、キツイという少年探偵団の三K仕事を専門に行うために作られたのである。シャーロック・ホームズが手下として使う「パン屋町のごろつき隊」を手本としたもので、江戸川乱歩の〝階級意識〟がよくうかがわれる設定である。

この別働隊は最初期は「二十人以上いたが」、『妖人ゴング』の頃には五人までに減っている（「安公」「ひでちゃん」など）。世の中が良くなり、浮浪少年が減ったからで、明智探偵も彼らを学校へやったり、仕事につかせたりという面倒を見たので、チンピラ隊員は必然的に減っていったのである。

謎⑤　明智探偵と小林少年の関係は、どんなものか。

基本的には師弟関係にある二人で、小林少年は中学校を卒業して、明智探偵事務所の助手として雇われたものらしい。シリーズの最初期には「りんごのようにつやつやしたほおの、目の大きい、十二―三歳の少年」となっているが、後には十四―五歳の少年となっていて、最終的には十六歳とされる。戦前の作品は数え年、戦後は満年齢ということと、中学生団員よりもいくつか年上にするために、年齢がアップされたのだろう（十二―三歳では小学校高学年であり、助手として学校へも行かさず働かせるには都合が悪いので中卒の十六歳ということに落ち着いたのだろう）。中卒だが「明智探偵の教育をうけて、高等学校を卒業したほどの学問があり」、特に「数学と理科」が得意だという。自動車の運転も出来るし、ピストル操作、変装術など、明智探偵仕込みの探偵術にも優れている（ただ、すぐ車のトランクに忍んで二十面相の隠れ家を見付けるという冒険は、危険で、マンネリ化していると思う）。

明智探偵は小林少年を「まるで自分の弟のように愛し」、小林少年も「先生をしんから尊敬し、おとうさんか、にいさんのように、したしんで」いる。「小林君は、先生のためなら火の中だってとびこんで行きます。明智探偵も、小林君があぶないと思ったら、自分のいのちなんか少しもおしまないで、助けに行くのです。そういう深い愛情でむすばれているので、おたがいの目を見れば、一口も物をいわないでも、相手が何を考えているかすぐにわかります」と江戸川乱歩は書いている。こうした師弟関係に、〝同性愛〟的な感情が伏流していると考えることは、乱歩の〝少年愛〟研究ということからしても、まんざら荒唐無稽ではないだろう。たとえば、『虎の牙』（第六作『少年』昭和二十五年一月号～十二月号）には、こんな場面がある。

「明智探偵はニッコリ笑って『もっとこちらへ。』というあいずをしました。小林君が、その意味をさっして、リンゴのような頰を、ベッドの上の先生の顔のそばへもって行きますと、明智は、その耳たぶに口をよせて、何かささやきました」。

二人きりの部屋での会話なのだから、別段顔を近寄せあってささやかなくてもよさそうなものだが、こうした場面に、あまりにも親密な師と弟子の〝関係〟を見てしまうことは、「少年探偵団」の世界に対する冒瀆だろうか。

謎⑥　小林少年に女装趣味がある？

趣味のためかどうかはわからないが、小林少年は時々女装する。『魔法人形』では「かつらをつけ、おけしょうをし、洋服をきて、十四―五歳のかわいい少女にばけました」とあるし、『サーカスの怪人』に出てくる「まだ十五、六のかわいい少女」というのも小林少年の変装である。「ほおのふっくらした、かわいらしい顔。数日前にやとわれたばかりの十五―六のお手伝いさん」というのもある。『妖人ゴング』では、マユミ助手の身代わりとして女装して意図的に怪人二十面相に攫われる。また、明智探偵も時々女こじきなど、女性に変装することがあり、師弟ともに〝女装〟は得意である。これは彼らの趣味というより、作者・江戸川乱歩の〝趣味〟というべきかもしれない。なお、小林少年は普段は学生服でいることが多い。他の少年探偵団員も同様。

謎⑦　明智小五郎は結婚しているか。

している。女探偵の文代夫人が、明智探偵事務所の留守を守っている。しかし、少年探偵団のシリーズでは、文代夫人はほとんど活躍しない。文代夫人の姉さんの子供である（明智探偵の義理の姪）助手の花崎マユミ探偵が、『少女クラブ』のシリーズで活躍することは前述の通り。ちなみに、最初は港区の竜土町にあった明智探偵事務所は、後に千代田区麹町アパートの二階に移った。住居兼用の事務所で、住居部分は浴室、炊事場などを別にして、五つ部屋があり、明智小五郎、文代夫人、小林少年、マユミ助手、それにお手伝いのキヨさんがいっしょに住んでいるようだ。小林少年はもと一部屋を寝室としていたが、マユミ助手が来てから寝室を彼女に明け渡し、明智探偵の寝室に移った（『妖人ゴング』）。自動車は「アケチ一号」があり、専用の運転手がいる。探偵犬・五郎は必要な時に知り合いから借りてくる。

謎⑧　怪人二十面相の「正体」は。

本名、遠藤平吉。元グランド・サーカスの曲芸師で、団長の席を争ってサーカスを去り、後に復讐のために『サーカスの怪人』（第十九作『少年クラブ』昭和三十二年一月号～十二月号）で「骸骨男」となって事件を起こす。元サーカスの曲芸師であったということから、怪人二十面相の身の軽さや、変装の術、奇術の腕前などが納得される。その他の経歴は、はっきりしない。

謎⑨　怪人二十面相は、サディストの少年愛者か。

怪人二十面相は、宝石や美術品を蒐集することに趣味を見出し、せっせと盗んでいるが、多くの事件ではそのことよりも、「少年探偵団」や、小林少年、あるいは明智探偵への復讐心から事件を起こしている。青銅の魔人に扮したり、カブトムシになったり、コウモリ男になったり、鉄人になったり、虎や豹になったりするのも、小林少年や「少年探偵団」を脅かしてやろうという、〝子供相手〟の動機が少なくない。いろいろな小細工や扮装も、宝石、貴金属、美術品を盗む目的だけならば、むしろ不必要で、余計なことである場合が多い。少年探偵団のメンバーや、小林少年を地下室の牢に入れ、〝殺さぬ〟程度に恐怖体験をさせたり、またはある目的物と交換するために少年探偵団のメンバーを攫い、優雅な軟禁状態にしたりするのも、そうした少年たちの〝かわいらしい苦痛の表情〟が見たいためだとも考えられるのである。また、怪人二十面相には、人形愛の性癖もあって、可愛い少女を人形に変形させるという趣味を『魔法人形』の事件では発揮している。ロウ人形、ロボット、腹話術の人形など、人形そのものへの愛着も深い。

謎⑩　怪人二十面相は、本当に人を殺すことはないか。

二十面相は血を見ることが嫌いで、殺人は犯さない。しかし、危険から脱出するためには、必ずしもそういう原則通りには動かないとも言明しているが、「少年探偵団」シリーズでは基本的に殺人事件は起きない。ただ、小林少年や明智探偵は、瀕死の局面に出合わせられたこともある。二十面相は自ら手は下さないが、餓死や事故死や未必の故意による「死」についてはあえて忌避することはないようだ。ただし、「少年探偵団」シリーズの中では、殺人による死者は出てこない。怪人二十面相自身は、爆死、墜落死と何度も死んだことになっているが、そのたびに甦ってくる。また、何度も逮捕され、勾留されるが、脱獄し、再び明智探偵と小林少年に挑戦してくる。その執拗さは並大抵のものではなく、明智探偵と怪人二十面相には、似た性癖と、同志的友情が仄見える瞬間がしばしばある。

謎⑪　「少年探偵団」シリーズには、怪人二十面相の出てこない巻はあるか。

ある。第四作『大金塊』（『少年倶楽部』昭和十四年一月号〜昭和十五年二月号）は女性の大盗賊が登場するもので、成人ものの『黒蜥蜴』と較べられる。非・二十面相ものはこのほか、第十二作目『探偵少年』と第十三作目『天空の魔人』とがある。少年探偵団の幼年版である『赤いカブトムシ』（『たのしい三年生』昭和三十三年四月号〜昭和三十四年三月号）も、『探偵少年』と同じく「魔法博士」もので、二十面相は出てこない。なお「魔法博士」は雲井良太という本名のお金持ちの変り者で、けっして悪い人間ではなく、自分の奇術が自慢で、少年探偵団と「知恵くらべ」の試合をする。だが、こうしたゲーム感覚は、怪人二十面相の場合も結局は同じで、「少年探偵団」は、いわばテレビ・ゲームなき時代の少年たちのゲーム遊びだったのである。

謎⑫　現在、「少年探偵団」は、どうなっているか。

初期の少年探偵団は、大正末年から昭和初年生まれと考えられるから、ほとんど七〇歳代である。小林少年は七〇代半ば、明智探偵、怪人二十面相は八〇〜九〇歳代で、老弱化は免れない。生きているとしたら二人は年金を支給されない生活困難な老人として無料老人ホームで、茶飲み友達として懐古譚に耽っているだろう。少年探偵団のメンバーは、世田谷、渋谷、千代田区に家産を持っていた家庭の子供が多いから、戦後まで持ち越していたとしたら、高度成長期、バブル時期には相当な財産となっていただろう。しかし、相続税も大変なものだから、思ったよりも資産家のままであるケースは少ないかもしれない。チンピラ別働隊は、明智探偵や事件の被害者の援助などで、一般社会で成功した例も少なくないと思われる。小林少年は少女探偵の淡谷スミ子嬢、森下トシ子嬢のいずれかと結婚した可能性もある。

（テキストはすべて講談社刊『江戸川乱歩推理文庫』を使用し、その「解題」を参照した）

密室列島の殺人事件

――戦後ミステリー史の展望

戦後、日本の探偵小説は推理小説と名前を変えた。「偵」の字が当用漢字表から漏れ、新聞、雑誌で「探てい小説」と書かねばならなくなったことに伴う言い換えだとするのが通説である。「探偵」「密偵」「偵察」など、「偵」の字には軍事的、警察権力的な匂いがする。民主的で平和国家を目指す戦後の日本にとっては、「偵」の字は必要とされないだけでなく、軍事的ファシズムの残滓として嫌悪されるものとしてあったといえるかもしれない。

しかし、探偵小説から推理小説への変換は、単なる言い換えということだけではなく、その内実にも変化を及ぼさずにはおかなかったようだ。明智小五郎や金田一耕助といった〝名探偵〟が登場し、複雑怪奇な事件を快刀乱麻を断つごとく解決するといったパターンは、旧派の「探偵小説」として少年小説の中にわずかに残るものとなり、推理小説はそうした〝名探偵〟に依存しない、無名の警察官や法曹関係者による地道な犯罪捜査の記録といった趣きの作品パターンを生み出した。社会派推理小説と言われた松本清張、水上勉、有馬頼義などが登場し、活躍する時代の到来である。

探偵小説が「探偵」の天才的な推理能力と超人的なインスピレーションに依拠していたとしたら、戦後の推理小説は、犯罪捜査に関わる刑事たちの「足」と「耳」とに拠っている。すなわち、足を棒にするまで歩き回り続け、証拠、証人という小さな点を線によって結びつけることと、細大漏らさずあらゆる情報を聞きつけることは、まさに「足」と「耳」による作業なのである。〝名探偵〟は「頭（知能）」と「目（眼力）」と身体的なパフォーマンスに依存していたが、推理小説にはそうした〝天才的〟で〝個性豊か〟な個人は必要でなく、社会機構の一つとしての「足」（捜査能力）と「耳」（聞き込み能力）とがあればよいのである。

つまり、個性的で独断的な〝名探偵〟は、あくまでも〈私〉を正面に押したてる「近代的自我」の形成時期の産物であり、戦後の社会派推理小説においては、そうした〈私〉が〝社会化され〟、市民社会、大衆社会の中に溶解してゆくという段階が示されているといえるのである。

昭和三十六年（一九六一）、〝純文学〟の世界ではいわゆる「純文学論争」が巻き起こった。この論争の直接の引き金は平野謙が新聞に書いた短文だが、そこで平野謙は「純文学という概念が歴史的なものにすぎない」ことを語り、文学の世界が変質してゆくのではないかという感想を述べた。それに反応したのが伊藤整であり、彼はこの平野謙の「文学変質説」を次のように具体的に説き直してみせた。

松本清張、水上勉というような花形作家が出て、前者がプロレタリア文学が昭和初年以来企てて果さなかった資本主義社会の暗黒の描出に成功し、後者が私の読んだところでは『雁の寺』の作風によって、私小説的なムード小説と推理小説の結びつきに成功すると、純文学は単独で存在し得るという根拠が薄弱に見えて来るのも必然のことなのである。私の言いたいことは次の点である。今の純文学は中間小説それ自体の繁栄によって脅かされているのではない。純文学の持っていた二つの極を、前記の二人を代表とする推理小説の作風によって、あっさりと引き継がれてしまったことに当惑しているらしいのである。

（「『純』文学は存在し得るか」）

この伊藤整の文章からわかる通り、「純文学論争」は、松本清張や水上勉などの社会派推理小説の擡頭と、そのブーム的な広がりに対する〝純文学〟の側の受けとめ方の相違というところに、論争・対立のポイントがあった。伊藤整のように松本清張、水上勉の登場を積極的にとらえ、純文学の危機と文学の変質をとなえる論者と、大岡昇平のようにそうした傾向に疑義を提出する論者との見解の相違が、まさにその対立点だったのである。

「純文学論争」そのものに、とりたてて詳しく触れるつもりはないが、松本清張、水上勉の登場が、〝純文学〟の側にある種の危機感を持って迎えられたこと、さらにそれが戦前のプロレタリア文学、私小説の〝後継者〟とも擬されたことは興味深いものであると思われる。つまり、社会派推理小説といわれた松本、水上などの作品は、戦前の「探偵小説」（『新青年』に象徴されるような）を引き継ぐのではなく、むしろ戦前の〝純文学〟の理念とテーマとを継承していると考えられたのである（これは後に水上勉が〝純文学〟作家として大成してゆくことを見ても証明されるだろう）。

　このことは、逆説的に次のようなことを想起させるだろう。つまり、探偵小説を中心とした戦前の大衆小説と、純文学とはちょうど裏と表、表裏一体の関係にあったのであり、戦後においてはそうした裏と表、互いに補完しあう関係そのものは変わらないまでも、その立場はむしろ逆転してしまったといえるのではないだろうか。

　たとえば、戦前の『新青年』的な探偵小説の雰囲気を持った作品として、私たちは中井英夫の『虚無への供物』や埴谷雄高の『死霊』をあげることができるが、これらの小説は戦後における最も〝純文学〟らしい文学的実験と思想的テーマを持ったものではないだろうか。そのことと、松本清張、水上勉、有馬頼義、結城昌治、日影丈吉といった戦後の推理小説の作家たちが、プロレタリア文学、私小説、戦争小説、幻想小説などの、ある意味では横光利一の提唱した「純文学にして通俗小説」という「純粋小説」の理念を実現したといっていいことを思いあわせれば、「純文学」と「大衆文学」との逆転という現象も、あながち牽強附会の論とばかりはいえないだろう。

　ところで、この「純文学論争」が引き起こされた昭和三十六年という年代は、どんな時代的刻印を打たれた年だったろうか。それは戦後の保守（自民党）政権支配の確立を決定づけた六〇年安保闘争の一年後であり、そして戦後経済の高度成長のエポック・メーキングになった東京オリンピックの三年前という「時代性」によって強く枠どられているのである。テレビ、ラジオ、新聞、週刊誌といったマスコミの拡大、そうしたマス・メディアによる文化の大量生産、大量消費といった現象が目の前に定着してきた時期であったといってもよいだろう。つまり、当時の〃純文学〃の文壇人にとって、先にあげた松本清張や水上勉の推理小説、さらに柴田錬三郎や五味康祐の剣豪小説、そしてこの時期以後に登場してくる梶山季之、城山三郎の企業小説といった〃新しい大衆文学（中間小説）〃の流れが、これまでの大衆文学とは「質的」にも違って見えてきたのであり、これまで「純文学」が占めていた位置を、そうした大衆文学が「王位請求権」を振りかざして乗っ取りにきたようにも純文学の側には見えたのだ。

　しかし、そうした見方は事態の本質とはややずれていたといえるだろう。なぜなら、「純文学」と大衆文学、あるいは中間小説といった線引きがこれ以後急速にリアリティーを失うといった現象はあったとしても、「純文学」の位置に松本清張、水上勉に代表される〃新しい大衆文学〃が居坐ったり、「純文学」が持つ地位を簒奪《さんだつ》するということは実際的にはなかったし、また「純文学」（あるいは文壇）という「理念」のみは、現実的な状況にどんな変質や変容があっても、〃イデオロギー〃として消えることはなかったという歴史的事実があるからだ。それは「高度成長空間」という新たな時代空間が、日本の戦後史に開かれてきたということと、それにもかかわらず農本主義的な〃古い〃日本的体質を根に持った「自民党」が一貫して政権をとり続けているといったこととパラレルな現象であるといえるだろう。つまり、変化、変質はつねに持続するものを前提としているという、余りにも当然な日本社会のパラドックスがそこに働いているのである。

　この時期の松本清張や水上勉のいわゆる「社会派推理小説」の実際的な〃目新しさ〃はいったいどこにあったというべきだろうか。伊藤整がそれを「資本主義社会の暗黒の描出」「私小説的なムード小説と推理小説の結びつき」という〃純文学〃的側面としてあげているのに対し、大岡昇平はそれに疑問符を突きつけ、それは社会的変化に伴うものにしかすぎないとし、その「文学」的達成を否定する。そして推理小説ブームの秘密について、彼は「推理小説論」の中でこんなことをいっている。

> ハヤカワ・ミステリーや創元社の推理小説文庫より松本清張の新作が売れるのは、申すまでもなく、それが日本のお話だからである。……われわれと同じ眼の色と生活感情を持った人間が登場し、特に捜査活動が日本の全国にまたがって展開する。この地理的条件は松本清張や水上勉の人気を支える重大な要素である。（傍点引用者）

これを日本全国の〝お国廻《めぐ》り〟的な要素が松本清張、水上勉の推理小説にはあり、一種の観光ガイド・ブックの役割をも果たしている、と考えてしまえばそれはあまり意味のないことだ。十返舎一九の『膝栗毛』の時代からこうした「観光地めぐり」の小説は引きも切らず作られてきたのであって、そういう意味では『金色夜叉』（尾崎紅葉）から『大菩薩峠』（中里介山）に至るまで、日本のいわゆる大衆文学に一貫して受けつがれてきた性格であるからだ。松本清張の『点と線』、あるいは時代は少し下るが、水上勉の『飢餓海峡』といった「社会派推理小説」の地理的条件は、昭和三十九年（一九六四）に東海道新幹線が開通、開業し、また東京オリンピックを機に首都高速道路など、自動車用高速道路が建設されたことに象徴されるように、日本列島全体がこの時期にほぼ交通体系的に整備された（飛行機航路も含めて）、逆に言い換えれば〝閉域化〟されたという事実に制約されていると思われるのである。

いわゆる「探偵小説」がその小説としての原型に「密室殺人」を置き、幾多の探偵小説作品がそうした「密室」の殺人事件に挑んだものであるということを私たちはすでに知っている。江戸川乱歩の「屋根裏の散歩者」、夢野久作『ドグラ・マグラ』、小栗虫太郎の『黒死館殺人事件』、横溝正史の『本陣殺人事件』、坂口安吾の『不連続殺人事件』、そして中井英夫の『虚無への供物』に至るまでの探偵小説の傑作が、「密室」という閉空間をその小説の内部に持ち、その「密室」の秘密を打ち破ることこそ、探偵たちの英知の勝利だったのである。だが、少し考えてみればこうした「密室性」、閉空間を志向する精神の傾きは必ずしも「探偵小説」だけとは限らないことがわかるはずだ。江戸川乱歩の「人間椅子」や「鏡地獄」といった作品、夢野久作の「瓶詰の地獄」といった小説作品は、たとえば宇野浩二の「蔵の中」、梶井基次郎の「檸檬」といった〝憂鬱〟に閉ざされた四畳半的な密室性とどこかで通底するものではないだろうか。また、葛西善蔵、嘉村礒多、尾崎一雄の私小説の閉ざされた空間は、そのまま『新青年』の探偵小説家たちのつくりあげていた「密室空間」と共通の色彩を持ち、それは埴谷雄高の『死霊』や椎名麟三の『深夜の酒宴』、坂口安吾の「白痴」、梅崎春生の「ボロ家の春秋」といった小説作品によって、もはや「私小説」的閉空間か、「探偵小説」的密室空間か、出自的には明らかにならない程度にまで混淆、混在してしまったのではないか。

つまり、日本の「私小説」、あるいは私小説的な作風を代表とする文壇の閉鎖性、密室性は、まさにそれと表裏一体として進展してきた『新青年』に代表される「探偵小説」の密室空間、その小説としての〝閉ざされ方〟と同型なのであり、それは表と裏からの両面で日本の「文学」

の密室性を支えていたものといわざるをえないのである。

こうした点から、たとえば松本清張の『点と線』から西村京太郎、山村美紗の「時刻表」を用いたトリックを多用する〝トラベル・ミステリー〟の現在に至るまでの隆盛の秘密を見ることができる。松本清張の『点と線』においてはひっきりなしに列車が発着する東京駅のプラットト・ホームに目撃者を連れてゆくというトリックが一篇の眼目をなしていることは明らかだろう。また、西村京太郎や島田荘司などの〝トラベル・ミステリー〟は、分刻み、秒刻みで線路の上を駆けぬけて行く列車ダイヤの、思いがけない間隙を縫って組み立てられていることは周知のことだ。それはＪＲ（旧国鉄）や私鉄といった鉄道網が、どんなに大きい規模を持っているにしろ、究極的には「時刻表」という〝閉ざされた体系〟を成していることに依拠している。むろん、それは夏樹静子の『蒸発』といった航空ミステリーにとっても本質的には同じことだ。昭和三十三年（一九五八）の『点と線』がすぐそこまで来ていた、こうした高密度の交通網を象徴するものであったことは、現在の私たちの目から見て明らかだろう。さらにこの作品には青函連絡船と飛行機による「時間差」のトリックも使われている。そういう意味ではまさに『点と線』は高移動性、高密度、スピードを前提にした「交通小説」のハシリだったのである。

これを人間関係の図式化という点から見てもいい。個人という「点」を結んでゆく、人間関係という「線」、しかしその「線」は社会の複雑化、企業の組織化と細分化という要素によって、思いがけないところで、思いがけない「点」と「点」とを結んでゆく。この「線」が殺人という「赤い色」に染められる時、探偵役は「点」から次つぎともつれた「線」をたどってゆかなければならなくなる……。

　こうした時、その〝事件〟を解いてゆくためには、あらかじめその「点」を結びつけてゆく「線」が〝無限大〟に広がってゆくことを禁じ手としなければならないことは、少し論理をたどってみれば明らかになるだろう。たとえば、もし逆にこの「線」が無限小であった場合、つまり密室の中での殺人の容疑者が一人か二人であれば、その探偵小説は少なくとも謎ときゲームとしてはうまく成立しないだろう。なぜなら、どんなドンデン返しがあったところで、犯人は甲か乙かに決まってしまうわけで、推理の興味は索漠としてしまうからだ。また、反対に容疑者が数十人、数百人ということになってもやはり探偵小説は成立しないだろう。「迷宮空間」がまた一種の「密室空間」であるというボルヘス流のパラドックスを用いない限りは。

　つまり探偵小説には手頃な〝閉ざされた空間〟が必要なのであって、そこに「線」でつながれてゆく「点」としての登場人物はあらかじめどこかで囲われているのであり、そうした「閉空間」としての小説の〝場面〟も枠どられずにはいられないのである。

『点と線』や『飢餓海峡』が、「全国にまたがって展開」しながら、その「点」を結びつける「線」の網の目が無限大に拡散していかないのは、まさに交通網の発達、テレビ・ラジオ・新聞といったマスコミの〝日本列島大〟の拡大という事情に負っているのである。つまり、それは裏返していえば日本列島そのものが〝閉域化〟したということなのであり、そこではじめて「全国」をまたにかけた推理小説といったものの成立が可能となったのである。

　たとえば『飢餓海峡』では、舞鶴にいる容疑者の男と、東京の下町で娼妓をしている〝犯人〟を目撃した唯一の女性とを結びつけるのは、全国紙の片すみに載った一枚の男の顔写真（善行記事の！）なのである。むろん、全国紙という「マスコミ」が日本の各地方のすみずみまでゆきわたり、結びつけているという前提条件がなければ、この推理小説のこうした設定はリアリティーを獲得することができなかったはずである。

だから、私たちはここでこういうことができる。すなわち、松本清張や水上勉の「社会派推理小説」のもたらしたものは、日本列島そのものを「密室化」「閉空間化」するという、高度成長空間がもたらしたものと通底するのであり、それはいってしまえば「高度成長空間」の文学版なのである、と。これが戦前・戦中の『新青年』的な「探偵小説」と、そしてそれとシャム双生児のように「密室性」を共有していた「私小説」的純文学の伝統と〝切れて、繋がる〟ということは私にはすでに明瞭であると思える。

こうした日本列島の「密室化」は、現実の犯罪事件そのものの〝広域化〟、〝列島化〟をも、もたらしたことはいうまでもない。後に佐木隆三によって『復讐するは我にあり』として小説化された、いわゆる連続殺人事件としての西口彰事件、永山則夫による連続射殺事件などは、その代表的な例であり、犯罪現場、犯人の足取りは、列車、船、バス、自動車、飛行機などを使って、沖縄・九州から北海道までの全国にまたがるものとなるのである。

そして、これらの犯罪が直接的な怨恨や利害によるものではなく、いわば漠然と〝社会化された私〟による、不定形の欲望や渇望によって動機づけられていることも、犯罪そのものが、密室化した「日本列島」に対応するものであることを示している。汚職、選挙違反、政治抗争、産業スパイ、国際謀略といった〝社会犯罪〟そのものが、推理小説のテーマとなってくるのも、交通網の発達と通信網、情報網の整備が、日本人の情報や知識を平均化し、画一化して、膨大ないわゆる中産階級の〈市民層〉を形成させたからにほかならない。

もちろん、このような閉塞的な状況に異を唱える形で、〝外部〟の風をこの列島のミステリーに吹きこませようとした動きがなかったわけではない。たとえば、それはアメリカのハードボイルドのタッチをそのまま日本の舞台に生かそうとした大藪春彦の『野獣死すべし』や、生島治郎の『追いつめる』などの日本的ハードボイルド作品であり、また梶山季之の『黒の試走車』のような産業スパイものなどの登場である。

興味深いことは、大藪春彦、生島治郎、梶山季之たちは、それぞれ日本の植民地であった満洲、中国、朝鮮などの外地からの引き揚げ組であり、これらの作家たちによって、これまでの日本の「探偵小説」「推理小説」とは、毛色の変わった〝ミステリー〟が盛んに書かれることになるのである。彼らは日本的な感受性の風土とは別の基準の感性を持っていたのであり、それは推理小説分野ではないものの、エンターテインメント小説の五木寛之の小説などにも共通するものであって、「高度成長空間」の中で自閉してゆく志向性とは逆に、世界同時的な〝高度資本主義社会〟の暗黒面を、これまでにはないスピーディーで、ハードボイルドな文体で描き出してみせたのである。

これはもちろん、戦後の高度経済成長が、朝鮮戦争とベトナム戦争という、極東における二つの戦争による〝特需〟、さらにそれによって息を吹き返した日本の工業生産が、もっぱら輸出を中心とする国際貿易によって基本的には支えられていたという、戦後的な現実に対応したものでもある。つまり、日本の戦後は、産業的には海外との貿易という〝外向化〟と、内部に向かっては列島全体の縮小、密室化という二面性、二重性をその本質として持っていたのであり、推理小説の世界においても、基本的には列島内部の密室的な犯罪をテーマとするとともに、この「高密室化」した日本の推理小説の風土から逃れようとする志向を生み出さずにはいなかった。海外を舞台として、外国人、あるいは日本人が活躍する、広い国際的なテーマを持った犯罪、事件を題材とするミステリー。たとえば、結城昌治の『ゴメスの名はゴメス』は、そうした海外ものの中でも、ベトナム戦争下でのサイゴン（現ホーチミン市）という、発表当時としては異色の場所を舞台とした、国際スパイ小説である。

こうした海外ものの系譜としては、冒険小説としてエンターテインメントの高い達成を見せた生島治郎の『黄土の奔流』、中国を舞台とした『闇の金魚』や『玉嶺よふたたび』などの陳舜臣の一連のミステリー、中薗英助、三好徹などの国際スパイ小説、歴史的な事実を基にしたノンフィクションとフィクションのあわいを縫う作風の檜山良昭の『スターリン暗殺計画』や中村正軌の『元首の謀叛』、海度英祐の異色の歴史海外ミステリーというべき『伯林《ベルリン》―一八八八年』、さらにファンタスティック・ミステリーとして小泉喜美子『ダイナマイト円舞曲《ワルツ》』などをあげることができよう。

これらの作品は、むろん海外を舞台にしているというのが共通項であるだけであって、それぞれの作風やスタイルはまったく異なっている。そして、こうした作品群を呼ぶのに、もはや〝戦後文学〟的な呼称としての「推理小説」は色あせ、急速に「ミステリー（あるいはミステリ）」という言葉が定着してゆくのである。これは、「探偵小説」から「推理小説」への変化と同様に、その文学的な内実そのものの変化をも伴っていると考えられるのだ。

戦前から引き継がれた「探偵小説」の名門雑誌『新青年』は、昭和二十五年（一九五〇）に廃刊となる。それに先立つ昭和二十一年、戦後の「推理小説」を代表する雑誌『宝石』が創刊され、三十九年に廃刊となった。ミステリーの名の先駆けとなった『ハヤカワ・ミステリ』は昭和二十七年創刊、そして後『ハヤカワ・ミステリ・マガジン』となる『EQMM』が三十一年、『ヒッチコックマガジン』が三十四年の創刊である。

こうした雑誌の消長からもわかる通り、「探偵小説」「推理小説」「ミステリー」は、それぞれ戦後において雁行しながらも、徐々にその地位を他の名称に譲っていったということがわかるはずだ。そして、戦後の推理小説とミステリーの分水嶺を一九六〇～一九七〇年代に置くことは、それほど無理なことではないだろう。推理小説の興隆による〝純文学〟の危機が語られた「純文学論争」が行われたのは、前述のように昭和三十六年、すなわち一九六一年であり、それは「推理小説」が市民権を得たのと同時に、次なる「ミステリー」への移行が始まったことを象徴するものだったと言ってもよいのである。

だが、一九七〇年代に日本の推理小説界は、また奇妙な揺り戻しというべき現象を体験する。すでに一九六〇年代末、江戸川乱歩、夢野久作、久生十蘭などの「新青年派」の〝探偵小説〟の復活、再評価のブームのきざしはあったのだが、そこに出版資本と映画、テレビなどのメディアが加わって、いわゆる〝横溝正史ブーム〟が巻き起こるのである。

『八つ墓村』『獄門島』『悪魔の手毬歌』といった戦前の「探偵小説」の雰囲気を濃厚に持った横溝作品が、爆発的なブームとなったのは、一九六〇～七〇年代に入って、日本列島の「閉域化」「密室化」がきわめて高度に達成されたことの、広汎なプロテストの運動の精神と連動したものであったかもしれない。反公害、戦後民主主義の否定、全共闘運動、土着的なもの、民俗的なものへの志向といった、反近代、反戦後的な精神の諸潮流が現れたのがこの頃であって、横溝正史作品の〈タタリじゃ！〉という言葉に象徴される戦前的、前近代的な「探偵小説」的精神の蘇りも、そうした集合的無意識の最も表層における現れだったと思われるのである。

現在から見れば、〝横溝ブーム〟は、高度資本主義社会としての日本の中に、エキゾティシズムとして、古い「日本」を見出そうとする心情による現象であったと考えられる。それは、文字通りの「探偵小説」的なものの蘇りではなく、「ミステリー」の多様化の中で、土着的な怪奇・幻想小説的な〝探偵小説〟が再発見されたということなのだった。それは横溝的な、あるいは戦後においても幾度かのブームを起こした江戸川乱歩的な探偵小説が、再び主流となることを意味しないのは、もちろんのことだ。横溝ブームに続いて起こったのが、むしろ戦後の「社会派推理小説」の後継者とでもいうべき森村誠一のブームであったことを思えば、それは確かなことなのである。

さて、「ミステリー」のブームは、戦前の探偵小説、戦後、高度経済成長期の推理小説のブームを上回る形で、現代という時代に巻き起こっている。このブームの中心にいるのが、赤川次郎と西村京太郎といった作家たちであることは、言わずもがなのことだろう。彼らの作品が「閉域化」した日本列島に住みついた都市化、中産階級化した大衆社会、市民社会の成員の支持を受けたものであることは、その膨大な作品の流通量からも明らかなことだが、その内容が平準化した市民社会、大衆社会に見合うようにパターン化し、いわばゲーム化された〝謎とき〟を中心としたものであることは否定しがたいのだ。

つまり、彼らの作品は、基本的には大衆化された市民社会としての「日本列島」の現実を忠実に反映しているのであって、その意味ではまさに彼らの小説こそ、〈市民小説〉というのにふさわしい。彼らは〝箱庭〟としての市民生活や〝密室〟としての市民社会（企業・学校）などを決して壊そうとはしないし、そうした「密室」の息苦しさを感じてはいないようなのだ（あるいはそれは巧みに抑圧されている）。少しだけの怪奇な要素、エロティシズムの要素、勧善懲悪的要素、ユーモアとサスペンスの要素、少しだけの社会性と文学性……こうした、いわばとりあえずの生活は全部まかなえるコンビニエンス・ストア的な性格が彼らのミステリー作品には重要なのであり、それは市民社会の需要と必要が生み出したものにほかならないだろう。

もちろん、この「ミステリー」の時代が他の時代と違っているとしたら、ミステリー自体の多様化と、バラエティーということになるだろう。赤川次郎、西村京太郎、山村美紗、内田康夫などは、数量的に圧倒的多数の読者を誇っているにしろ、彼らの作品が「時代」そのものを代表するものであるとは思われない。

「密室化」した日本列島を超えてゆくミステリーこそが、戦後と昭和の終焉したこの現在において書かれるはずなのだ。そして、それはまさしく戦前の探偵小説、戦後の推理小説がそうであったように、その時代の可能性と限界とを、最も鮮やかに指し示すものとなるに違いないのである。

II

「外側」の少年

少年と物ノ怪の世界
——稲垣足穂論

1

「自分は街のアスファルトの上へかち飛ばされた」

「自分の頭を歩道のかどへコツンと当てた」

「お月様は自分の足を払った」

「へんだなと考えていると　うしろからやにわに　グワン！　と頭を殴られた　部屋にはたれもいなかった　出ようとするとうしろから廊下へ突きとばされた　ふり向くとたんにピシャン！　と鼻先でドアがしまった」

「入れかわりに風のようなものが流れこんできて　自分を吹き倒した」

「自分を敷石の上へはね倒した」

「植込の中へ頭を下に落ちた自分が………」

「ある晩　四辻を横切っていると　お月様がやにわに自分のわき腹へピストルをあてがった」

（『一千一秒物語』）

『一千一秒物語』の特徴は「お月様」や「箒星」や「ガス燈」が擬人的に扱われているということより、「自分」がいつもスラップスティック（ドタバタ）な〝活劇〟の被害者であるということのようだ。「自分」はつねに「はね飛ばされ」「つき飛ばされ」「殴られ」「倒され」る。そのたびごとに舞台の裏側でドッと笑う声が聞こえるようだ。それは浮浪者姿のチャップリンが、殴られ、倒され、追い回され、逃げ回るといった無声映画の滑稽なドタバタ・シーンを思い起こさせる。あるいはブルータスにメチャクチャに殴られるポパイであるとか。

いずれにしてもこれらの〝被害〟は小気味よいリズムを刻んで作品そのものの主調音をつくりあげているのだ。「お月様」や「箒星」は『一千一秒物語』の世界では与太者であり、悪漢であって、「自分」を不意に襲ってひどい目にあわせる。「自分」はそれに対してなすすべもなく、大抵は気を失ったり、逃げたり、泣き寝入りをするだけなのである。むろん、そのことに対して抗議をしたり、理不尽なことであると憤慨しても始まらない。なぜなら、そこでは作品世界そのものがそのように出来上がっているからだ。すなわち、一種の〝被害妄想〟の世界、マゾヒスティックな〝やられてしまう〟災厄の世界が、『一千一秒物語』によって描き出されている世界にほかならないのである。

ところで、『一千一秒物語』に現れてくる登場人物の一人称はほとんどが「自分」である。稲垣足穂が少年期的な匂いのする「僕」という一人称を好んで使ったことはよく知られたことだろう（『僕の〝ユリーカ〟』『僕の弥勒浄土』といった作品題もある）。「僕」「わたし」という一人称ではなく、「自分」であること。『一千一秒物語』の世界の解読にはそんなことが糸口になるかもしれない。「自分」は、「自己」や「自我」よりは生活用語に近くて、「僕」や「わたし」よりは客観的に、話者自身を相手や周りの人々から相対的に独立させている。「自分は…」と語り始めるとき、人は「自分」とほかの人間との比較、対比のようなものを予め想定し、「（ほかの人間に対して）自分は…」というニュアンスを含んでいるように思える。あるいは、それは周りの世界に対して「自分」というテリトリー、いわば存在の内部と外部とを線引きしようという意識であるといえるかもしれない。

『一千一秒物語』の中に現れてくる「自分」は、そういう意味では外側の敵対的な「お月様」や「箒星」の世界に対して、一種のバリアーを築いているのであり、いわば宇宙的な世界に拮抗している自己意識にほかならないのである。かなわないことは承知の上でも、「お月様」と取っ組みあいをしたり、「流星」と格闘したりするのも、そうした世界の中の「自分」という領域を守ろうという意志のようなものがそこに存在するからだろう。ほとんどがナンセンス・コント風の小品でありながら、『一千一秒物語』が稲垣足穂の初期作品として重要な意味を持っていると思われるのは、こうした「自分」というスタンスのとり方が、彼の文学にとって本質的なものではなかったのか、という見通しがあるからである。

『一千一秒物語』の中には、「自分」にまつわる、ほかの章節とは若干ニュアンスを異にした一章節があるように思える。短いものだから、全文を引いてみよう。

昨夜　メトロポリタンの前で電車からとび下りたはずみに　自分を落としてしまった　ムーヴィのビラのまえでタバコに火をつけたのも——かどを曲ってきた電車にとび乗ったのも——窓からキラキラした灯と群衆とを見たのも——むかい側に腰かけていたレディの香水の匂いも　みんなハッキリ頭に残っているのだが　電車を飛び下りて気がつくと　自分がいなくなっていた

星と三日月が糸でぶら下がっている晩　ポプラが両側にならんでいる細い道を行くと　その突きあたりに　自分によく似た人が住んでいるという真四角な家があった

近づくと自分の家とそっくりなので　どうもおかしいと思いながら戸口をあけて　かまわず二階へ登ってゆくと　椅子にもたれて　背をこちらに向けて本をよんでいる人があった「ボンソアール！」と大きな声でいうと向うはおどろいて立ち上ってこちらを見た　その人とは自分自身であった

それぞれ「自分を落してしまった話」「自分によく似た人」という章題がつけられた二章である。これを〝自我分裂〟（ドッペルゲンゲル）の軽い症状と呼ぶことは別段不都合ではないだろう。そこにあるのは「見ている私」と「見られている私」との分離、分裂なのであり、特に思春期において自意識の拡大とともに、一種の通過儀礼的な症状として自己の二重化といったことが起こりうるだろう。その意味では足穂十九歳の時に書かれた『一千一秒物語』にそんな短章があっても不思議ではない。ポーの「ウィリアム・ウィルソン」や芥川龍之介の「歯車」を持ち出すまでもなく、自己分裂のテーマは近代文学の中でしばしば取り扱われてきたものなのである。

『一千一秒物語』の「自分」を落としたり、「自分」に出会ったりするコントは、その中でもきわめて単純で、原型的なものといえる。これ以上短くすることも、長くすることも不可能であり、不要だろう。だが、本当はこの二つのコントは、見掛けよりはもう少しだけ複雑な仕掛けがほどこされているように思う。それはたとえば「自分」を落とした話ならば、「自分」を落としてしまって途方に暮れている「自分」といったものを、やはり眺めている「自分」の存在がそこでは透けて見えるからである。むろん、それは作者としての稲垣足穂自身ともいえるわけだが、この語り手、あるいは第三者としての聞き手（読み手）はまるで映画フィルムに映った映像を見るように「自分」を落とした「自分」の困惑ぶりをながめているといえるのである。「自分によく似た人」についても同様だろう。ここでも映画（というより活動写真といったほうがふさわしいだろう）的な手法がとられているのである。カメラは街路から家の中へ、さらにドアを開けて部屋の中に入り込み、椅子に坐っている後ろ姿の人物を映しだす。その人物は立ち上がり、こちらを振り返る……。

スリラー、活劇映画の常套的な手法にほかならないわけだが、『一千一秒物語』はこうした活動写真の世界に似たにぎやかさと視覚的な鮮やかさに満ちた作品であると思う。しかし、そのことはこの作品に映画と同じように平面的であるという短所をも、もたらしたのではないかと思われる。そこでは「自分」も「お月様」も「ガス燈」も「箒星」もほとんど同一の質量で同一平面上に存在しているのだ。はじけ散るような動きや疾走感には事欠かないけれど、そこには立体的な厚みや奥行の感覚が欠けている。「自分」は「自分」という名の単なる登場人物であり、それは『第三半球物語』の「順々に消えた話」のように、ついには「自分」もその画面からかき消えてしまうような存在にほかならない。つまり、稲垣足穂にとっての「自分」とは、私小説の「私」という一人称、小説の登場人物でもあれば、語り手でもあり、作者自身でもあるといった特権的な存在ではなく、とりあえず作品世界の中で「つき飛ばされ」「殴られ」「消え」てしまうような、その他の事物と同次元で並存しているようなものなのである。

だが、むろんこのことは小説の作者としての稲垣足穂という「自分」にそのまま二重映しにすることができるものではない。いわば作者の「自分」は、自分を恃《たの》むところが強い分だけ、作品の中で「自分」をいじめ、ひどい目にあわせているという機微が働いていると思えるのだ。「自分」という領域は、作品世界の内部からその外側の世界までの奥行を持っている。稲垣足穂が描き出すのは、こうした「自分」の〝分身〟としての「自分」なのであって、このような作品世界の内部と外部にこそ、稲垣足穂の「自分」の二重性、自己分裂が生起しているということなのだ。

「自分」とは何か。彼はおもむろに答えるだろう。それは小説の中で「つき飛ばされ」「殴られ」る登場人物であり、またそれを楽しみながら書いている小説家であり、さらにそうした小説を読んでいるこちら側の世界からのまなざしでもあるだろう。稲垣足穂の「自分」はそうした融通無碍なところがあり、それは「世界」そのものと自分の領域を競いあっているような境界線にほかならない。だから、稲垣足穂の宇宙には、「自分」と「世界」という敵対的な葛藤がその中心に存在しているのだ（むろん、この敵対感は、空の月や星ほしさに屋根の上で箒を振り回してたたき落とそうとしたのに、うまくゆかなかったので、あんなものは「空にあいている穴」にしかすぎないんだと嘯《うそぶ》く、負け惜しみの強い少年のそれと似ている)。彼が芥川龍之介的な神経症としての〝自我分裂〟の世界から限りなく遠ざかっていたのは、こうした「世界」との拮抗が彼の「自分」を支えていたからなのである。

2

被害的世界といえば、『山ン本五郎左衛門只今退散仕《つかまつ》る』に描かれた稲生平太郎と〝山ン本五郎左衛門〟の一族との抗争(?)の物語は、平太郎の側にとってみれば、まさに災厄としかいいようのない被害の連続ということになる。そういう意味では、この作品の中に現れてくる奇々怪々なオブジェたち――擂粉木《すりこぎ》に手指が生え、その尖端からまた擂粉木状の手指が生えているという化けもの、蟹のような目玉と足をいっぱいに生やして動き回る石、頭が割れ、そこから猿のような赤ん坊が三つ出てくるというお化け、逆さになって飛んでくる女の首など――は、『一千一秒物語』で「自分」に突っかかってくる「お月様」や「箒星」と本質的にはあまり違いのない、威嚇的な敵対者という「悪意的・世界的存在」物(者)にほかならない。『一千一秒物語』の「自分」がお月様や星たちの無法な暴力にあってしまうように、平太郎が出合うのも、現実性を超えた超越的な〝災難〟ということなのだ。

彼の屋敷内で起こるさまざまな超自然的な出来事は、今風にいえばポルター・ガイスト的現象といえるわけだが、むろんこの物語自体は現今のオカルティズムと直接的な関係があるわけではない。これは旧式にいえばお化け退治の話であり、主人公の平太郎が十七歳というまだ少年ともいえる年齢であることを考えれば、桃太郎や牛若丸のような〝少年神〟の活躍する神話世界の話ということもできるだろう。だから、『一千一秒物語』が稲垣足穂という十九歳の「少年」そのものによってこしらえあげられたスラップスティック・ファンタジーの世界だとしたら、『山ン本五郎左衛門只今退散仕る』という作品は、そうした少年的な〝活劇〟の世界の回顧譚として、一種の〝少年賛歌〟として書かれたものといえるだろう。そこでは少年はただの年若の〝未成人〟ということではなく、まさにその未熟さにおいて聖性さえ獲得するようなものなのである。

少年はその成長過程の一時期において、大人よりももっと明澄に世界の仕組みを見通してしまうことがある。ランボーやラディゲのような少年たちは、そうした成熟した知ではなく、未熟だからこそ明確に、明晰にものごとを見る世間知といったものを獲得し、すばやくその少年期を駆けぬけていった〝神に愛された〟存在といえるだろう。恐いもの知らずの少年がいる。その少年に恐怖を感受する能力が欠けているのではない。恐怖を引き起こすものの原理を知り、それが頭でわかってしまえば、体そのものもそれに馴れてしまえるのだ。つまり、少年の一時期に精神と肉体とが、アンバランスなままに均衡をとりあう瞬間があり、そのときに恐怖や愛憎といった感情は消え失せはしないまでも、肉体を揺り動かすことはないのだ。屋敷内に奇怪なものが出没し、平太郎の行住坐臥をわずらわせることに対して、彼はこんな結論にたどりつく。

「漸ク明方ニナリ、タトエ顔ニサワッテモ、又跳ネ歩イテモ、ソレ丈ノ話ダト思イ定メテ打ッチャッテ置イタガ、首々モ手モ次第ニ消エテシマッタ。以後相手ニナラヌガ一等良イト云ウコトヲ、僕ハ愈々確カメタ」

「観念する」という言葉は現在では、たとえば犯罪者が捕まる場合といった特殊な場面にしかあまり使われないが、もともとは仏教的な意味で世界や人間存在について〝観〟じ、〝念〟ずるということだろう。平太郎が、化け物の正体がまず自分の側の恐怖心に映る架空の幻影であるということを見抜く(観念する)にはそれほどの時間はかからなかった。だからといって、彼がそれらの妖怪変化にまったくヘイッチャラだったたというわけではない。「大キナ女ノ首」が飛んできて寝ている胸の上にあがればやはり気味悪いし、「人ノ腹ノ上」に足を載せれば不気味に感じる。正太夫が兄から借りてきた宝刀を折ってしまい、詫びるために切腹したときには、おもわず自分も責任を感じて腹を切ろうとしたほどだ。平太郎の「観念」は、恐怖なら恐怖という感情そのものを圧し殺すことにあるのではない。感情の震えならそれをそのままに震えとして見つめるということなのだ。そういう意味で、この被害的な世界と折りあってゆく〝世間知〟といってもよいのである。

平太郎とは対照的な存在に、三ツ井権八という登場人物がいる。彼は相撲の名人で、胆力も並々ならぬものであったのだが、物の怪に脅かされて以来、「口惜シク思ウ度毎ニ熱ガ出テトウトウ大病人トナリ、次第ニ熱気ガ張ッテ九月ノ初旬ニ亡クナッタ」ということになるのである。

三ツ井権八と平太郎との差違はわずかなものでしかない。常人に比べれば並はずれた胆力、勇気、そして普通の意味においての武芸的な力においても権八は平太郎に勝っていたといえるだろう。だが、平太郎が事態を感情を圧し殺さずに見ていたのに対し、権八は自分の恐怖心や臆病心をむしろ圧し殺すことによって、勇猛であったといえるだろう。つまり、彼にとって人外の者に脅かされたということは「口惜シ」いことなのであり、そうした内部に押し籠めた感情の暴発によって彼は命を失ったともいえるのだ。ここで平太郎が十七歳であるのに対し、権八が四十近い中年男であることをつけ加えておくことは蛇足ではないだろう。世界をあるがままに受けとめ、そこに自分を透明に浸透させてゆくことと、人生経験とはしばしば背馳しあうものにほかならないからである。

ところで、『山ン本五郎左衛門只今退散仕る』が、平田篤胤の『稲生物怪録《いなふもののけろく》』を下敷きとし、その現代語訳といってもよいほど、もとのストーリーをほぼ忠実にたどっていることは、別段ことあらためて語るまでもないだろう。物の怪出現までの経緯、その登場の順番、周りの人々の反応といったところまで、稲垣足穂は原テキストに寄り添いながら話を進めている。ただ、読み較べてみると決して軽微とはいえない差違がそこにあることに気がつかざるをえない。それは『稲生物怪録』があくまでも一種の記録文として、「平太郎は夫より又枕引寄て、うたた寝しけるが」というように三人称を使い、客観的な叙述で書かれているのに対し、『山ン本五郎左衛門』では、「僕」という平太郎の一人称によって語られていることだ。もっともこれにも先蹤があって、巖谷小波がやはり『稲生物怪録』を下敷きに『平太郎化物日記』という童話を書いているが、それでは平太郎の日記という体裁で、「ぼく」という一人称の語り手となっている。足穂は小波の本も参照したことを書いているから、平太郎の一人称小説というスタイルは、小波のひそみに倣ったといえないこともないだろう。平田篤胤、巖谷小波が〝少年世界〟への特別な嗜好を抱いていることは知られたことだが、足穂もまたそうした先人たちの仕事に触発され、少年英雄としての平太郎を描き出そうとしたのである（折口信夫もまた『稲生物怪録』を劇化している）。

だが、足穂の『山ン本五郎左衛門』が「僕」によって語られているということは、ただそれだけのことではない、もっと本質的な意味を持っているのではないかと思われるのだ。もちろん、それは『一千一秒物語』が「自分」という一人称で書かれたことと微妙な気脈を通じている。すなわち、『一千一秒物語』の「自分」に「つき飛ばされる自分」「殴られる自分」と、それを見ている「自分」との二重構造的なカラクリがあるとしたら、『山ン本五郎左衛門』には、そうした〝自己分裂〟的な要素は毛筋ほどもないといえるだろう。そこでは平太郎の「僕」と「世界」の間には不可思議な「モノ」の存在があったとしても、本質的な葛藤は存在しないのである。つまり、化け物に襲われるということは〝災厄〟そのものにほかならないが、そうした「世界」の悪意的な存在と馴れ合い、他者として〝共生〟することに平太郎はそれこそ平ッチャラなのである。

ここに私たちは稲垣足穂の成熟を見るべきだろうか。いや、それはむしろ彼が〝未成熟〟の方向へ向かって悠々と突き進んでいったということを表しているように思えるのだ。「世界」を敵対的なものとして見るのではなく、いわば我が物として自分の延長の中に見ること、稲垣足穂がその晩年にとらえた「世界」とは、そうしたものであったと思う。つまり、そこでは足穂は「自分」を突き離して眺めるような位置から、「僕」そのものの世界へとワープしていったと思えるのだ。それはある意味では芥川龍之介の『歯車』の世界から、「鼻」や「芋粥」の世界へと逆向きのタイム・スリップをすることであるというように類比的に語ることができるだろう。つまり、稲垣足穂は神経症的、分裂症的な〈近代文学〉を遡行してゆくことによって、「僕」の世界へとたどりついたのであり、それはいってみれば、〈日本近代文学〉の大いなる〝未熟児〟ということにほかならないのである。『稲生物怪録』からではなく、『平太郎化物日記』からとったと思える箇所がもう一つある。それは「彼五郎左衛門が顔は、今に忘られず」とだけある原文を、もっと積極的に「山ン本サン、気ガ向イタラ又オ出デ！」という呼び掛けの言葉とした最後のところなのだ。これは明らかに『平太郎化物日記』の「ああ、山ン本五郎左衛門さん、ひまがあったらまた遊びにおいで！」という結句のヴァリエーションにほかならないわけだが、稲垣足穂があえてこの呼び掛けを模倣したことに小さからぬ意味があると思う。つまり、そこでは『稲生物怪録』に残存していた〝実話性〟はほとんどそぎとられ、ただ純粋な一編のファンタジーとして作りかえられているということなのだ。そこに、「お月様」や「箒星」という「世界」の側の悪意あるオブジェたちと和解した、十九歳の稲垣足穂の紅顔の微笑を垣間見ることは不可能だろうか。

「外側」にいる少年
——橘外男論

1

橘外男（たちばな・そとお）——本名である。しかし、ある人はこれをキチガイオトコと読み、なかなか考えたペン・ネームですねと本人にいったそうだ。確かにそんなおどろおどろしい感じを人に与える名前ではないだろうか。出生の時、職業軍人であった父親がちょうど日清戦争に出征して〝外地〟へ行っていたから、外男と名付けられたというのだが、「外」という漢字は親が自分の子供に付けたがるような字であろうか。ソト、ヨソ、ホカ、こうした語感はよそよそしく、冷ややかで、肉親の暖かい愛情を感じさせるような命名ではないように思える。もっとも、これも橘外男の小説そのものから来る印象であるのかもしれないのだが。

破天荒な自伝小説『ある小説家の思い出』の中で、橘外男は自分がいかに親、兄弟から見捨てられた存在であるかを、綿々と書き綴っている。軍人で厳しい躾《しつけ》をすればそれで子供はよくなると信じて疑わない父親。その父の方針に盲従する母親。父母や教師にとり入る優等生として、〃兄〃を馬鹿にする弟。彼の行いを告げ口ばかりする姉と妹。彼は好きな読書の楽しみを父に取り上げられ、花を愛する心情を弟に踏み躙《にじ》られる。そして、そうした家族たちに対する彼の反発が、彼をますます家庭の〃持て余し者〃へと仕向けてゆくのである。もちろん、そうした家庭内での冷遇や白眼視といった被害妄想的なエピソードを、全部が全部事実であると信じるわけにはゆかないのだが、この「外男」と呼ばれている少年が、一見何不自由のない家庭の中で、いかに孤立し、疎外されていたか（少なくとも本人がそう思っていた）ということは疑いえないのである。

「親に似ぬ鬼っ子」「橋の下から拾われてきた貰われっ子」「兄弟の中のできそこない」、日本の自然主義小説―私小説はたいてい、こうした家庭の中での幼年体験にその感性の根を持っている。いや、自然主義小説―私小説だけではなく、たとえば夏目漱石や芥川龍之介といった非自然主義的な作家で、近代文学を代表するような文学者たちもまた、幼年期に孤児意識を持ったことを回想しているのである。さらに、下村湖人の『次郎物語』や山本有三の『路傍の石』などを思いかえしてみれば、そのように家庭、兄弟の中で疎外され、孤立した意識こそが、日本の近代において個人的な自我を育むものだったのであり、そうした〃にんじん〃コンプレックスといったものが、近代文学の母胎だったといっても、それほど的はずれとはならないはずである。

だから、そういう意味では橘外男の『ある小説家の思い出』や『私は前科者である』といった自伝的な作品群は、やや奇矯なところはあるものの、正統な日本近代文学の系譜に連なるものであるという評価が下されてもいいのだ。彼の初期の長篇小説『太陽の沈みゆく時』が、有島武郎の序文の付された本格的な純愛告白体小説であったということも、それほど奇異なことではないのである。彼――橘外男は、日本近代文学という〝家庭〟の中の、やや胡散臭い〝はみ出し者〟の息子だったのであり、やがては家を出た放蕩息子だったのである。だが、むろん彼の血はその〝家系〟に基づくものにほかならなかったのだ。

生まれた時から、すでに「外」側にいるような存在。いってしまえば、ある人々のグループや集団の中では、つねに「外」側へとはじき出され、そうした外部に立つことによって、逆説的に「内部」を輪郭づけ、内側の求心力を補強するような立場の人間。運命論者にいわせれば、橘外男はまさにそうした名詮自性の〝運命〟を背負っている人物といえるだろう。家庭という、もっともこまやかに感情や心理が交流する小さな集団にあって、その「外」へとはみ出してゆくような人間が、学校、職場といったもっと大きな単位の人間社会の内部にすんなりと入ってゆき、そこで疎外感や孤立感を感じずに生きてゆくことが、うまくできるはずがないのである。橘外男が、その自伝小説の中で、学校教師、同級生、職場の同僚などの人間関係に関して、ほとんどその〝内部〟に溶け込まず、孤立した存在であったのも、このような「外」側に立っている自分の立場というものを、知悉していたからにほかならないだろう。

『ある小説家の思い出』の前半を占めているのは、語り手＝作者である橘外男が、家と学校から追い出され、北海道の鉄道工場の道具番として世間の荒波にもまれるというストーリーだが、これはまた一人の少年の〝転落〟の物語でもある。借金、女郎買い、あげくの果ては札幌の盛り場をうろつき、小銭を恐喝して巻き上げて歩くようになる主人公の姿は、まさに家庭からも学校からも、さらに職場からも持て余され、疎んじられ、暖かい人間関係を築くことのできなかった、心の冷えた少年の行き着く当然の帰結点だったといえるだろう。彼は常に外側へ、外側へとはじき出される。まだ開拓地の雰囲気を残す当時の北海道は、まさに〝内地〟に対しての〝外地〟であり、また、彼は人の輪の団欒から離れ、その輪の外側へとはみ出て行ってしまうのである。

彼がそうした真逆様の〝転落〟の道の途中でかろうじて踏み留まったのは、「姉さん」と呼ぶ女性と出会い、彼女——札幌一番の売れっ子芸者・久竜——に、金銭的な面や生活面の面倒を見てもらうことになったからだ。彼女と知り合ったことによって彼は立直りの道を目指し、ついに高等文官の試験を受け、それにパスする。しかし、この命の恩人ともいうべき「姉さん」が、借金で首が回らなくなり、根室の海産物問屋の旦那に身受けされるという話が持ち上がる。彼は「姉さん」を苦境から救うために公金に手をつけ、デスペレートになって芸者を揚げて豪遊する。そして、死に場所を求めて列車に乗ろうとしたところを、警察に逮捕される。「私は前科者である」というのは、この公金拐帯の罪によって彼が、一年半の懲役を受け、札幌本監獄に収監されたことを意味しているのである。

だが、この犯罪に至るまでの彼と「姉さん」久竜との関わりは、あまりにも新派悲劇めいていて、いささか眉に唾をつけたくなるのは人情だろう。恩人を助けるための犯罪ということ、未決監から本監獄に移される道行における「姉さん」と彼との鎧戸越しの顔合わせの愁嘆場といったエピソードも、いかにも芝居じみた人情ドラマ仕立てである。むろん、全部が全部、根も葉もないことであるというつもりはないが、かなりの部分が、橘外男一流の虚構と真実とをごちゃまぜにしたフィクションと考えたほうがいいのではないかと思えるのだ。

しかし、もしこうした「姉さん」との交情が虚構のものであったとしても、橘外男にとって「姉さん」と、その家族である中風で半身不随の老父、盲目の弟と一緒の家に住むということは、本当の家族との縁を断たれた橘外男にとって、幻想の中の「家庭」として、夢見られたものであったことは確かだと思われるのだ。それぞれにハンディ・キャップを抱えた者も含めて家族同士が、互いに助け合い、労《いたわ》り合って暮らす生活。橘外男の追い出された実家が、そうした家庭と対極的な環境であることはいうまでもないだろう。彼は「姉さん」の家の中に入ることによって、初めて家庭的な安らぎを味わうことができたのだ。あるいは、そうした幻想の（そして真実の）〝聖家族〟をつくり出してみせたのである。

小さな人の輪の内部の安住を求めながら、その範囲からいつもはじき飛ばされ、「外」側の冷たく、淋しい場所に佇んでしまう人間。そういう観点から、彼の小説作品を見てゆけば、そうした立場からくる「外部」への鋭敏な触角の働かせ方のようなものが、その作品の底流に流れていることがよく見えてくるのではないだろうか。『私は前科者である』といった露悪的な題名の付け方。人間社会の〝外〟にある秘境世界への関心と興味。人間というよりは獣に近い〝異人〟たちへの悪趣味でグロテスクな好奇心。そして、文字通りこの世の外の世界である、怪奇で幽冥な死後の世界への恐怖と憧憬。これらの橘外男の小説の特徴的とも思われる要素は、本質的にある人間のタイプとしてそのような資質、性格を表しているように思えるのであり、それは内部の閉ざされた親密な世界を、無理矢理に「外」側へと切り開いてゆくような、普通人の感性を逆撫でするような〝異様〟で〝異形〟な感受性としか思われないのである。

　こうした感性の来歴を作家自身が、『ある小説家の思い出』で描き出して見せたわけだが、そこには橘外男自身が意識していない〝暗黒への志向〟といったものがあるように思える。そして、彼の小説は、そうした「暗黒」の部分に触れることによって、日本の近代文学の主流である自然主義＝私小説の単なる異端的存在という立場から、一歩はみ出たところにあるといわざるをえないのである。

2

　橘外男は、その文学的再出発を「実話」と銘打った「酒場ルーレット紛擾記」によって果たしている。再出発というのは、初期というより習作期というべき長篇小説（『太陽の沈みゆく時』『艶魔地獄』などの）をたて続けに発表した大正末期から、昭和十一年の「酒場ルーレット紛擾記」までには、十年近いブランクがあるからだ。しかし、小説家・橘外男としての本領はむしろんこの時期からの作品に発揮されるのであって、実話小説、人獣交姦の秘境小説、日本的怪談が約二十年間にわたって書き続けられるのである。

　ここで私たちが注意しておかなければならないのは、この再出発の時期の作品が、「実話」「実録」というスタイルをとっていることである。むろん、近世のいわゆる〝実録本〟が、史実、あるいは事実そのものの忠実な記録ではありえないように、橘外男の「実話小説」も、現在のドキュメンタリーやルポルタージュと同じようなものと考えてはならない。それはあくまでも小説＝虚構を語る際の一つのスタイルであり、方法なのであって、講釈師の語る（騙《かた》る）ような〝見て来たような嘘〟にほかならないのだ。ただ、それは〝実話〟と名乗ることによって、どこからどこまでが本当の事であり、どこからどこまでが嘘であるかということを、読者の側に眉に唾をつけさせること、すなわち半信半疑の状態に置くことを目論んだものということができるのである。

初めから荒唐無稽な夢物語であると名乗りあげている作品を読んで喜ぶのは、少数の読者だけだろう。近代小説の始まりが、告白体小説であり、書簡体小説であったのは、フィクションはまず真実や事実を装うことによって、フィクションとして成立したのだという逆説を示すものなのである。日本の近代文学が、私小説という〝純粋型〟に蒸留されていったのも、語り手＝作者といった「事実」の裏打ちが、近代的読者によって求められたことの結果といってもいいはずなのだ。語り手が真実の存在であれば、彼の語ることは少なくとも全部が全部、根も葉もないことではないはずだ。なぜなら、彼が語っているということだけは、事実であり、真実であるのだから。

近代小説の根拠をごく単純化してしまえば、こういう読者側の心理的メカニズムが働いているはずだ。作者＝作家の真実ということが、近代小説において重要なファクターとなるのも、そうした読者の要請に関わったものなのである。

だから、橘外男が自らの作品を「実話」と銘打ったのは、フィクション＝嘘の機能をもう一度小説の中に呼び戻してみようという隠れた意図があったと思われるのだ。「酒場ルーレット紛擾記」はあまりにも面白すぎる酒場経営の失敗譚だが、そこにエピソードの一つとして、当時話題となっていた徳田秋声の〝老いらくの恋〟のスキャンダルを、楽屋話的に語った場面がある。

「文名一世に高き文壇の老大家」高田冬声と、「女作家としてよりもむしろ転々として男から男を漁って歩くその発展性の方で一世に名を高めていた」山本俊子とが、〈私〉とオランダ人・リヒテルの共同経営する「ルーレット」に飲みに来て、勘定を払わずに帰るという挿話である。もちろん、ここで橘外男は、評判の老大家のスキャンダルを面白がって戯画化しているわけだが、その底に文壇の主流としての「自然主義的リアリズム」に対しての痛烈な皮肉があるように思えてならない。「この老人はほんとうに仏蘭西におけるドウデエやモーパッサンの地位を日本で占めているのだろうか」と相棒のリヒテルに、語り手の〈橘〉は言わせているのだが、この言葉はまさに日本の自然主義文学そのものに対する揶揄といえるだろう。橘外男にとって、自分の中にある最も下卑た、いかがわしい部分を剔抉することこそ、〃リアリズム〃の名にふさわしいことであり、そうした人間性の「暗黒」の部分への追究なしに〃自然主義〃小説が成り立つはずがなかったのである。

人間の中の獣性。橘外男が、その「実話」体小説のまずもってのテーマとしたのは、そのことにほかならない。それは日本の近代文学が〈私〉という近代的自我を最も大きな主題とし、リアリズムをその武器としたにも関わらず、ほとんど文学的に形象化されていないものなのであり、そうした〃人間的真実〃を語るために、橘外男は「実話」というスタイルを選んだのである。だから、それはある意味では、近代以前の〃実録本〃や草双紙の類、そして広津柳浪など明治期の、いわゆる「深刻小説」「悲惨小説」の直系の嫡子であったといってもいいのである。

たとえば、人獣交渉の実話小説の第一作「博士デ・ドウニヨールの『診断記録』」は、標題にもある通り、〝白耳義《ベルギー》ブリュッセル大学助教授医学博士シャルル・フランソア・デ・ドウニヨール氏〟による聞書であり、本文も博士自身の一人称による手記といった体裁をとっているのである。こうした〝××大学の××博士〟の実見談という権威づけは、見世物興行によくある「東大××博士」の鑑定、保証つきといった口上を思い起こさせるものだが、もちろんこれは単に読者を「実話小説」の世界へ導き入れるための通過儀礼のようなものであって、大概の場合、小説の結末ではこうした導入部の設定はほとんど忘れ去られてしまうのである。読者はそこでほとんど疑う余地なく嘘であり虚構である、このいかがわしい荒唐無稽な物語世界へ入って行く。だが、〈私〉という語り手の二重の構造、「実話」仕立てというスタイルは、原理的には読者を「半信半疑」の状態に宙吊りにするのであって、そこから少なくともそれが人間性において〝真実の物語〟でありうるという地点までは、それほど隔たったものではないのだ。

橘外男の小説の偏執的な主題である美女と野獣譚、人獣相姦譚は、彼にとって「暗黒への志向」に根ざした、人間性の〝真実〟の物語にほかならなかった。前記の「博士デ・ドウニヨールの『診断記録』」を始めとして、「令嬢エミーラの日記」「怪人シプリアノ」「野性の呼ぶ声」「マトモッソ渓谷」などの、同工異曲といってもいい小説群がいくつも書かれているが、そこには人間と野獣との混血、あるいはその境界に存在する類人猿といった、人間の中に潜む獣性の象徴的存在があり、そうした半人半獣の存在が、人間の女性に恋慕する、性的欲望を持つというパターンが繰り返されているのである。

これらの作品群の中から、たとえば「白人女性」に対する渇望と憧憬、アフリカ、南アメリカなどの秘境へのエキゾチシズム、文明と未開、文化と野蛮、人間性と獣性といった二元論的枠組みを取り出してくることは、それほど難しいことではないだろう。そして、これらの橘外男の宿世のテーマといえるものが、たとえば『ある小説家の思い出』の中で語られている、アメリカ人宣教師の娘・エレンへの恋慕というエピソードを原型としていることは明らかなのだ。宣教師の娘への恋慕といっても、プラトニックなどころか、もろに肉欲的なところがいかにも橘外男らしいところだが、彼は自殺を考え、その前に「映画で見る眼の碧い、西洋の女と一度ムニャムニャして、それから死んでヤロカと考えた」というのである。

これだけのことならば、日本人男性によく見られる〝金髪コンプレックス〟と大差はないわけだが、橘外男はそれを〝美女と野獣〟というパターンとして、自らの中にある〝獣欲〟を徹底的に、グロテスクに描き出す方向へと向かうのである。だから、それは単なる下卑た欲望を秘めた原色の夢物語の範囲を超えて、文明論的な広がりを持つものとなるのだ。少なくとも、橘外男の人獣相姦譚のあくどい繰り返しを、読者は自らの欲望の形に変形させることによって、その核心の部分にある〝真実の物語〟を読み取ったのである。

そういう意味では、橘外男の小説作品は、西洋文明への憧憬、拝跪から、その反動としての西洋文明の否定、東洋主義の言挙げといった時代風潮の底辺にある〝無意識〟と見事に同調しているといってよい。帝国主義的領土拡大と、秘境探検、冒険趣味は連動しているし、未開、野蛮の側が一時的、局所的ではあれ、勝利するという彼の作品のマンネリズム的な結末は、ちょうど西洋の科学文明や合理的思考の文化に挑戦しようとした、日本の〝東洋的非合理主義〟の花火的な勝利を思い起こさせるのである。

もっとも、橘外男の〝未開の思考〟は、もう少し射程距離の長いものだったともいえるだろう。それは、彼が戦争後においても、相変わらず人獣もの、秘境ものを繰り返し書いていたという一事をもってしても肯けることだろう。もちろん、同工異曲の作品の頻出は創作力の衰えにほかならないわけだが、戦前・戦中と、戦後とにおいて同じような主題で創作を続けることができた作家というのは、それほど数多くはないのである。橘外男は、未開的自然と人間的な秩序との葛藤という文明論的テーマを背景に、人間における神性と獣性の相克を小説の中で描き出した。それは戦争という獣性の時代を経て、白人種に支配されるという占領経験を持つことによって、より〝真実の物語〟という意味での「実話」として、受けとめられたといってもよいはずなのである。

3

橘外男という小説家の名前は、もっぱら前にあげた人獣相姦譚とか、「青白き裸女群像」や「陰獣トリステサ」、あるいは「コンスタンチノープル（君府）」といったグロテスク、エキゾチシズム、エロチシズムの渾然一体となった作風の小説によって知られている。しかし、小説家としての彼のもっとも優れたものは、こうしたセンセーショナルな異端的な作品よりも、日本の伝統的な怪談の味わいを持つ、怪奇譚の数編にあるように思われる。とりわけ、「逗子物語」「蒲団」の二編は怪奇幻想小説のアンソロジーにも収録されることの多い、このジャンルのものにおいては古典的な名作といっても過言ではないだろう。ここには、橘外男の小説の通弊であるあくどさ、文章の卑俗さといったものが影を消し、〈私〉という一人称の語り手が諄々《じゅんじゅん》に語ってゆく何気ない日常の生活の中から、怖さが滲み出てくるような、名人による怪談噺の傑作といってよい香気を持っているのである。

これを「伝統的」と評するのは、物語の組み立てが、因果譚、怨念譚ということを中心の柱としているからである。「蒲団」の書き出しでは、怨霊の存在云々ということから話を始めているが、この「蒲団」に限らず、橘外男の怪談は、ほとんどが因果がめぐり、怨念の止まない、昔ながらの死霊、怨霊がこの世にもたらす恐怖をその作品のモチーフとしているのである。それがたとえば、『見えない影に』のように、長篇で現代ものということになれば、あまりにも古めかしく、単に古色蒼然とした因縁話に終ってしまうこともあるのだが（『見えない影に』は、橘外男お得意の鍋島猫騒動の因縁を背景に、妖剣がもたらす夫婦、友人間の互いの殺意を縦糸のストーリーとしたものである）、「蒲団」の場合のように、我々にはすでに理解のできない「怨恨」の論理がその後々までも、蒲団という日常具につきまとっているという、不可解な恐怖を醸し出すのである。

古着屋をしている父親が安く仕入れてきた青海波《せいがいは》模様の縮緬《ちりめん》の蒲団。それを店に出している間、商売は目にみえて不振に陥り、そして腰から下を血糊でべったりと濡らした女の亡霊が訪れたりする。嫁をとった息子のために、新婚用としておろしたその蒲団に寝た花嫁もまた血みどろの「奥さん」の姿を見る。今度は母親が一人でその蒲団で寝て、真夜中に頓死する。蒲団に何か因縁があることに気づいた家人たちが、その蒲団をほぐしてみると、女の切り取られた片手の五本の指と、抉りとられた女性器が出てきた。驚いて、とりあえずお寺にそれを納めたが、その寺はにわかの出火に遭い、焼失するのである。

いかにも、因縁、因果の深い話であるのだが、ここではその因縁の主の素性も、因果の由来も不明のまま、物語は終ってしまうのだ。こうした怨霊そのものが謎としてそのまま残るところに、「蒲団」の不気味な余情があるわけであり、なまじっか因縁の由来を語らずに、怪異な奇譚としていいわば突き放すように書いたところに、この作品の成功した要因があると思われる。それは、言い換えてみれば、この世の論理や理屈では納得のしにくい不可解なものを、そのまま「外部」のものとして、対置させるということだ。この世界と別の世界、「死者」や「霊」たちの世界があり、それはこの世界とははっきり峻別されているのである。

「蒲団」では明確となっていないが、橘外男の怪談では、人獣相姦の小説群がそうであるように、世界を異にしている者同士の、婚姻というモチーフが見え隠れしている。「蒲団」でも、因縁ものの蒲団が、新婚夫婦の褥《しとね》として使われるというように、死霊の怨恨と、婚姻とはどこかで微かながらもつながっているのである。こうしたテーマをもっとも明瞭に表しているのが、死者との結婚という主題を持った「棺前結婚」ということになるだろう。新郎は最愛の妻を母親の企みによって離婚させせられた男。新婦はそのために病死し、棺に入れられて葬られた死者。このグロテスクでもあり、純愛の物語でもある小説は、橘外男の小説世界のもっとも原形的なテーマである、異世界の住人同士の〝婚姻〟という主題がそのまま物語化されたものにほかならないのである。

橘外男にとってアフリカや南アメリカのジャングルが異世界であったように、死者たちの国、霊魂の世界もまた異世界であった。それは人間と獣の世界が、別次元のものであるように、隔たり、引き裂かれた二つの世界なのである。そして、「外男」と名付けられた存在にとって、そうした「外側」の世界、この世の外部である異世界は、ある意味ではこの世界よりももっと慕わしく、憧れの対象としてあったのである。野性の側にいるものが、白い肌の人間の女性に恋い焦がれる。そして、また人間はその虚飾の文化を振り棄てて、自然の荒々しさを渇望する。生き残った者が、死者の世界へ憧れ、死者は生者たちの温もりのある世界を羨む。

つまり橘外男の小説の主人公たちは、「外側」の世界、異世界への渇望に身を焦がす者たちであり、あくことのない〝見果てぬ夢〟を見る者たちなのである。そしてこの最後の、死者たちの生の世界へのラブ・コールという主題が、「逗子物語」の表現しようとしたものにほかならないのだ。

〈私〉は、逗子にある古びた淋しい山寺の墓地で、老爺と婦人と幼い少年という三人連れを見かける。散歩の途中で見かけたお墓に野生の花を手向けた〈私〉は、この三人連れにお礼を言われる。しかし、間借りをしていた家の主人に聞くと、その墓の主である若い母親で音楽家だった女性の係累は、みんな死に絶えたという。幼い息子も、その世話をしていた女中とその父の老爺も。墓場で出会った少年が、その死んだ少年であることを写真で確認した〈私〉は、恐怖に駆られ、大あわてでその逗子の部屋を引きはらい、東京の兄の家に転がり込む。玄関に出迎えた嫂は、〈私〉の後についてきた幼い、可愛い少年を見たという。〈私〉は混乱して狂気のようになるが、兄や嫂は病気による精神の錯乱だと思い、とりあわない。〈私〉は恐怖と憤りにくたくたに疲れ、兄の家の二階で寝る。すると、少年の姿が次第に近づいてくる。美しく、清らかな姿に〈私〉は心を打たれ、恐怖を忘れ、少年を愛しく思い始める。最後に〈私〉は少年にこう呼びかける。「だから来たかったら……夜おいで……誰もいない時に……人に見られないように夜おいで！　それなら僕はいくらでも坊っちゃんと遊んで上げるよ……」と。

つまり、ここで〈私〉は、この世の外側にいる存在である〝坊っちゃん〟を受け入れ、異世界の住人との融和を遂げるのである。ちょうど白人の金髪女性が、野性の獣性に目覚めて文明世界の〝向こう側〟の世界、外部の世界へと踏み越えてゆくように。「逗子物語」は、橘外男の小説の中でも、例外的に温もりのある、後味のきわめてよい作品であることはことさらに言うまでもないだろう。これは一種の「家族小説」なのであり、変形されたものながらも、やはり一つの〝聖家族〟を描こうとした小説であるといえるように思う。美しく、清らかな少年を中心とした家族。優しく、美しい母親。忠実で働き者の老家令としっかりした女中。それだけではなく、〈私〉の状態を心配してくれる兄や嫂などの家族も、橘外男が自ら書いた彼自身の「家族」「家庭」からは、対極的といってもよいほどの、仲睦まじい家族たちなのだ。そこには、だから死者さえも〝遊び〟に来ることができるのである。「逗子物語」が、その最初の怪談の印象から一転して、童話のような優しく、暖かな物語として締め括られるのは、これが橘外男にとっての〝ユートピア〟、どこにもない、願望そのものがそのままに実現する世界を描こうとしているからである。それは紛れもなく、「家族」たちが親和し、内側と外側という乖離のない「家」が実現されるということにほかならないのだ。

たとえば、それをもう少し別な作品、「生不動」のような小説に見ることも可能だろう。これは芸者と二人、北海道の片田舎の漁港に流れついた〈私〉が、そこで全身に火が回って死んだ家族三人の「事故」を見聞するという話である。時計屋の職人の亭主とその内儀と、亭主の妹の三人。揮発油に火が移ってそれを浴びた三人は、亭主は妻の体の火を消そうとし、内儀は妹の、妹は兄の火をそれぞれに消そうとして、互いに自分の身を省みずに、焼死してしまったのである。標題の「生不動」は、この火達磨となった三人の姿を形容したものなのだ。

こうした自己犠牲と「家族愛」の深さに、〈私〉がやり切れない思いを抱いたことは想像に難くないだろう。そこには「死」さえも超えてしまう人間同士の関わりがあるのだ。むろん、それは一面から見れば、残酷物語にほかならないのだが、橘外男はそうした「残酷」さ、精神の「暗黒」の中にこそ、もっとも心の奥底に隠された渇望としての、死を超えた人間同士の関わりの〝情の深さ〟を見つけ出そうとしたのである。

火の輪となって燃えつきた家族たち。その親密な輪の「外側」に佇む橘外男は、自らの魂の「実話」を書き続けるだけしかなかったのである。

〈鈴木主水〉の語り手たち

——久生十蘭論Ⅰ

1

ごく私的な基準での勝手な評価なのだが、昭和文学での〝三大物語〟というのを考え、その第一に谷崎潤一郎の『乱菊物語』、第二に石川淳『紫苑物語』、そして第三に久生十蘭『無月物語』というふうに思いついた。むろん一から三までの順位は作品の長さによるもので優劣の順ということではない。いやむしろ『乱菊物語』が未完でいささかルーズな構成であることを思えば、作品としての完成度はこの逆の順序といってよいかもしれない。この三つの小説をあげたのは、物語に特有な綺譚性、波瀾万丈のロマネスクに作者がどれだけ〈遊〉びえているかということの度合いによるもので、文学史上の問題性とか作品の思想性とかいった余計なものはむろん一切考慮の外にある。ロマネスクではない物語《ロマン》など気の抜けたビールのようなものだ。物語と遊び戯れることの至福の瞬間を持たない小説作者こそ不幸の極みであろう。その点『乱菊物語』『紫苑物語』『無月物語』のようないかにも物語的物語を書きえた小説作者は他に比してもっとも幸福な物語作家といえるだろう……だが、谷崎潤一郎や石川淳はさておき、わが久生十蘭については私はこの〝幸福な〟という形容にいささかためらいをおぼえざるをえない。久生十蘭は物語作家として幸福だったのか。突拍子もない問いのようだが、私の久生十蘭論はここから始まるのである。

　久生十蘭、本名阿部正雄がはじめ〈演劇〉をこころざしていたことはよく知られていることだろう。いや、一九二九年に『悲劇喜劇』に掲載された「骨牌遊びドミノ」を事実上の処女作とすれば、没年一九五七年に『文學界』に発表された「喪服」で締め括られる彼の作品系譜はみごとに戯曲から始まり戯曲で終っているのであって、彼は一貫して演劇を目指していたともいえるのである。岸田國士に師事し、岩田豊雄に親炙していた阿部正雄は一九三〇年代の〝演劇復興〟の少なくとも重要な脇役のひとりであった。むろん、フランス帰りの岸田、岩田が中心となって築地小劇場に象徴される硬直した新劇運動に対抗した一九三〇年代の〝演劇復興〟自体が、結局大東亜戦争へと雪崩れこむ社会情勢の中で挫折し、左翼演劇とともに圧殺されていったことを思えば、若き演劇青年阿部正雄の演劇の運命の帰結もおのずから知れるかもしれない。だが、岸田、岩田といった阿部正雄の先達たちが轡《くつわ》を並べて演劇から小説（それもいわゆる大衆文学畑）へと〝転向〟していったのが、まず第一に外郭的な演劇への困難——上演の不可能性といった——という外在的な要因から始まったものであったとすれば、阿部正雄＝久生十蘭の場合はその手前にもう少し個人的、内部的な要因があったように思われる。演出者としての阿部正雄の力量といったものを今から判断するのは困難だが、彼にまつわる逸話、噂話の類いから臆測して当時の新劇世界が〈演出者〉に要求していた役割——すなわち演劇を演出する者であるより以前に、思想的、イデオロギー的な指導者であり実践者であるという役割（土方《ひじかた》与志の場合に典型的な）――を阿部正雄＝久生十蘭がよくこなしえたという保証はないように思う。すぐれた演技者が必ずしも有能な演出者ではないように、戯曲作者が演出者としてもっとも適任ということではないだろう。なぜなら演技者、演出者、戯曲作家はそれぞれ別の形で演劇に関わっているのであり、彼らが演劇にもとめているものは互いに喰い違っているからだ。もっとも、こうした原則的なことをいわずとも阿部正雄が演劇にもとめていたものと、当時の演劇状況の中での演出という役廻りと必ずしもぴったりとそぐうものではなかったと思える。阿部正雄＝久生十蘭の演劇観、演出論を直接的にうかがうことはできないが、彼の作品の中から彼が演劇にいったい何をもとめていたかを跡付けることは可能だろう。そのような阿部正雄＝久生十蘭の演劇をみるとき、私たちは築地小劇場的なものとも、岸田・岩田的なものともかけ離れた、異質な演劇観、劇への情熱といったものをみつけざるをえないのである。

　飛躍した論議となってしまうかもしれないが、久生十蘭の小説作品には人生や生活を一種の舞台に見たててそこで〈演技〉している登場人物といった設定が基本的な構図としてあるように思える。もちろん、その演技はどこからどこまでが演技であり現実（〝地〟）であるか明確にすることができないという状態での演技なのである。彼の小説「ハムレット」や「予言」などにあらわされているのも、こうした人生という舞台の上でほとんど演技（夢＝仮象）と現実（事実＝真実）との区別がつかなくなってしまうような事態にほかならなかった。つまり、彼の小説の主人公たちは〈演技している〉のか〈演技させられている〉のかが自分でも不分明な登場人物たちであり、どこからが劇でどこまでが現実かをはっきりと答えることができないのだ。

そういう意味でいえば、阿部正雄のデビュー作「骨牌遊びドミノ」は女優や男優や舞台監督、演出者といった〝役名〟までが登場してくるという〈演劇についての演劇〉なのであり、その舞台は劇を演じる現実、現実を演じる劇というふうに二転、三転してゆき、ついには誰が演技しており誰が演技させられているのか、いったい芝居をみているのか芝居の芝居をみているのかが分明ならざるものになるという一種のスラップスティック・コメディ（ドタバタ喜劇）なのである。つまりそこに現出されるのは、いったい誰が舞台での演技と現実とをみわけることができるのか――という状態、いってみれば〈演出家の不在〉という事態にほかならないのである。劇と現実との明瞭な区別があり、演技と演技者の生身の現実とが区分されていなければそもそも演劇が成り立つはずはない。舞台の上での現実と、現実の現実とを混同するものは、本来劇をみる資格のないものだ。こうした論議を百も承知しながら、劇と現実との堰を一瞬越えようとする〈演劇者〉もまた存在するのである。それは一方では舞台上での現実こそ真実にほかならないと語ることであり、また一方では現実の人生こそ演技だと主張することだ。そしてこの両者が期せずして一致するのは、そうした演技と現実とを等分に見通し、どこからどこまでが劇であり現実であるかを知悉している〈演出者〉の眼（おのぞみならばそれを〝絶対者〟と呼んでもよい）の不在についてなのである。

久生十蘭の小説の中にあらわれる異常な情熱に憑かれたような人物たち（しかし、彼らはいずれもきわめて冷静で、理知的とさえいえる登場人物でもあるのだ）――彼らは自らが異常な情熱というものを演技しているということを知っているのであり、またそのような演技が不可避的であることによって〈現実＝真実〉であることをも知っている。だが、むろんそのことは観客としての私たちには演技と現実との閾なしの癒着とみえてしまうのである。たとえば掌篇小説の名品ともいえる「昆虫図」「水草」「骨仏」などの作品では、いずれも男が女を殺し、そしらぬふりで第三者の男にそれを暗示するという構成となっているが、その〝そしらぬふり〟が演技であるのか〝地〟であるのか、ほんとうのところは読み手の側にはついに知られないのだ。登場人物と読み手との間にはそれらの〈現実―真実〉をはぐらかそうとする無人称の話者がいて、その話者が意図的に演技と現実との境界を曖昧化させるといってもよいのである。この不透明な話者のことを私たちは久生十蘭の小説にきわめて特徴的な〈演技する語り手〉という存在であるということができる。

〈いま二人が坐っている真下あたりの縁の下で、何かの死体蛋白が乾酪《チーズ》のように醗酵しかけていることを、はっきりと、覚った〉（「昆虫図」）

〈これで石亭が自白したようなものだと思うと、暗い水草を枕にしてひっそりと横たわっている娘の幽艶な死顔がありありと眼に見えてきた〉（「水草」）

　これらの掌篇の落ちの部分で〈はっきりと、覚った〉り、〈眼に見えてきた〉りすることの主体はいったい誰なのか。それはいずれも第三者としての男（「昆虫図」では「青木」、「水草」ではついに〈わたし〉あるいは〈彼〉といった主語としては登場しない男）ということであるはずだが、むろんこの話者自体が何ものかについて〝そしらぬふり〟をしていたり、あるいは逆に〝わかったふり〟をしていたりするかもしれないという疑念は否めないのである。〈はっきりと、覚〉ろうと、〈ありありと眼に見え〉ようと、それはあくまでも話者（しかし、この主語なし文では話者自体もほんとうは特定できない）の主観にほかならず、客観的な事実ではないことは明らかだろう。つまり、この話者の〈語り〉には根底になる現実性（むろん作品の中での）が欠けているのだ。久生十蘭の小説においては語り手自身が演技と〝地〟、劇と現実との閾《しきい》をたやすく跨ぎこしてしまう。私たちはそうした語り手の語りそのものに、虚構という舞台のうえでさらに虚構を演じつづけている久生十蘭の演技を見、彼の小説作品が、登場人物たちの、語り手の、さらに作者自身の演技によって二重三重の〈演劇的構造〉として仕組まれていることに気がつかざるをえないのである。

2

ところで私がはじめここで取りあげてみようと思っていたのは、久生十蘭の作品の中でも「文体と構成のまったく難点のない作品」（都筑道夫）と評される傑作『無月物語』だったのだが、それよりも先にいささかの〝難〟がなくもないと考えられる「鈴木主水《すずきもんど》」を取りあげてみるべきかもしれないと思いなおした。直木賞受賞作としてのこの作品は久生十蘭文学の一般化にはいくらか貢献をはたしたかもしれないが、彼の他の小説にくらべとりわけ出来がよいというわけではあるまい。主人公鈴木主水の朴念仁ぶりは何といっても洒脱な久生十蘭の小説には不似合いで、いささか俗受けをねらった嫌いさえみえないこともない。いずれにしても都筑道夫が教養文庫版『久生十蘭傑作選』の解説（「男ぶりの小説、女ぶりの小説」）で書いているように、この「鈴木主水」が数多くの鈴木主水説話の中から講談本として流布していたものを種本に選んで書かれたものに間違いなく、そうした〝講談〟的イデオロギーを久生十蘭がどこまで逆転、反転させることができたかがこの作品のひとつの読みどころとさえいえるだろう。つまり、講談本「鈴木主水」がお家騒動を背景に武士道的忠義と人情との葛藤をテーマとしているならば、久生十蘭の「鈴木主水」はどこまでそれを利用しながら小説としてのうっちゃりを喰らわせているか。またもうひとつ、これも都筑道夫の指摘していることだが『鈴木主水』の発表された昭和二十五、六年ごろには、武士が自由な人間性に目ざめるといった小説がはやってい」て「それに対する十蘭の皮肉」もこの作品には込められているとみるべきだろう。つまり、要は鈴木主水という素材を相手に十蘭がいかなる料理をしたか、という点にこの作品の興趣はもっぱらかかっており、逆にいえば講談「鈴木主水」の一種のヴァリエーション、変奏として十蘭作「鈴木主水」があるということだ。しかし、あらためてこの小説を鈴木主水説話という説話圏の中に置きなおしてみれば、おそらく久生十蘭も気づくことのなかった〝暗合〟のようなものが、「鈴木主水」とこの説話自体の伝承の中にひそんでいることに私は気がつかざるをえないのである。

延広真治の「鈴木主水説話」(『国文学』昭和五十一年八月号)という論考に依存しながら話を進めれば、原・鈴木主水説話とも呼ぶべき瞽女唄《ごぜうた》としての「鈴木主水口説」がまず巷間に広まり、それが現在の八木節にまで唄われるようなもっとも素朴な形での説話として伝承された。それは鈴木主水と彼をめぐる女房お安、女郎白糸の三角関係が中心のテーマとなっており、〈はなのお江戸のそのかたハらに。扨《さて》もめづらしいしんぢうはなし〉という唄い出しからも明らかなように〝心中もの〟として人びとの胸に沁み通っていったのだ。延広真治は前掲論文の中で瞽女唄「鈴木主水口説」についてこう書いている。

この口説の主題は男性に対する不信である……瞽女は盲目の女芸人なるが故に、不幸にならぬよう殊に男女関係には厳しい規律があり、瞽女仲間に留まるには独身でなければならなかった（中略）本作は言わば「はずれ」とならぬ為の瞽女自身の戒慎の唄とも考えられるのである。

「鈴木主水口説」は鈴木主水とお安と白糸という男女の三角関係を唄い、物語るものであったのと同時に、それを唄い、口説く〈唄い手〉そのものの状況をも物語るものであった。つまり、芸能そのものと芸能を担うものとの不離の関係（常陸坊海尊の物語を語るものが、海尊を名乗る流浪の芸能僧であり、八百比丘尼説話を広めたのが流れ比丘尼であったように）が「鈴木主水口説」の中心に色濃く残されており、それは姿や形は変えても鈴木主水説話の一種の〝核〟として生き続けてゆくのである。

こうしたなかば自然発生的な「鈴木主水口説」に対して、「世に鈴木主水といふもの、行奇談《ぎやうきだん》をあげて、専ら流行せしにより、是れを聞く童蒙婦女子の輩は誠と思ひて信知せり、何者が斯《か》かる虚説妄談をあらはして、人の心を迷惑さするや多罪といひつべし」として「爰《ここ》に其正説を筆実に書置」したものという触れこみによって世に出されたのが実録体小説『鈴木主水栄枯録』（ここでは早稲田大学出版部から出された『近世実録全書』の活字本「鈴木主水」に拠る）にほかならない。これは「口説」があくまでも三角関係をめぐっての〝しんぢうはなし〟という人情譚中心であったのに対し、趣きをがらっと変えて、京伝・馬琴流の読本《よみほん》仕立ての〈伝奇小説〉〈悪漢小説〉としているのが大きな特徴である。鈴木主水、お安、白糸のそれぞれの登場人物たちについてのその何代か前の先祖たちの行状による因果話がストーリーの底流に流れており、さらに副筋として稲田郷蔵、因幡巨蔵（因幡小僧）といった盗賊、悪漢たちの活躍があるというこの実録体小説は、その序文を裏切って「正説」というよりは「虚説妄談」にさらに輪をかけたようなものというべきだろう。ここから鈴木主水説話はさらに歌舞伎狂言、合巻小説、講談へと変貌を遂げてゆくのだが、そうした説話の変遷の結節点として、そして「口説」から流れて来た鈴木主水そのもののその時点での集大成として『鈴木主水栄枯録』があったといってもよいだろう。むろん、この実録体小説と久生十蘭の「鈴木主水」とが直接的な影響関係にないことは両者を読みくらべてみれば一見して明らかなとおりだ。この両作品に共通しているのは鈴木主水、お安、白糸という基本的な人間関係の設定だけであり、主人公たちの性格にしても、事件、ストーリーの展開などまったく関係のない別の物語といってよいほど違っている。十蘭作「鈴木主水」の重要な背景となっているお家騒動は実録本には見当らないものだし、第一肝心の主役である鈴木主水が、久生十蘭のものでは女心を理解することのできない忠義一途の武士となっているのに対し、実録本では遊女白糸との関わりに溺れ、世間体をもかえりみずに女に貢がせるといったきわめて懦弱な性格の人物となっている。もちろん、実録本では先祖たちからの因縁譚をからめるためにあえて鈴木主水をそのような性格に仕立てたともいえるのだが、基本的にはこの主人公が世間の仕組みや噂などにあやつられやすい人物であり、むしろそうした世間の風の中を漂うような人物として鈴木主水を造型したともいえるのである。

『鈴木主水栄枯録』の中での特徴的な点として、この小説がいってみれば大衆社会の〈噂〉、評判、流言などの現象についての視点を持っていることをあげることができよう。たとえば「明和の末より安永の初め」に江戸中評判となったという〈剛気だのうの飴売り〉――「其形の異形」と「此言ひ立ての高慢」によって評判、流行となった飴売りの風態はこの小説によれば実は鈴木主水が考え出したものであった。それが二、三年ほどして廃《すた》ると、今度は〈阿蘭陀伝法日本ホウトルエン〉なるものを案出して前のように評判をとらせるなど、ここでは鈴木主水自体が一種の噂の発生源、交流点として働いているのである。むろんこのことは『栄枯録』の書かれた時代が、すでに大衆社会（町人世界）が爛熟をみせ、噂や評判が広い範囲に伝播されるという一種の〈情報社会〉を形成していたことと無縁ではあるまい。『栄枯録』での鈴木主水の死の顚末についても、主水―白糸についての悪評判を恐れた舅・吾孫子重三郎が、世間の噂に先んじて逆評判（鈴木主水ではなく鈴木屋主水という町人であるという）を流すことによって、無事その家督を主水の実子に相続させるということで落着をみせるわけだが、こうした結末からもこの小説が風評・風聞――すなわち噂という不可視の登場人物――というものに対して並々ならぬ関心を抱いていた証左をみることができるだろう。

つまり、結論的にいえば『鈴木主水栄枯録』という実録体小説は、瞽女唄「鈴木主水口説」が唄い手自身の状況や唄の成り立ちを「口説」そのものに織りこんでいるように、〈鈴木主水説話〉というひとつの共同幻想的な説話圏の成り立ちを、その構成者、担い手（鈴木主水や吾孫子重三郎であり、また世間そのもの）たちの群像を通して描いたものといえるのである。だから、いってみればこの小説の主人公はほんとうは世間に流布されている〈鈴木主水説話〉そのものだといいえるのだ。『鈴木主水栄枯録』がいたずらに冗長、複雑であり、主筋とほとんど無関係な人物の輩出、活躍を許しているのも、ひとつにはこうした作品の底のほうで噂や風評を流したり広めたりする〃地下《ぢげ》〃の人びとがいて、それらの不特定な多数者がこの物語自体を支えているからである。

こうした不特定の多数者を私たちはギリシア演劇のコロス（合唱隊）的存在になぞらえてみてもいいし、また人形浄瑠璃の黒子にあてはめてみてもよい。それは〈演技している〉人間、あるいは〈演技させられている〉人物たちを舞台の上、あるいはその裏で支え、演技そのものをそのカタストロフィーに至るまで継続させようとする演劇それ自身、物語それ自体の意志にほかならないのである。

3

久生十蘭の「鈴木主水」を読むと、作者あるいは〈語り手〉の視線がどのへんを向いているのかちょっととまどってしまうような個所がいくつかある。たとえば、お家騒動の発端ともなった播磨守政岑に対して、はたして作者あるいは語り手はいったいどんな目を向けているのか。むろん一応は「困った殿様」などといってその放埒ぶりに手を焼いているようには〈語〉っているのだが、そのままには受けとれないフシをも読み手側は読みとってしまうのだ。

髻《もとどり》を大段に巻きたて、髷《まげ》は針打《はりうち》にして元結をかけ、地にひきずるほどの長小袖の袖口から緋縮緬《ひぢりめん》の嬬絆の襟を二寸もだし、着流しに長脇差、ひとつ印籠という異様な風態だったので、人目をひかぬはずもなかったが、尾張の殿様も姫路の殿様も、編笠なしの素面《すめん》で、茶屋と三浦屋の間を遊行するという至極の寛闊さだった。
またこんなこともあった。（中略）酒狂乱舞のさなか、見あげるような蓬萊山のつくりものを据えた十六人持ちの大島台を擔ぎだし、播磨守が手を拍つと、蓬萊山が二つに割れて、天冠に狩衣をつけ大口を穿いた踊子が十二、三人あらわれ、「人間五十年、下天の内をくらぶれば、夢幻のごとくなり」と幸若を舞った。

織田信長を思わせるこの政岑の〝バサラもの〟ぶり、〝カブキもの〟ぶりがほんとうに作者の中で否定されていたのかは疑わしい。ケレン味たっぷりのこの〈演劇的人物〉はむしろ主人公の鈴木主水よりも十蘭の内面の自画像に近いはずである。ことのついでにいってしまえば『無月物語』の藤原泰文もまた政岑と同じく「異様な風態」の芝居がかった振舞いの好きな主人公なのである。

　私たちはここで十蘭と同郷の文芸評論家亀井勝一郎が彼の小説に対して与えた「異形性（或は化けもの性）」という言葉を思い出してもよい（角川文庫版『母子像・鈴木主水』解説）。むろん、この時の異形性とは十蘭の小説にあらわれる異常といってもよいほどの情熱、執念に対していっており、単に風態の異様さ、振舞いの奇矯さについてだけいっているものでないことは明らかだが、もう少し具《つぶ》さにみてゆけばその異形性が演劇的なものと結びついてゆき、一種の演技として登場人物たちによそおわれていることがわかってくるだろう。政岑にしろ泰文にしろ、もともと彼らが「異形」の者であり、「化けもの」であったとしたら、私たちは「鈴木主水」や『無月物語』を読んだとしても、〝奇ッ怪〟な話として読み棄ててしまうだけだろう。そうではなく、彼らの異形性とはむしろそうした演技をほとんど自分の身を滅ぼすまでに突きつめてゆくというところにあるのであり、そういう意味では彼らは演技を貫くことによって、〈演劇―現実〉という境界を超えたのである。カブキもの気どりの播磨守政岑は、その不行跡がたたって三十歳で隠居を命じられ、三十一歳で死ぬ。もともと旗本分家の四男として生まれた彼が、播磨守にまでなりあがったのは運命の変転としかいいようのないめぐりあわせだったのであり、彼はあたかもそうした居候の身から一国の城主へという運命劇――いいかえれば運命にもてあそばれること（演技させられること）――に反抗するように城主としての不行跡を重ね、その役柄から降りようとしたのだといえるだろう。

　そのような政岑的観点からみれば、忠義一途の鈴木主水のほうこそがむしろ中途半端にみえてしまうことはしようがないだろう。主水の白糸との相対死《あいたいじに》が一種の諫死の趣きを持っても、政岑の演技精神につゆほどの影響も与えなかったようにこの作品には書かれている。それは鈴木主水の心中死が噂・風評・風聞に対しての戦略をあまり持ちえていなかったためだ。山東京伝の黄表紙『江戸生艶気樺焼《えどうまれうわさのかばやき》』は世間の風評、噂に対して逆説的な〝戦略〟を実行しようとする男の話なのだが、そこで明らかとなるのは演技が演技のレベルにとどまっているうちは所詮噂という化け物は捕捉しえず、演技と現実との閾が一歩踏みこえられるときこそ、噂が生き生きとして発動しはじめるというからくりなのだ。少なくとも噂や風評をアテにしようとも、それが明らかに演技的なレベルにあるうちは噂はそうたやすく立ってくれないし、広まってくれはしない。私たちの目からみれば、「手前事、長年、播州侯のお名を偽つて遊里を徘徊したが、まこともつて慚愧のいたり」という書置きを残して遊女と心中した鈴木主水はやたらと何ごとにでも死を賭そうとする武士道の実践者ではあっても、演技という面においてはきわめてウブな、〝半可通〟な人間としか映らないのである。そういう意味では『鈴木主水栄枯録』のほうの主水や吾孫子重三郎のほうが、したたかなものを持っている。それはむろん鈴木主水口説から『栄枯録』にまで流れこむ鈴木主水説話をその地下《ぢげ》で支えてきた不特定の多数者がその主人公たちにインスピレーションを与えているからにほかならないだろう。

私のみるところでは十蘭作の「鈴木主水」ではこうした〝地下の衆〟と主人公鈴木主水との間に踏みこえられない亀裂があり、それがそのままこの作品の〈語り〉と、主調低音としての瞽女唄の口説のようなものとの懸隔をもたらしていると思える。

上邸にも下邸にも、昨日まで小歌や囃で世渡りをしていた、素姓も知れぬ輩《てあい》が黒羽二重の小袖に著《き》ぶくれ、駄物の大小を貫木差しにしてあらぬ権勢をふるい、（中略）そのうえ新規御抱えの近習なるものは、まったくもって沙汰のかぎり。主侯にはどこまでひねくれたまうのか、人がましいまともな面つきを嫌い、目っかちやら兎口、耳なし、鼻欠と、醜いものを穿鑿《せんさく》して十数人も抱えになり、多介子重次郎、清蔵五郎兵衛という浪人上りの喧嘩屋に赤鬼黒鬼と異名をつけ、二百石の知行を与えて近習の取締にしているという法外千万な仕方である。

「鈴木主水」という作品を活性化させているのは、実は「当時たぐいないほど」であった鈴木主水の美貌や親ゆずりの剣術の腕前などではなく、こうした「異形」「異様」の傍役、端役たちの演技であったといえば言いすぎとなるだろうか。次は鈴木主水が政岑の怒りにふれ、湯島の男坂でこれらの近習たちに取りかこまれて闇うちにあおうとする場面——。

板倉屋敷のそばまで行くと、角の餅屋の天水桶や一ト手持の辻番小屋の隠からムラムラと人影が立ちあがった。押原右内がいる、多介子重次郎がいる、松並典膳、瀬尾庄兵衛、はらや小八、清蔵五郎兵衛、ねづの三武、それに化物の中小姓が五七人、関取の立田川までまじって、板塀の片闇をおびやかすほどに押重なっている。……

ねづの三武が、やっと斬りかかってきたが、刃のたてかたも知らぬ出鱈目さで、笑止なばかりであった。

はらやの小八は、えらい向う気で、

「スチャラカチャン」

と口三味線でやってきた。これは胴斬りに斬って捨てた。

絵金か何かの極彩色の浮世絵を思わせるような〝百鬼夜行〟の場面だが、ここで「ねづの三武」「はらやの小八」といったいかにも幇間《ほうかん》あがりらしい人物が「斬って捨て」られたとき、この作品における〝講談〟的主役である鈴木主水と、〝口説〟〝落語〟的な端役であるこれらの化けものたちとの差違とが決定的となったのだ（ついでにいえば『無月物語』では〝化物〟中納言大蔵卿藤原ノ泰文は、鬼冠者・犬養ノ善世によって、額に犬釘を打たれるという〝素晴らしい〟最期を遂げる。殺すほうも殺されるほうも、まこと百鬼夜行の絵柄にふさわしい情景といえるだろう）。いってみれば政岑をはじめ、ねづの三武、はらやの小八に至るまであくまでも舞台や酒宴の座敷のうえで〈遊〉び、〈演技〉している登場人物たちにほかならない。そうした中でただひとり、鈴木主水だけが、〝真面目〟にほんとうの忠義を尽くそうとするのである。むろん、真面目な忠義、忠義という〈演技〉ではないほんとうの忠義があるという考え方こそ、もともときわめて非演劇的なものであることは明らかだろう。小説「鈴木主水」の〝難点〟は、おそらくこうした鈴木主水の真面目な演技という側に〈語り〉の視点が偏ったというところにあるだろう。つまり、語り手は異形のもの、異様のものたちの地下《ぢげ》からの低音の口説や噺に耳を傾けず、比較的わかりやすい主水やお安や白糸たちの一種の心理劇（本音の劇）を語ることに重点をおいたのであり、もちろんそれは作者久生十蘭が無数の端役たちの勝手バラバラの演技を〝演出〟することができなかったということも示しているのである。

　久生十蘭の小説の語りがいわば一種の〈演技する語り手〉によるものであり、けっして物語の進行のままに物語によって〈語られるもの〉（物語の主人公たち）と物語を〈語るもの〉（語り手）とがいつしか融合し、その境が不分明なものとなってゆくような事態には立ちいらないものであるといえるだろう。私がはじめに久生十蘭が物語作者として幸福だったかという問いを発したのも、他の幸福な物語作者が物語を語っているうちに我知らずに自らをも物語り、さらに語ることと語られることとの境界をも踏みはずしていってしまうものであるのに対し、十蘭という語り手が物語と自らの〈物語ること〉との段差を容易に踏みこえることのない物語作者であるからだ。久生十蘭の小説――たとえば『無月物語』「うすゆき抄」といった小説には、「鈴木主水」のみに限らず、いずれもその作品の地下《ぢげ》に物語を推し進める一群の傍役、端役たちのグループがいて、それらの人びと――『無月物語』では百鬼夜行の鬼魅《きみ》、外法頭《げほうあたま》、青女といった化物群、盗賊たち、「うすゆき抄」では風摩の乱波《らっぱ》衆、など——がいわば主人公たちの〈異様な情熱〉の恋愛譚を人形浄瑠璃劇の黒子のように支えているのである。久生十蘭はいわばそうした小説=物語の無意識層の〃動き〃とは別のところで、すなわち意識的、演技的な物語の語り手レベル、小説の話者レベルのみによって物語を構築しようとしていたといえるだろう。つまり、久生十蘭はそのような演技と現実とが未分化な口説、噺、噂、風説・風聞によって動かされ、そうした地の底のさざめきとともに物語を〈語〉ってしまうには、あまりにも〃意識家〃なのであり、いってみれば〃近代主義者〃でありすぎたのである。

彼は演技の意識にとりつかれていた。自分の行うこと、語ること、そして考えることはすべて演技ではないのか。たとえばハムレットや鈴木主水といった主人公たちは、彼にとってそういう意識を行住坐臥抱いていた人物のようにみえていたのである。彼のハムレットや鈴木主水が〃貧血〃しているのはそのせいである。しかし、むろんそれは久生十蘭の考えすぎにほかならない。ハムレットや鈴木主水たちは、噂や風説や物語の中で、ほとんど後戻りできない形で〈演技—現実〉という二元論的世界を突き抜けてゆかねばならない主人公たちなのであり、そのためにハムレットを演じるものはハムレットに、鈴木主水を語るものは鈴木主水にへと変身してゆかざるをえなかったのである。

久生十蘭の演技は、たぶん演技が演技であることを何重の意味にも意識するようなものにほかならなかった。ひとつの演技の層に安住することなく、その舞台の裏側での演技をもさらに暴《あば》きあげてゆくこと。それはちょうど何気ない〈予言〉にふと心を魅かれてしまうと、それを否定する心の働きまでもが予言に引きずりこまれてしまうような心的状態に似ている。あるいは〝賭け〟の問題が最終的に偶然の確率にしか帰着しないことを知悉しながら、〝賭け〟に賭けてしまうような精神ともパラレルだろう。それらのことをたぶん私たちは演技することの陥穽、演技を意識することの自意識の罠と呼ぶことができるだろう。そして、そのことをうまく解決する方法は私たちのだれも持ちえていないのだ。物語作者としての久生十蘭の不幸さとは、そのような自意識の中にこそあるだろう。それはまた阿部正雄の〝演出家〟としての不幸さをも語ってしまうことなのだ。物語の中に演技を見、演劇の中に物語を見た彼が、物語にも演劇にも一体化することができずに「未完」に倒れたのは、まさしく〈久しく生きとらん〉という彼の筆名の〝予言〟するとおりであった。

〈滅びの一族〉について

——久生十蘭論Ⅱ

1

かつて、アメリカと日本との間で戦争があった。というと、どちらが勝ったの？　と聞かれかねないほどに、半世紀以上前の〈日米戦争〉は風化し、その記憶は希薄なものとなってしまった。真珠湾攻撃と、広島・長崎への原爆投下だけは、互いに相手を不信や猜疑の対象とする根拠という程度には、現在でも記憶されている。しかし、それ以外には、日米間の苦く、悲惨で残酷な戦争の記憶は、当事者、体験者の脳裏からも剝落しつつあるようだ。ましてや、その〈日米開戦〉に至るまでの日米の対外関係や外交的交渉など、ほとんど歴史の暗闇の中に、紛れ込んでしまいそうな状態にあるのも、無理のないことのように思われるのである。

二十世紀初頭、日清・日露戦争の勝利に酔いしれた日本人は、アメリカ、中国、朝鮮半島などにおける排日運動の盛り上がりに直面しなければならなかった。明治末の海外雄飛の夢は、多くの貧しい農民や漁民、そして日本の社会からはみ出さざるをえなかった人々を、ハワイへ、北米へ、南米へと押し出していった。それらの日本人移民が、排日運動と正面衝突したらどうなるか。久生十蘭の『紀ノ上一族』は、まさにそうした日本人移民とアメリカ人の排日運動との、三代にわたる葛藤、確執の軌跡を描いたスケールの大きな、〝オルターナティヴ・ヒストリー（もう一つの歴史）〟を描いた小説なのである。

これはいわば、アメリカにおける〝日本人移民残酷物語〟だ。明治三十九年四月十九日に、サンフランシスコの金門湾に入港した日本丸に乗船していた和歌山県那賀郡紀ノ上村出身の移民団五十二名は、その子孫を含めてアメリカにおいて鏖殺《おうさつ》（皆殺し）された（もちろん紀ノ上村出身の移民団という設定は十蘭の作りあげたフィクションであって、歴史的な事実に対応しているわけではない）。明治三十九年、すなわち一九〇六年の三月には、日本からの移住渡航者の急増に対して、アメリカ側はハワイからの米本土への転航禁止を打ち出し（日本丸のハワイ移民が〝桑港《サンフランシスコ》〟に上陸できなかったのは、震災のためというより、このためであったと考えることもできる）、さらに土地所有禁止、写真結婚禁止などの措置を取って、事実上の移民禁止に踏み出したのである。

後の日米戦争の原因ともなった日米問題の葛藤、確執を、紀ノ上村からの和歌山県移民団の一族の運命という形で象徴的に凝縮させてみたのが、この久生十蘭の『紀ノ上一族』であり、第一部　加州《カリフォルニア》、第二部　巴奈馬《パナマ》、第三部　カリブ海、第四部　羅　府《ロスアンジェルス》の、それぞれの章題は、紀ノ上一族の一人一人の終焉の地となったところを表し、彼らはそれらの土地で、数名ずつ殺されてゆき、ついには最後の一人までも死に絶え、〝そして誰もいなくなって〟しまったのである。

一族滅亡の物語といえば、無常詠嘆の物語でもあるかのように聞こえるが、これはそうした消極的な〝滅びの歌〟を歌っているような小説作品ではない。むしろ、積極的に、〝紀ノ上一族〟の受難の近代史を描こうとしているのであって、そのことによってアメリカ人の非民主性、不自由さ、残虐さ、人種偏見、民族差別を告発しているということなのだ。

アメリカ合衆国が昔から異人種、多民族が共存、混在する複合民族国家であったことは、いうまでもない。しかし、その人種、民族構成は、イギリスからの開拓者、移住者（白人、アングロ・サクソン系）を頂点とする人種、民族のピラミッド型を作っており、黒人系、東洋系の人種、民族がその末端に位置していたことは、これまたいうまでもないことなのだ。

新移民としての中国人や日本人がこうした人種差別、民族差別の格好のターゲットとされ、『紀ノ上一族』に書かれているように、震災や経済不況といった社会問題の発生した時に、いわゆる一般市民の不安や不満を紛らせ、そのエネルギーを転化させる方策として、特定の民族をスケープゴートとして排斥運動を引き起こさせることは、決して珍しいことではなかった。民主主義と経済繁栄と合理的思考の国際的な〝宣教者〟だったアメリカにおいて、人種や民族の〝差別〟は、むしろアメリカ社会の特質や特徴を鮮やかに印象づける、本質的な構成要素といっても過言ではないのである。

2

むろん、そうした〝差別〟をアメリカが自己承認していたわけではない。多民族国家、移民社会としてのアメリカは、その理念として人種間や民族間の差別、偏見を解消し、解体することをスローガンとして掲げてきたのであり、南北戦争や公民権運動などの、反差別の運動がアメリカ史を通じて持続していることは、差別—反差別のダイナミックな矛盾葛藤のエネルギーこそ、アメリカたらしめている活力源だということを明らかにしているのかもしれない。

紀ノ上一族に対するアメリカ側の執拗で徹底的な迫害、弾圧、抹殺の方策は、アメリカをアメリカたらしめているのが、非寛容で、徹底的にエゴイスティックな精神であり、残酷な〝差別〟に根を持っていることを語っているようだ。桑港《サンフランシスコ》の震災の復旧に尽力した紀ノ上一族の一世たちは、騒擾罪で監獄に収監され、さらにメキシコとの国境地帯に流刑され、メキシコ人の蜂起に呼応して遊撃軍となった十二名は、ついにアメリカ軍によって「死の谷」に追い込まれ全滅した。これが第一の悲劇である。

第二の悲劇は、パナマの掘削中の運河を破壊したということで、死刑に処せられた五人の黒人少年、実はコールタールを全身に塗られた紀ノ上一族の二世の日本人少年たちの悲痛な運命だ。アメリカの外交的謀略の犠牲者となった少年たちは、日本人としてではなく、あくまでも〝黒人〟として処刑されねばならなかった。ここに、アメリカが差別や偏見、国家的エゴや覇権主義を隠蔽し、常に〝民主的〟に、〝自由主義的〟に、〝人権擁護〟を振りかざして振る舞わねばならぬという、アメリカ人の思い上がりと欺瞞性とが存在しているのである。

第三の悲劇は、デンマーク政府から合法的に買った処女《ヴァジン》諸島の一つの島、紀ノ島に移住し、稲作栽培をしていた紀ノ上一族の残党が、アメリカ軍の航空爆撃の演習の標的として連日の攻撃を受けねばならなかったということだ。〝無人島〟という名目の無防備な島を、小さなネズミを嬲《なぶ》り殺しにするネコのように残酷に爆破するアメリカ軍。それは正義とも民主主義とも、ヒューマニズムともキリスト教思想ともまったく無関係な、残虐で、冷酷なジェノサイド（集団虐殺）にほかならない。

第四の悲劇は、紀ノ上一族の最後の一人が、紀ノ上一族の迫害の立役者だったブラックバーン判事の息子に射殺され、一族全員がアメリカ側の謀略、奸計、暴力によって殺されるというもので、一族の鏖殺は三十年の年月をかけてついに完結したのである。


こうしたアメリカの謀殺について、紀ノ上一族のとった抵抗、復讐の手段は、まさに彼らの〝謀殺〟の意図をそのまま実現させてやるということだった。暴力的に抵抗するでもなく、逃避するでもなく、アメリカ人の卑劣な手段や方策に、そのまま手を拱《こまね》いたまま乗っかってゆくこと。いわば、彼らの思い通りに鏖殺されることが、一族の唯一の復讐手段だったのである。

その意味では紀ノ上一族は、徹底的にアメリカに敵対していたのであり、不協力、非妥協の道を貫いたのである。最後に生き残った定松は、清之助にこういう。

「だが、最後にもう一度だけいう。自殺しようと思うなら、おれだっていますぐでもやれる。しかし、それでは完全な敗北だというんだよ。どうせ死ぬ命なら、いっそ、出来るだけ残酷の方法で米国人に殺されてやれ。おれ達一族の命を賭けて、亜米利加の歴史に、永劫、拭うことの出来ぬ汚点を一つ増してやろうというのだ」

輝かしき民主主義と自由主義の担い手。自由と平等との人権を保障し、国際社会のリーダーとして君臨するアメリカの、その〝素顔〟〝正体〟を自己認識させるために、紀ノ上一族はその全生命を投げ出したといってよい。小説のラストシーン、ブラックバーンの息子の自殺勧告を受け、定松が握手するふりをして、彼の腕をへし折り、激痛に逆上した彼が定松を撃ち殺すというシーンは、まさにそこで紀ノ上一族の復讐劇が完結したことを表現している。

むろん、それは陰惨でマゾヒスティックな〝復讐〟だ。そして、このマゾヒズムは、『紀ノ上一族』が書かれ、発表された時代の、その時代的特性、社会的な状況の影響を強く受けたものといえるだろう。

昭和十七年に『モダン日本』に第一部が発表されて以来、『新青年』『講談倶楽部』『青年読売』に掲載されたこの作品は、敗戦の七か月前の昭和二十年一月にようやく完結を見た。泥沼と化した日米戦争の結末を日本に有利に考えることは、当時においてもほとんど理性的な判断を放棄するのに等しい。もはや、日本はアメリカに〝負けて勝つ〟ことしか、勝利の手立てはなかったのではないか。定松のいった「ブラックバーン君、おれの勝ちだ」というセリフは、原爆という「出来るだけ残酷な方法」で米国人に殺された広島・長崎の日本人の最後にいうべき言葉であったように思える。

3

久生十蘭の『紀ノ上一族』が、戦時中の〈反米宣伝〉の一環として書かれ、発表されたことは紛れもない。「亜米利加の誤った文明」に対する誹謗、過度な日本精神の強調は、この頃の〈国策〉に合致した文学の特徴をはっきりと示している。だが、歴史の遠近法の位相が変わってしまった現在から見ると、この作品ほど、現代の国際的なボーダーレスの世界の問題点を凝縮して描き出した小説は、日本の近代文学史においてもなかったと感じられるのだ。

東洋系移民と先住アメリカ人との抗争は、ニューヨーク、サンフランシスコ、ロサンゼルスの〝現在〟の問題そのものであるし、パナマの運河をめぐるアメリカの大国主義とパナマのナショナリズムとの葛藤は、近年のノリエガ将軍をめぐってのアメリカのパナマ進攻にストレートにつながっている。太平洋、大西洋の小さな島々をめぐっての核実験、核物質の廃棄、軍事演習の大国主義のごり押しや強制は、ほとんど久生十蘭の描いた〝紀ノ島〟を原型としているといってよいほどだ。

もちろん、単に歴史の遠近法が変化することによって、かつての反動派が進歩派となり、これまでの〝進歩〟が〝反動〟となってしまうような、歴史上の皮肉な逆説ということだけなら、『紀ノ上一族』をリバイバルさせる意味はあまりない。この小説の意義は、きわめて早い時期に、ボーダーレスの〝移民〟〝難民〟を扱った国際的な小説を試みたということにあり、そして巨大な象にはねかえされながらも、しぶとく打ちかかってゆくマイノリティー（社会的少数者）の姿を悲劇的に描き出したということにあるのである。

巨鯨に向かってゆく小魚の群れ。アメリカという膨大な世界において、たかだか五十二名にしか過ぎなかった紀ノ上一族は、まさにそうした比喩にふさわしいものだった。もちろん、それはアメリカに対するベトナムや、ソ連に対するアフガニスタン、または中国という大国の獅子身中の虫としてのチベットやウイグル、ソ連のバルト三国やアゼルバイジャン、そして何よりも在日の韓国・朝鮮人や、ヨーロッパ、アメリカ世界の中のユダヤ人という〃少数者〃たちの抵抗運動を思い起こさせるものである。

民族的少数者が、圧倒的な力を持った「国家」に対して、どう対抗し、その抵抗の意志を表明し続けるか。これはアメリカ合衆国と日本人移民としての紀ノ上一族との問題だけでなく、現在的に、まさに全世界的な規模で問われている問題にほかならないだろう。久生十蘭はそこで、彼一流のダンディズムとマゾヒスティックなまでの美学によって、そのマイノリティーの抵抗の物語を完成させたのである。

それはおそらく、久生十蘭という作家自身が、日本という共同体国家において〃少数者〃たらざるをえなかったからだろう。むろんそれはさまざまな意味においてそうなのだ。彼が北海道という、日本の国内〃植民地〃というべき場所で生まれ、育ったこと。日本の伝統文化から切り離され、表面的な西欧化の風俗の中で成人したことは、文学に携わる者としてはある意味では決定的な刻印をその作品の中に打ち込まずにはいなかった。また、彼のフランス滞在は、日本の近代化の底の浅さと、東洋、アジアの〃停滞〃と〃遅れ〃とを彼に実感させたに違いない。そしてそうした認識を持った者に対し、祖国日本は彼を〃フランスかぶれ〃の、似而非《えせ》日本人のように処遇したのである。そうした中から生み出された十蘭の文学が、そもそも日本の近年文学という枠の中からはみ出してしまうものであったことは、理の当然というべきことなのだ。彫心鏤骨の文章家、ダンディズムとマニエリスム、演劇的精神とコスモポリタニズム――彼の文学は日本の現代文学において、まさに〃異端〃であり、例外的少数者のための文学であったことは疑う余地がない。

つまり、彼自身が日本における〝滅びの一族〟の一員なのであって、〝負けて勝つ〟ことを選んだ人々の末裔に連なる者だったのである。彼はまさにそうした共同体社会における〝紀ノ上一族〟という異人種だった。むろん、その敵対する相手がアメリカだろうと日本だろうと、はたまた現代日本の大衆社会であろうと本質的な違いはありえないのである。すべての〝少数者〟のために、この小説は開かれている。「歴史的」なものでありながら「歴史」を超える小説であることを、この作品は身をもって証明しているのである。

Ⅲ

禁忌の部屋

国枝史郎という禁忌
――国枝史郎論

国枝史郎は一度〝復活〟を遂げた作家である。ということは、一度はほぼ完璧に忘れ去られた作家であるということと同義だ。彼が昭和十八年（一九四三）に死去して以来、その代表的な傑作として知られる『神州纐纈城』は、「幻の名作」として、発表当時に雑誌連載小説として読んだ人の記憶の中だけに残されていた作品だったのである。

もちろん、この作品が雑誌『苦楽』の大正十四年一月号から十五年十月号まで、二十一回にわたって連載された後に中絶、単行本としては春陽堂の「日本小説文庫」に〝前編〟だけが収録されたという、本としての運命の不遇さもあったかもしれない。しかも、その不遇さは並大抵のものではない。甦った「幻の名作」として『神州纐纈城』が初出掲載誌から完全版として復元され、桃源社から刊行されたのは、なんと昭和四十三年（一九六八）、作者の死後二十五年を閲《けみ》した後のことだったのである。

往年の人気歌手や俳優のリバイバル登場がそうであるように、たとえ一時期ではあれ、まったく人々から忘れ去られてしまうということは、時流や時代の浮薄さや軽薄さを語ることはともかくとして、その歌手や俳優の側にそれなりの原因があるのではないかと考えられる。小説の場合もそうであって、一度は完全に時代の読者たちの視野から消え去っていった作家、あるいはその作品には、やはりそれだけの要因があると考えるべきではないだろうか。国枝史郎が死後二十五年間、読書界からも文学史からもほとんど忘却されていたこと、そして桃源社版の復刻シリーズから講談社の『国枝史郎伝奇文庫』の完結までの奇跡的な〝復活〟以来、またふたたび二十年近くにわたって二度目の忘却期を過ごしている（いた）というのは、国枝史郎の小説の中には、ある種の時代状況下の読者を排除したり（読者に排除されたり）、ある種の時流にはとうてい受け入れがたい〝何か〟があって、それが彼の作品を一定の間〝冬眠〟させるということになるのではないだろうか。

　明らかなことが一つある。それは国枝史郎の小説がつねに〝禁忌（タブー）〟に触れているということだ。『神州纐纈城』では、人間の生血を絞って染料とする纐纈染《こうけつぞ》めの布が、作品の中で重要な役割をはたしているが、むろん人肉、人血、人骨といった人間の肉体の一部そのものを「物」として取り扱うことは、アンチ・ヒューマニズムの極致にあるものにほかならない。人間（人体）は目的ではあっても決して手段ではありえないというのが、近代的な人間中心主義の到達点であって、どのような意味であれ、人体に属するものを何かの生産物の原料や資源とすることや、あるいは商品と見なすことは近代的なヒューマニズムに対する徹底した反逆にほかならないのである（臓器移植はおろか、輸血にさえ反対する人々がいることを私たちは忘れてはならない。また、人肉食は人類の行為の中でも古来からもっとも忌み嫌われているものであることはいうまでもない)。国枝史郎の小説は、平気でこうした人間主義の限界を乗り越える。人間主義や人権思想が建前として人を縛っている時代には、彼の小説が受容されることは難しいのである。

だが、『神州纐纈城』が〝禁忌〟に触れているというのは、このことだけではない。富士五湖の一つ、本栖湖の水霧の中に浮かぶ纐纈城の城主は癩病(ハンセン病)患者であって、彼は〝天刑病〟ともいわれた古来からのこの業病によって、ほとんど人間の心を失った悪魔、鬼畜と化しているのである。ここには不治の病(として当時は恐れられていた)に対する恐怖と、そして不運にもそうした病に見舞われた人間に対する「差別」が隠しようもなく露わにされている。「病気」と「差別」、そして人血、膏血《こうけつ》を絞り取る奇怪な染色工場。国枝史郎の小説がもたらす幻奇な世界の夢は、まさに〝禁忌〟とされるものの、隠された扉をこじ開けるようなスリリングな魅惑に満ちているのである。

〝禁忌〟は、明らかにいつの時代においても存在する。しかし、禁忌が禁忌として、その存在を話題にすることさえ禁じられるようになると、禁忌はその社会の表面からは消滅する。むろん、それは伏流として見えなくなっただけであり、禁忌の呪縛力はいっそう強いものとしてその社会を支配するのである。国枝史郎の死の前後が、日本の近代史においても、もっとも禁忌の力が強かった時期であることはいうまでもないだろう。天皇絶対主義、皇国思想、八紘一宇の大アジア主義といったイデオロギーは、自らへの批判や反論を完全に封じこめることによって、〝禁忌〟そのものを禁忌化させるのである。

こうした状況下で、国枝史郎の〝禁忌〟に触れる小説が一般化されるということが考えられるはずはない。この場合の〝禁忌〟は、国枝史郎の時代小説が、つねにそのテーマとして窮民革命、窮民によるユートピアの幻想を持っていたということを意味している。少々極端なことをいうようだが、たとえば『剣俠受難』の中にある、主人公の袴広太郎が連れられてゆく〈木《き》地《じ》師《し》の郷〉は、初期のプロレタリア文学が持っていた素朴な労働者のユートピアとしての工場を体現したものとしてあり、それはむろんプロレタリア文学が昭和十年代に入ると、ほとんど完膚なきまでに抑えこまれてしまったということと同時に、〝冬眠〟に入らざるをえなかったといえるのである。

八ケ岳の大傾斜、富士見高原の木地師の郷！　囲繞しているのは森林である。……それらの中央に、二棟の大きな建物があった。その一棟は屋敷づくりで、頭の将右衛門の住居であるが、もう一つの方は工場のような、だだっ広い長方形の建物である。なんだろういったいその建物は？　やっぱりそれは工場なのであった。誰かがその中をのぞいたなら、シュッシュッシュッと調べ革が廻り、グルグルグルとろくろが廻り、大きなのこぎりが自然に廻転し、てこが上下へあがりさがりし、そうしてそれらの機械の間を、多数の男女の木地師達が真面目に愉快そうに熱心に、立ち働いているのを見ることが出来よう。そうして巨大な材木の皮が、ひとりでにグングンむかれたり、また幹がひとりでに輪切られたり、板のような扁平に削られたり、そうかと思うと粗造ではあるが、盆や椀や筒などの形が、つくり出されるのを見ることが出来よう。

労働者たちが「真面目に愉快そうに熱心に、立ち働いている」という、自動化された工場のユートピア。被差別階層に属する木地師たちのこうしたユートピアの夢を書き綴る国枝史郎の時代小説は、ほとんど〝アカ〟と呼ばれた当時の〝共産主義〟という禁忌の思想に染まった作品といってよかったのである。「働くって本当にいいことだ。つくり出すって本当にいいことだ」という鼻唄が労働者の中から自然に出てくるというこのユートピア工場の幻想が、雑誌の初出として発表された大正十五年、単行本として出された昭和二年という時代ならともかく（プロレタリア文学が最盛期へと向かう時期だった）、昭和十年代から二十年代の共産主義はもとより、革命も、労働も、社会さえも悪とされてゆく状況において、禁忌に触れたものとして抑圧されてゆくことは当然だったともいえるのである。

戦後においても基本的には同じことだ。共産主義や社会主義、暴力革命やプロレタリア独裁が公然と語られる状況となったとしても、国枝史郎の夢はあまりにもルンペン・プロレタリアート的な革命幻想に近すぎ、戦後の進歩派の科学的で漸進的な社会主義革命の理想と折り合うはずもなかったのである。

と、これはなんということだ！　賭場の立っている方角から、十人、二十人、三十人、続々と異形の人の影が、得物々々を振りかざしてこちらへ走って来るではないか！　香具師《やし》、博徒、遊芸人、破落戸《ごろつき》たちの群れであった。

この異形の群れは、『娘煙術師』で主人公の山県紋也の危急を救おうとする江戸の細民、窮民による革命幻想というべきものであって、こうした自然発生的な、アナーキーな武装蜂起の夢が再現されたのは、戦後においても七十年安保に至る六十年代末（国枝史郎が〝復活〟したのはまさにこの頃である）の一時期にしかすぎなかったといえるのである。

戦前においても戦後においても、むしろ国枝史郎のようなアナーキーな革命幻想（それはまた山中ユートピアでもある）は、そうした幻想の燃えさかる、ある一時期にしか理解されがたかったのかもしれない。彼の夢見る革命の主体は、イデオロギー的に武装されたプロレタリアートの群れではなく、香具師や博打打ち、被差別民としての遊芸人や木地師、そしてゴロツキ、ヤクザといったアウト・ローたちであり、社会の最下層に位置づけられる人々にこそ、国枝史郎は革命的シンパシーを抱いていたといえるのである。

もちろん、国枝史郎の小説が「赤色革命」や「窮民革命」という禁忌に触れることによってだけ、その禁忌性を発現させたわけではない。国枝史郎の小説が抱えている最大の〝禁忌〟はカースト的な「差別」に関わるものであり、彼の時代小説ほど、士農工商という身分制度の最末端に置かれた被差別階層の人々の活躍を、その作品の中に描き出したものはない。そういう意味では、国枝史郎は歴史家の網野善彦の理論を時代小説に応用したといわれる隆慶一郎などの長編小説のはるか以前に、〝道々の者〟としての漂泊者、漁民、海民、山民を含めた非農耕民と呼ばれる登場人物をきわめて多く登場させ、彼らの活躍が日本史の隠された尾根をたどるものであることを示していたのであり、公的な唯物史観も含めて、農耕民や農耕文化を中心とする日本史のイデオロギー的偏倚を告発していたともいえるのである。

日本の伝奇的物語は、つねに「差別」という〟禁忌〟に触れる。聖と賤、貧と賤という二元論は、ほとんどいつの時代の物語でも、その物語の深層構造の骨格をなしている。山東京伝の『桜姫全伝曙草紙』といった読本《よみほん》、曲亭馬琴の人獣（人と犬と）が互いに交じりあう『南総里見八犬伝』などの稗史小説、そこには聖―賤、貴―賤、あるいは人―獣、光―闇という二項対立の図式があって、その二項の境界を互いに侵犯しあうことによって、物語は複雑怪奇、波瀾万丈のストーリーを編み出してゆくのだ。

国枝史郎の代表作の一つであり、彼の長編ものでは無事に最後まで完結したものとして珍しい部類に属する『八ケ嶽の魔神』も、窩人族と水狐族という同族相喰む闘争の歴史が小説の縦糸となっており、そして窩人族は奥穂高に山窩の国を建て、水狐族もまた金木戸川上流の湖水のほとりに町を造り、現代までいがみあいを続けているという結語が語られるのである。

だが、この二つの部族が、山の民、川の民として、平地や町の民からは区別され、差別される立場の非常民であることは明らかだ。すなわち、そこには窩人族・水狐族という非常民対常民という対抗の図式もあり、国枝史郎の物語世界は、畢竟はこうした一般と特殊との、多数者と少数者との、差別者と被差別者との葛藤が物語構造の中枢にあって、それをいくどとなく繰り返し、反復して書き続けていたといえなくもないのである。

こうした物語の作者として、私たちの文学史は国枝史郎以前には、泉鏡花という作家を持ち、国枝史郎以後には石川淳という作家を持っている。鏡花の『義血侠血』『黒百合』『風流線』などの長編小説は、やはり江戸期の草双紙の色彩を濃く受け継いだもので、そこにはマイノリティーとしてのアウト・ローの集団、被差別者としてまっとうな市民生活から排除された集団とその人々への、鏡花の熱いシンパシーが描かれているといってよい。それは山中他界や水によって隔てられた異界への畏怖と憧憬という、鏡花の神経症的な、あるいは生理的な反応とちょうど呼応しているのである。

また、石川淳には、「窮民革命」、ルンペン・プロレタリアートの蜂起についての抜きがたい嗜好性があって、『至福千年』『修羅』『八幡縁起』はもとより、『紫苑物語』や『狂風記』などの小説でも、彼は倦まずたゆまず上下が転倒し、下層民や賤民が歴史の変革の主動力となる革命幻想小説を書き続けたのである。

これらの小説家、泉鏡花、国枝史郎、石川淳といった作家に共通する要素は、もはやくどくどと説明するに及ばないだろう。それは「差別」という禁忌を作品世界の中核に据え、その差別―被差別の社会的、文化的、美的な様相を装飾の多い、マニエリスム的な文体によって、絢爛と描きつくしてみせた小説家たちということなのである。

彼らの小説は、聖と賤、貴と賤の境界を侵犯する話として物語を開始させ、そして下克上、聖性と賤性とがほとんど不可分の混沌としたものとなることによって、ようやく一つの物語の大団円を見るのである。だから、彼らの小説はどこを切り取っても同じ顔をした金太郎飴のような紋切型だという批判も受けるし、また、その文体の魔術に魅惑された読者は、ほとんど熱狂的といってよいファンとして存在するのである。

国枝史郎が忘却される時代とは、禁忌がまた忘却される時代にほかならない。つまり、禁忌があまりにも普遍化し、禁忌として意識されないような、粉飾され、潤色された虚構の観念によって社会の表層が支配された時代。たとえば、それは天皇神聖主義が、普遍的な立憲君主制的なソフトな表情で人々を拘束していた戦前であったり、進歩的で民主的なソフト・スターリニズムが社会の表面の風潮を蔽い尽くしてしまった戦後であったりするわけだが、そうした時期こそ、国枝史郎の小説にとって〝冬の時代〟なのだ。

〝禁忌〟が綻びた観念の秩序の裏側から姿を現わす。世界の半分を蔽っていた社会主義体制は崩壊し、流動化する混沌、無秩序の中で、改めてナショナリズム、民族差別、人種差別という禁忌が頭を持ち上げ始める。そうしたパンドラの匣《はこ》が開けられた現代に、ふたたび眠りから覚めた国枝史郎はどんな読者と出会うのだろうか。

『忍法帖』の時代

——山田風太郎論Ⅰ

　中学二年の時に、自転車で転んで膝を強く打ち、一週間ほど入院したことがある。整形外科の患者はみんな大部屋で、足を吊ったり、腕を吊ったりしている人が多かった。未成年者は私一人で、相部屋の大人たちは「ボク」である私に少々気を使いながら、それでも看護婦さんや見舞い客がいなくなると、みんなでガヤガヤと猥談《わいだん》を始めるのだった。

　「なぜ、男のものを×××といい、女のものを○○○というのか。〈珍宝〉と〈万子〉、つまり珍しい宝と万人もの多くの子供は、人間にとって得難い宝物だから、男のものを〈珍宝〉、女のものを〈万子〉というのだ」と得々と教えてくれたのは、物知りとして病室内でも一目置かれている、足を折った配管工のおじさんだった。おじさんはいつも枕元に本を重ねて置き、「〝ボク〟には、ちょっと早いよな」といって煽情《せんじょう》的な挿《さ》し絵《え》をちらっとのぞかせて、本を貸してくれようとはしなかった。

　「女の忍者のことを〈くノ一〉というのはなぜか。女という漢字を分解すると〈く〉と〈ノ〉と〈一〉になるから〈くノ一〉だ。〈くノ一〉は男の忍者がマネのできない忍法を使う。たとえば〈ツツガラシ〉という忍法がある。男から精力を全部吸い取って、筒を涸らすから〈ツツガラシ〉だ。〈ヤドカリ〉という忍法もある。女の中に入った男のタネを他の女に移し代える。ヤドからヤドへとタネが移り住むので忍法〈ヤドカリ〉。〝ボク〟には何のことかわかんないだろうな」

もちろん、私はそれらのことが何を意味するのかすべてわかっていた（私はそういう知識の面に関しては早熟だったのだ。むろん実践は伴わなかったが）。ただ、そのおじさんの話のネタ本が、山田風太郎の『くノ一忍法帖』だということはわからなかった。風太郎忍法帖よりも、まだ横山光輝のマンガ『伊賀の影丸』のほうを愛読していた、十代半ばの私だったのである。

山田風太郎の『忍法帖』は、私にとってだから「悪書」だった。川端康成の『眠れる美女』や永井荷風の『腕くらべ』などを読んでいたのだから、かなりませた中学生だったのだが、しかしそれらは「文学」という立派な折紙がついていた。山田風太郎の『忍法帖』は単なる「悪書」であり、悪書追放運動の白いポストの中に投げ込まれても仕方のない娯楽読み物だったのである。私が「風太郎文学」に開眼したのはかなり遅い。『幻燈辻馬車』や『警視庁草紙』などの明治ものが評判になってからのことで、その頃には忍法帖は文庫版となって出回っていたので、簡単に手に取ることが出来た。『くノ一忍法帖』『甲賀忍法帖』『伊賀忍法帖』『忍びの卍』『柳生忍法帖』『魔界転生』等々……。

明治ものとはまた違った味わいの世界がそこにはあり、私は中学生時代に病院で同室だったおじさんの〈ツツガラシ〉の話を思い出したのである。足や腕を吊っていたおじさんたちが、風太郎忍法帖の忍者たちの活躍に興じていたのは、そこにあるエロティックなものに惹《ひ》かれていたのは当然のことだが、〈肉体〉〈身体〉を改造し、奇形となった忍者の〈肉体〉に何らかのシンパシーを持ったからではないだろうか。もちろん、それはただ怪我をして手足が不自由な状態にあるということもあったのだろうが、それにはまた時代的な刻印も打たれていたように思われる。上野昂志はその「体験的60年代文化論」と副題のついた『肉体の時代』（現代書館）の中でこういっている。

「（ここでいっておくべきことは）白土の劇画と山田風太郎の小説が、それぞれの場や形式の違いを超えて、畸形化した肉体を武器とする忍者を登場させているという点である。／ここには、明らかに時代の想像力とでもいうものが働いている。ふだんは忘れている肉体が浮上し、あるいは規範から逸脱し、その脆さがあらわになり、そこから脱け出ていくことが夢みられるような時代の想像力が、である」と。

さらに上野昂志は、白土三平と山田風太郎を比較し、風太郎には三平の劇画にあるような「社会性」はなく、「内へと向かう」志向性が強いといっている。「彼にあるのは、むしろ人体をさまざまな機能を持った部品が組み合わさってできた一個の機械と見るような眼である」ともいっている。

『忍びの卍』に登場する根来《ねごろ》組忍者の虫籠右陣、伊賀組の筏織右衛門、甲賀組の百々銭十郎などを見れば、こうした言葉の意味が納得できるだろう。右陣は、女体を舐《な》めることによって、それを敏感な女性器の感覚器と変えてしまう「舌」を持っているし、織右衛門の「精液」はそれを受け入れた女体を自分の分身に変えてしまう。銭十郎は体内の「血液」をすべて精液へと変化させ、女を誘う媚薬《びやく》となす。彼らは、当時の少年マンガによくあったサイボーグ的な身体の持ち主であって、それは「人間の修行の及ぶ」範囲を超えた超能力の所有者たちなのである。

個人的な思い出をさらに挿し挟むと、彼らの肉体の改造、変造（彼らは修行の範囲を超えた能力を持っているが、それは先天的な突然変異のようなものではなく、あくまでも獲得形質であることを小説は示唆している）は、当時私が好んでいた変造人間もののSF映画に共通するものを感じさせる。ある男が独創的な発明によって、人間の肉体を自由に液体やガス体（あるいは電粒子）に変える薬（装置）を作り上げる。彼はそれを使って液体人間（あるいはガス人間、電送人間）となって犯罪を犯す。しかし、やがて彼は液体（ガス体、電粒子）から元の身体に戻ることが出来なくなってしまう……（東宝映画『美女と液体人間』『ガス人間第一号』『電送人間』）。

改造され、変造された肉体の悲しみ。エイトマンにしろ、サイボーグ009にしろ、彼らは改造され、パワーアップされた自分の肉体を手放しで喜んでいたわけではない。人間でもない、ロボットでもないものへの変身。『忍びの卍』でも、結果的には普通の肉体を持った、修行した剣士である椎ノ葉刀馬が筏織右衛門に果たし合いで勝つのも、奇形の肉体に対しての正常な、健常者の肉体の勝利ということにほかならないのである。

忍者たちが死力を尽くして闘い合う風太郎忍法帖の世界は、「畸形化した肉体」の乱舞する世界であり、いわばトーナメント試合の星取り勝負の面白さを持ったものなのだが、これは単なるスピーディーなスポーツ試合ということではない。そこには虚々実々の駆け引きがあり、陰謀があり、謀略があった。伊賀組、甲賀組、根来組と三派に分かれた御公儀忍び組を一派に絞るためのそれぞれの忍法の吟味というのが、この作品の主人公である椎ノ葉刀馬が土井大炊頭に命じられた命令なのだが、この素朴で一徹な青年剣士が、忍者たちとの死闘の中で、あくまでも上意を実現しようとする非人間的な、いわばロボット人間になってゆくという過程が、この小説に底流するストーリーとなっている。

刀馬を慕ってその後を追ってくる許嫁者《いいなずけ》のお京。彼はそのお京を隠密の仕事を成就するために、敵の手中へと追いやってしまうのである。刀馬にとってメフィストフェレス役にあたる虫籠右陣は、こんなことをうそぶく。

「なかんずく忍者と隠密は、悲壮であることを以て本領とする。心の自然を絶対排除しなければならんからじゃ。男の象徴的職業でもあるな。——同類として、実に同情にたえん」

隠密の命を受けている刀馬は、お京を愛するという「心の自然」を抑圧して、右陣の〈ぬれ桜〉の秘術をお京にかけさせようとする。これにかかれば、どんな純潔無垢な処女であっても、色情狂としかいいようのない欲望に身悶《みもだ》えすることになるのだ。しかし、男の職業的倫理は、そうした愛する者の犠牲をも厭《いと》わず、ひたすら「悲壮」に忠義を貫こうとするのである。

『くノ一忍法帖』が『くの一忍法』（監督は中島貞夫、脚本は倉本聰だった！）として東映で映画化された昭和三十九年の二年前、梶山季之原作の『黒の試走車』が映画化され、封切りされている。いうまでもなく、『黒の試走車』は、わが国のミステリーで最初の産業スパイものといわれた作品であり、この頃から産業間、企業同士の間で、かつての忍びの者にも似た産業スパイ、情報収集や情報操作、情報攪乱《かくらん》や謀略といったダーティーな部分に関わる〈闇〉の中の男たちを輩出させたのである。そこまでゆかずとも、ライバル会社、競合する企業を出し抜くためや、また会社内のライバル、敵に打ち克つためには、手段や方法を選んではいられないという風潮が、小説や映画などの世界で強く流されていたのである。

山田風太郎の忍法帖の世界では、死闘を演ずる忍びの者たちは、その上位の幕府の上層部が握る「政治」（御政道）には基本的に関わらない。彼らは闘うことだけを目的として作られたサイボーグ人間たちであり、その超人的な〝機能〟を実験するために果たし合い、殺し合いをする無心のロボットたちなのである。忍法帖の読者たちは、こうした忍者の非情の掟、非人間的な言動にむしろ喝采《かっさい》したのである。

この通りだ、我々は「政治」の中で翻弄される忍びの者で、それはただ〝忍ぶ〟ことだけが残されている世界ということにほかならないのだ、と。忍法帖の使い捨てされる下忍たちの運命は、日本株式会社の最下層のサラリーマンの運命に似ていたのであり、彼らはそうした企業の一部品となるために、自分の体をいわば自己疎外された〝機械的な肉体〟としなければならなかったのである。

山田風太郎は奇怪な作家である。彼は、そうした読者たちの要望に応えるかに見せながら、風太郎以外ではありえない文体と物語とを作りあげる。そして、彼はそうした一つの時代を画するような厖大《ぼうだい》な物語群を作り上げると、次にはそれらを忘れたような別の時代の、別な物語群の創造に移行しているのである。忍法帖の世界がそうであり、明治ものの世界がそうであり、さらにまた室町世界の物語群がそうである。もちろん、そこには幻想性であるとか、エロティシズムであるとか、擬歴史性であるとか、いくつかの共通項は当然あるのだが、基本的に彼は歌舞伎用語でいう一つの「世界」を徹底して繰り返し使用した後は、それを弊履《へいり》の如く棄ててもはや顧みはしないのである。

そうした潔さが、時には彼の小説を何かの予見や予言を孕んでいるように思わせる。たとえば、甲賀流の忍者・百々銭十郎の得意とする〈忍法赤朽葉〉。交合した相手の血を刃につけて飛び散らせ、その血を浴びた者を切り裂くという妖《あや》しい殺人剣法は、患者の血や精液に触れることが、恐るべき「死」へとつながるという現代の不治の病、エイズ（後天性免疫不全症候群）への連想を誘う。血の飛沫を浴びれば、その人間はやがて朽葉《くちば》のようにボロボロとなって死んでしまうのである。山田風太郎は、一九六〇年代にすでに今日のエイズ猖獗《しょうけつ》を予見していたのであろうか。

もちろん、それは偶然の一致か、読み手の側の深読みというべきだろう。しかし、次から次へと案出される奇怪な忍法の中には、そうした深読みや連想を誘うものが少なくないのであり、それはまさに〝時代の想像力〟の産物にほかならないからである。山田風太郎は、そうした時代の要請する想像力を、その限界まで引き伸ばしてゆくという能力に長《た》けているというべきなのだ。

忍者たちがその肉体の能力を超えて死闘を繰り返す謀略と陰謀の「忍法帖」の時代。勝者と敗者の怨念が、犯罪と戦争と政治の世界を貫いて実現される明治ものの時代。さらに陰陽道《おんみょうどう》の呪法とバサラの放埓《ほうらつ》を歴史の光と影として物語った室町ものの時代。それらを通じて山田風太郎の時代小説は、つねに「時代」とともにあり、そして「時代」を超えているのである。

闇の中の「虚」と「実」
——山田風太郎論Ⅱ

1

山田風太郎は〝八犬伝〟の世界（歌舞伎用語でいうところの）を借りて二つの作品を書いている。ひとつはむろんここでの論の対象となっている『八犬伝』であり、もうひとつはその二十年近く前に、いわゆる風太郎忍法帖シリーズの一冊として書かれた『忍法八犬伝』である。『八犬伝』を論じる前に、『忍法八犬伝』をとりあげてみようというのは、何も私の好事《こうず》や気まぐれのためではなく、山田風太郎の小説世界の基本的な構造原理が、この二十年近くを隔てた二つの作品を通じて明瞭にみえてくるのではないかと思うからだ。

では、山田風太郎の小説世界を貫く構造原理とは何か。それは世界は〝二項対立〟によって生成し、消滅するという世界観で示されるものである。明と暗、善と悪、生と死といった宇宙論的な原理から、伊賀と甲賀、上忍と下忍、男忍者と女忍者といった〝下部構造〟での対立にいたるまで、その作品世界のすみずみまでが、弁証法的対立の活き活きとした場としてつくりあげられている。ただし、それが固定された〝二元論〟ではありえないことはここで注意しておくべきだろう。山田風太郎の小説が馬琴流の勧善懲悪の原理で書かれているとはだれも思わないだろうが、案外〈勝者〉と〈敗者〉、〈抑圧した者〉と〈抑圧された者〉などの二元論としてとらえている読者は多いのではなかろうか。むろん『忍法八犬伝』での犬江親兵衛の〈忍法地屏風〉のように縦と横、あるいは上と下といった位置関係などは、九十度にも百八十度にもたやすく変換しうるものなのだ。

勝者はただちに敗者に転じ、敗者はまた勝者となる……。そうした勝者と敗者、抑圧者と被抑圧者との変転きわまりない卍巴《まんじどもえ》の弁証法こそ、山田風太郎が『魔群の通過』から『警視庁草紙』『幻燈辻馬車』にいたるまでの幕末・明治開化ものの〝政治学〟的なパースペクティブのもとに示した主題にほかならない（いや、勝者も敗者も不在のところに、制度としての権力が築かれてゆくというのが〝明治もの〟のほんとうの主題ではあるのだが）。

それはだから、神と悪魔、神と人、善と悪とを絶対的な対立として峻別するキリスト教的あるいはイスラム教的な二元論の思考法とは本来馴染まないものだ。そういう意味では、「易に太極あり。これ両儀を生ず。両儀は四象を生じ、四象は八卦を生ず。八卦は吉凶を定め、吉凶は大業を生ず」（周易繋辞上伝）といった周易の世界原理こそ、山田風太郎の小説世界にふさわしいものかもしれない。陰と陽であれ、乾《けん》と坤《こん》であれ、そこでは対立する二つのものが混交しながら次つぎと姿を変え、形を変転させてゆくのである。陰陽の両儀はそれぞれ老・少の四象を生じ、四象はさらに乾《けん》・兌《だ》・離《り》・震《しん》・巽《そん》・坎《かん》・艮《ごん》・坤《こん》の八卦に変じる。この八卦が自然現象では天地風水といったものとなり、家族では父母男女、さらに方位八方であり、時刻区分でもあることはいうまでもないだろう。

曲亭馬琴の『南総里見八犬伝』の犬士たちがそれぞれ仁・義・礼・智・忠・信・孝・悌の八字の霊珠を持ち、その「仁義八行の化物」（『小説神髄』）として活躍するのは周知のことだろうが、その仁義八行が〝聖〟と〝俗（賤）〟、〝神〟と〝犬〟（高田衛『八犬伝の世界』）、さらに〝光の言葉（聖語）〟と〝闇の言葉（呪言）〟（拙論「〈戯作〉のユートピア」『異様の領域』所収）という原基的な〝二項対立〟の場から変成してきたものであることは、周易の原理をモデルとして考えればたやすくうなずけるだろう。〝聖〟であり〝神〟であり〝光の言葉〟である一方の側が、仁義八行の徳目に転成するとすれば、当然〝俗（賤）〟〝犬〟〝闇の言葉〟の側も、八つの悪徳に転成されなければならないだろう。こうした算術的な一対一の対応の論式が『忍法八犬伝』の基本的な構成として貫かれているのである。すなわち、仁義八行の霊珠を持つ里見側の八犬士（彼らは馬琴八犬伝で活躍する八勇士の数代後の子孫とされている）に対して、敵側である伊賀組（服部半蔵―本多佐渡守側）には八人の〝くノ一〟がいて、それぞれ一顆ずつ、あわせて八顆の贋玉（悪玉）を持っているのである。小説のストーリーは他の忍法帖の各作とほとんど同工異曲で、この里見側八犬士（彼らは甲賀谷へ忍術修業に行っていたのだからその意味では甲賀である）と、伊賀の〝くノ一〟との、同数の忍者たちによる死闘の〝チーム戦〟が新開都市・江戸近辺を舞台に繰りひろげられるのである。甲賀に対して伊賀、男忍者に対して女忍者（くノ一）という〝二項〟はここでも律儀に〝対立〟させられているし、さらに老八犬士に対して若（新）八犬士――犬村角太郎に対しその子円太郎、犬江親兵衛とその子・子兵衛、犬田小文吾とその子大文吾といったふうに――父と子はやはり対立した二項を形成しているのである。

だが、むろん『忍法八犬伝』の〈隠微〉（作品の中に秘匿された作者の意図――馬琴の稗史《はいし》七則の一つ）となっているのは、仁義八行に対しての悪徳八行――すなわち狂（↔仁）・戯（↔義）・乱（↔礼）・盗（↔智）・惑（↔忠）・淫（↔信）・弄（↔孝）・悦（↔悌）――にほかならないのである。これらの悪徳八行はそれぞれ仁義八行に対し字体に共通性を持っているか、字音に類似性を持っているかの基準で選ばれており、風太郎ファンならずともその組合せの〝妙〟にニヤリとせざるをえないだろう。しかし、これを単に仁義八行の徳目を裏返しにしただけの反対語であり、パロディであるととらえることは単純すぎよう。考えてみるまでもなく〝仁〟の正確な反義語は〝不仁〟であるだろうし、〝義〟のそれは〝不義〟であって、〝狂〟あるいは〝戯〟はその字義的な意味での反義語ではありえないのである。

いや、ただ反義語でないだけではない。〝仁〟を人間の最高の徳目とした孔子はまた『論語』の中で「中行を得て之に交らざるときは、必ず狂狷か。狂者は進みて取り、狷者は為ざる所なり」（子路篇）と語る者であって、そこから李卓吾などの陽明学左派の「狂」の論理も生み出されてくるのである。そうした儒学の思想的文脈をたどっていえば〝狂〟はけっして〝仁〟を裏返しただけの逆倒の語ではなく、むしろ〝仁〟を貫くところに畢竟あらわれてくる類概念であり、縁語なのではないか。そして、これはまた、〝義〟はそのあらわれるところ戯れとなり、礼はいつしか乱に転化し、智は盗に繋がり、忠であるからこそ人は惑い、孝はまた人を弄ぶことと同義であり、悌はひとりの悦楽に通ずるという、山田風太郎の人を喰った〝謎かけ〟ではないだろうか。

少なくとも『忍法八犬伝』において、主人公の八犬士たちはその護持する霊珠の文字にふさわしいだけの仁義八行の〝高潔の士〟たちではないことは明らかである。里見家の秘宝・八顆の珠を伊賀組に奪われ、忠臣の老八犬士たちは覚悟の自決を行って息子たちに奮起を促すのだが、その知らせを受けとっても、息子たちは一人としてその場で立ちあがろうとするものはいなかったのだ。「あんな馬鹿殿のためなど、かんがえただけでばかばかしい」「里見家がどうなろうが……おれたちの知ったことか」と彼らはうそぶくのである。ここにはもちろん、〝大義〟に殉じようとした〝戦中派〟と、ドライで個人主義的だといわれる〝戦後派〟との世代的懸絶があてこまれているのである（『忍法八犬伝』の書かれた六〇年代中葉には、まだこうした戦中―戦後の〝世代断絶論〟が有効であったのだ）。〈徳川―豊臣〉戦争のいわば〝戦後派〟である新八犬士たちにとって、新興都市・江戸こそが己れの才能と野心とをためす恰好の舞台であり、潮臭く、草深い南総の地にしがみついて古臭い〝大義〟を唱える老父たちは、まさに彼らにとっても「仁義八行の化物」としかみえなかったのである。

そうした彼らが一転して霊珠奪還の〝死闘〟の中へと飛びこんでゆく契機となるのは、それぞれの、里見家当代主の若き（幼き）奥方《村雨のおん方》に対する〝聖女思慕〟とでもいえるような恋慕、恋情によるものにほかならなかった。私たちはすでに山田風太郎の『妖説太閤記』において、秀吉の飽くことのない政治的・権力的野望が実は一人の女性（〝お市の方〟）に対する彼のひたすらな（自虐的でもありうる）恋慕に根ざしたものであったという作者一流の新解釈（妖説！）のあることを知っている。やんごとなき〈高貴な女性〉に対する〈下賤な男〉の〝羽衣天女コンプレックス〟とでも名づけられそうな精神的痼疾が、この『忍法八犬伝』においても八犬士のそれぞれの内部を縛りつけているのである（これを沼正三や宇能鴻一郎の初期作品（『肉の壁』など）の〝白人女〟コンプレックスに比定できるかもしれない）。

　歴史の表面にあらわれた現象に対し、その底流に人間の非合理で不可解な、時には自虐や自滅にまで陥るような〈情念〉のあることを指摘してみせるのが山田風太郎一流の〝史学〟であるのだが、そういう意味では〝忍法八犬士〟たちも自分たちでもわけのわからない情動に衝き動かされ、それぞれ狂気、遊戯、惑乱、悦楽、愉盗、淫蕩、玩弄、乱戦などのうちに自ら死にゆく道をたどるのである。そして、彼らがあくまでも自らの内なる〝狂〟や〝戯〟に殉じて死んでゆくこと――それがまた〝結果〟として、主家の危急を救う忠臣としての仁義忠孝などに繋がってゆくというところに、単に〈裏返された八犬伝〉ということだけではない、『忍法八犬伝』の皮肉な〝二項対立〟（とその混交ぶり）の世界があるのである。

2

　山田風太郎が曲亭馬琴の『南総里見八犬伝』に挑戦して、自らの風太郎八犬伝（発見伝！）を書こうとしたこと――それはむろん〝読まれざる古典〟である馬琴八犬伝を、自分の筆で現代に甦らせようとした（魔界転生させる！）ことであると同時に、馬琴八犬伝の持つ勧善懲悪の〝予定調和〟的な世界への反措定でもあったと思われる。馬琴八犬伝は、たとえば高田衛がその『八犬伝の世界』の中で大胆に解析したように、宇宙論的構成の〈隠微〉をその作品世界に込めたものであった。もちろんそれが高田衛のいうような「八字文殊曼陀羅」の世界であるかどうかは今は問う必要がない。ただ私たちは馬琴八犬伝の世界が稀有な物語作者の精神力、構成力によってすみずみまで計算され、埋めつくされ、ツジツマを合わせられた〝幻想の王国〟

であることを知ればよいのである。

燦然と聳える「虚の世界」——ふつうならば小説本の喧伝文句としかならないようなこんな大仰ないい方も、馬琴八犬伝についていてならば、大袈裟でも過褒でもありえないだろう。私たちはその馬琴八犬伝を読み、さらに『椿説弓張月』『近世説美少年録』を読んで、このような壮大な虚構の世界をつくりあげた作者がいったいどのような人間であったかという素朴な関心にとらえられざるをえないのだ。そして、遺された日記、書簡を繙《ひもと》いて、そのつくりあげた「虚の世界」と実際の作者の「実の世界」との落差に一驚をおぼえるのである。芥川龍之介の「戯作三昧」から杉本苑子『滝沢馬琴』、森田誠吾『曲亭馬琴遺稿』にいたるまで、近・現代の小説家たちは〈書かれたもの＝小説〉よりも、〈書いたもの＝作者〉にむしろ関心を集中させて〈馬琴〉をとらえようとしてきた。むろんそれは、小説というジャンルが近代において「虚の世界」の構築を目指すというより、ひたすら「実の世界」に寄り添おうとしてきたことの一帰結であるといえるだろう。

たとえばそうした〝私小説〟的馬琴像のひとつの傑作が真山青果の『随筆滝沢馬琴』であって、ここに描かれた馬琴からはほぼ完璧に「虚の世界」に関わる部分が切り捨てられている。むろん青果にとって「虚の世界」の馬琴が視野に入っていなかったのではなく、「実の世界」の馬琴を描き出すことが、むしろ彼の「虚の世界」を際立たせるという青果流の〝虚実皮膜〟の考えがあったためであろう。それにくらべると、一見馬琴の〝実生活〟とその時代的、歴史的背景を描いていると思われる杉本苑子の『滝沢馬琴』は、このような「虚」と「実」とのダイナミックな葛藤もないままに、いわゆる歴史小説として平板に書き流されすぎている。ここでは馬琴は単なる小説家ではあっても八犬伝の作者ではなく、まして彼の「虚の世界」は紙上の楼閣といった程度にしか遇されていないのである。

　風太郎八犬伝について語るのに、なぜこうした〝馬琴もの〟の小説（随筆）について回り道をしたのかといえば、これまで馬琴の「虚の世界」と「実の世界」とを一望に見ようとした試みが皆無であったことを、まず述べておきたかったためだ。不思議なことではないだろうか。書かれた作品を無視した形で作者像のみが書かれ、作者の関わり知らぬところで作品がひたすら神話化・伝説化してゆく（とどのつまりは聖別され、開《あ》かずの文庫《ふみくら》へと収められる）ということは。そういう意味では、「虚の世界」（八犬伝の物語）と「実の世界」（馬琴の著述生活）とが交互に並列されている風太郎『八犬伝』の世界こそ、もっともトータルに〈馬琴〉を語るものとなるだろう――。

　しかし、むろん山田風太郎がその『八犬伝』で書こうとしたのは、単なる馬琴八犬伝の現代語訳的祖述と、その作者曲亭馬琴の伝記的作家像とであるわけではない。ましてや馬琴八犬伝のパロディであったり、先行馬琴像に対しての異議であったりするわけではないのである。山田風太郎がその『八犬伝』で試みようとしたのは、まず馬琴八犬伝への反措定的な批判であり、小説における「虚」と「実」という〝二項対立〟の構造の組み換えにほかならなかったのである。

3

風太郎『八犬伝』は、馬琴八犬伝への批評である――まずこのことを明らかにするために、次のような場面をみてみよう。

「まったくあの怪談はこわいねえ。曲亭さんの怪談は面白いが、南北さんの怪談はほんとうにこわい」

「ありがとうございます」

逆さの首がいった。

「もし、あたしの怪談がほんとうにこわいなら、そりゃさっき申しましたように、あれが実の世界をかいたものだからでございましょう。あたしは、この浮世は善因悪果、悪因善果の、まるでツジツマの合わない、怪談だらけの世の中だ、と思っておりますんで。――」

馬琴はうめくようにいった。

「ツジツマのあわん浮世だからこそ、ツジツマの合う世界を見せてやるのだ」

「しかし、それは無意味な努力でございますまいか？」

登場人物は三人、セリフ順でいえば葛飾北斎、鶴屋南北、曲亭馬琴の〝三巨豪〟が一堂に会した場面である。「実の世界」での出来事ということになっているが、むろん風太郎世界一流の〝実の中の虚〟――あるいは〝ありうべき実〟ともいうべき方法によって、出会わされた三人なのである。ここでの〝南北〟と〝馬琴〟との〈虚実論争〉が、この風太郎『八犬伝』の中でのひとつのクライマックスをなしている。文政八年、当時評判の歌舞伎狂言『東海道四谷怪談』を見物に行った北斎と馬琴は、ついでに舞台下の奈落を訪ね、そこで奈落の天井から逆さに首を突き出した狂言作者・四世鶴屋南北と出会い、夢魔の中でのような〝虚実〟の論争を繰り広げるのである。当たり狂言『仮名手本忠臣蔵』と『東海道四谷怪談』とを数段ずつ交互に、同一舞台で上演してみせる――こうした斬新な興行方法で初演された『四谷怪談』は〝義士外伝もの〟のひとつというより、むしろ「忠臣蔵」を〝裏返した世界〟、つまり「忠臣蔵」のパロディを狙ったものではないか、と馬琴は南北の意図を忖度《そんたく》したのである。だが、南北の答えはさらに過激なものである。

「さっきあたしが、四谷怪談を嘘ばなしと申したのは遠慮したからで……ほんとうは、四谷怪談のほうが実で、忠臣蔵のほうが嘘ばなし、つまり虚だと、あたしは考えているのでございます」

「なんじゃと？」

馬琴は絶句した。

ここで南北の語る「虚」と「実」との〝反転〟の論理が、あえていえば山田風太郎の忍法帖世界に通底している〝原理〟であるといえるだろう。たとえば、『忍法八犬伝』の中に犬坂毛野の使う「盗」という忍法があって（風太郎忍法帖の中でしばしば類似の忍法が使われるのだが）、これは自らの影に生命力を与え、影によって相手を斬り、影によって盗む、という忍法であり、そこでは影こそが実体であって、影が倒された瞬間に実体もまた敗れ去るのである。影と実体との〝反転〟――これはときには鏡中の影像と実像の反転であったり、夢と現実の世界との逆転であったりするわけだが――こうした〝忍法〟が南北のいう「虚」と「実」との反転・逆転という考え方に繋がってゆくというのは、さほど無理のあることではないだろう。つまり、山田風太郎はこの場面で鶴屋南北の口を借りて自らの〝小説論〟を披瀝し、それと同時に、「虚の世界」の中でひたすら整合性を求め（ツジツマを合わせ）、悪因悪果、善因善果の因果応報、勧善懲悪のリゴリズムを追求している馬琴に対し、〝虚実〟が入れ替わり、入り交った〝忍法帖〟〝明治もの〟の作者として異議を申し立てているのである。

　ところで、風太郎『八犬伝』の中での馬琴にとって「ツジツマを合わせる」とはいったいどういうことだったのか。先の〈虚実論争（奈落問答）〉の場面で、作者は南北に「先生のカラクリは、ただツジツマを合わせるだけのように拝見いたしますな」というセリフを馬琴に対して吐かせている。この南北の言葉が馬琴の胸にこたえ、彼は「相当長期にわたって筆をとる意欲を失ったのである」と、作者の山田風太郎は書きつけるのである。この場合の「ツジツマ合わせ」という言葉が、単にデッチ上げたホラ話を彌縫《びほう》しただけの作品という意味ではないことは明らかだろう。二十八年間の歳月を費やした長篇小説が、単なる〝デッチ上げの彌縫策〟や〝ツジツマ合わせ〟で書き続けられるはずもないからだ。しかし、だからこそその作品は本質的に「ツジツマ合わせ」ではなかったのか、というのが南北（そして風太郎）が馬琴に突きつけた匕首《あいくち》にほかならないのである。そして、そのことはまず誰よりも八犬伝の作者である馬琴自身が自らに突きつけた問いでもあったのだ。己れの作品は「ツジツマ合わせ」のために書かれているのではないか。自分はただ「ツジツマを合わせる」だけのために八犬伝を書いているのではないか――。

こうした疑念は、むろん馬琴が依拠した勧善懲悪のイデオロギーに対する自己疑惑――すなわち、最終的に善が悪を滅ぼし、善因が善果をもたらし、悪因が悪果を生み出すという〝予定調和〟的世界への疑惑――にほかならなかったし、またそうした超越的な〝イデオロギー〟に賭ける自らの根拠そのものに対する不安でもあったのである。

いうまでもなく、馬琴は自らが書き続ける勧善懲悪のユートピア世界がそのままの形で実現されるとも、現実世界においてありうるとも考えていなかったはずだ。むしろ「実の世界」は、南北のいうような「善因悪果、悪因善果」の逆立した世界に近いものとしてありうるだろう。こうした〝ユートピア思想〟としての勧善懲悪の栄える「虚の世界」と、現実の「実の世界」との大いなる落差――。しかし、馬琴の心を不安にし、動揺させるのはこの二つの世界の〝落差〟にあるわけではない。もし、それだけのことであれば馬琴はだからこそかえって〝勧善懲悪のユートピア〟をその「虚の世界」において書きつくすことをのぞんだであろう。だが、もし「虚の世界」と「実の世界」とが、実は背中合わせのシャム双生児のようなものであり、紙一重の境い目によって浸透し通底しあっているものならば――「虚」が「実」に反転し、逆転しようとも、「虚の世界」に貫かれた勧善懲悪の〝ユートピア原理〟は生き残るだろう。しかし、「虚」がそのまま「実」と重なり、「実」がそのまま「虚」と化してゆくような不分明の世界がありうるとすれば――馬琴が孜々《しし》として書き続けている八犬伝はその〝底〟を踏み破られて四散してゆくだろう――。

あえて言葉にしてみれば、このような思いが馬琴の胸の中にきざした、と山田風太郎はこの〈奈落問答〉の末に書きしるしたかったのではないだろうか。むろん、山田風太郎がこうした堂々めぐりの自問自答を、自分の小説の中の主人公・馬琴に強いたのは、馬琴八犬伝の世界の中の〝悪〟の魅力について、馬琴自身がはっきりと自覚せず、頑迷なまでに〝予定調和〟的であったからにほかならないだろう。馬琴八犬伝に登場してくるさまざまな「悪役」たち――毒婦・船虫《ふなむし》、赤岩一角に化けた怪猫、妖狸・妙椿などは、八犬士やそれを助ける義士・義人にも劣らぬ活躍をその作中でみせるのだが、馬琴の「ツジツマ合わせ」によれば、それはむろん「悪」や「犯罪」や「奇談・怪談」を楽しむことが目的なのではなく、それらの「悪」が最終的に「善」によって征伐されることが眼目なのである。また逆のことをいえば、善男善女たちのゆえなき悲惨、残酷な死、労苦、艱難《かんなん》も、その〝残酷な運命〟をたどることが本筋なのではなく、それらすべての「善」が大団円においてあがなわれ、癒されることが本題なのだ。しかし、むろんそう読みとらない読者というものもいるだろう。この作者は、船虫という悪辣非道な女をそれだけ〝魅惑〟的なものであると考え、それをさんざん精力的に、活き活きと描いたあげく、〝ツジツマ〟を合わせるために牛の角にかけて〝天誅〟させてしまったのではないか、と。あるいは罪もない善男善女を多数悪漢たちのために殺《あや》めさせておいて、その〝ツジツマ〟を合わせるために生まれ変わりだの、仇討ちだのといったモチーフを頻用するのだろう、と。そのような批判に対しては、馬琴はたぶんその八犬伝という大長篇の全体の構成を示して、そこに描きつくされた〝聖〟と〝俗（賤）〟、〝神〟と〝犬〟、〝光の言葉〟と〝闇の言葉〟の、雄大な角逐と闘争の物語の構造をもう一度再現してみせなくてはならないだろう。なぜなら、馬琴八犬伝においてその細部はすべて全体との関わりにおいて構成されているのであり、全体から切り離された細部をいくら寄せ集めたところで、八犬伝の〈隠微〉はみえてこないからである。

そういう意味では、馬琴八犬伝のような長大な作品の「ツジツマを合わせる」ということが、思いのほか困難なものであることがわかってくるだろう。作者馬琴にとって、老齢、失明、生活上の不如意が彼の作品の〝ツジツマ〟をいつでも、瞬時のうちに瓦解させることができるものであったということは、強調しておくに足りることであろう。たとえば中里介山の『大菩薩峠』のような小説は、いってみれば曼荼羅図を横ひろがりに拡げたもので、たとえその作品が未完で終ったとしても、作品全体は動揺することがないのである。つまり、ある意味では本来どこで終ってもいい物語であり、またいつまでも終ることのない小説なのである。それに対し、馬琴八犬伝は完結しなければ意味のない小説なのだ。八人の犬士が生まれ、出会い、主家のために戦い、八人の里見家の姫と結婚し、山に入って仙人となるまでは、馬琴は筆を棄てることもできなければ、もちろん逝世するわけにもゆかなかったのである。なぜなら、〈悪を懲らし、善を勧むる〉ことが小説創作の第一義であり、勧善懲悪の〝予定調和〟こそが稗史小説の眼目であるならば、少なくともその〝予定調和〟が達成されるまでは作者は書き続けなければならないのであり、その作品の完成は作者にとっての桎梏となりうるからである。

　私たちは、馬琴の勧善懲悪のイデオロギーの古臭さを笑って、おうおうにして馬琴が自らに課したこの〝苦行〟の重みを忘却している。それは近代的な文学意識とはその表現法において違いはあれ、本質的には〈文学〉そのものの孕む〝困難〟にほかならないのである。そしてそれはほとんど独力で近世の日本に〈戯作＝文学（長篇小説）〉という構築物をつくりあげた馬琴の比類のない力業の結果としてもたらされるものなのである。つまり、馬琴は〝虚〟の中から「虚の世界」という〝実〟をつくりあげたのだ。それを「実の世界」の中の〝虚〟をあぶり出しにし、〝虚〟へと反転させていった南北的演劇と対比させたところで、所詮は水と油の、比較にならない〝対比〟ということにならないだろうか。いわば馬琴八犬伝と南北的演劇とは、その目的と手段においてそれぞれ〝逆〟であり〝裏〟でもあるように喰い違っているのである。

先の〈奈落問答〉においても、南北の立場が絶対的なものであるわけでも何でもない。「虚」が「実」に反転し、「実」が「虚」へと逆転するならば、それは際限なく反転し続ける無限運動にほかならなくなるだろう。それは最初の〝反転〟の衝撃さえ受けとめてしまえば、あとは繰り返しの〝パターン〟にしかすぎなくなる。ちょうど、風太郎忍法帖があの手この手と趣向を変えながらも、結局は二項対立、虚実反転のワン・パターンの忍法小説として片付けられてしまうように。

つまり、それはあくまでも〈鏡〉の向こう側の世界からの、こちら側への批判ということにほかならないのである。そして、それは〈鏡像〉であり、〈影〉の世界である以上、けっして現実の場においては自らの位置を定めることができないのだ。前出の場面において、奈落の床に直立している馬琴・北斎に対して、南北が逆さまに首を突き出して対話し続けていることに注意をうながしておこう。つまり、南北の位置とは、つねに現実の世界（実の世界）に対して逆立しているものなのであり、南北自身が「虚」であり、〈鏡〉の像であり、〈影〉であるのだ。そして、それは山田風太郎自身が小説家として自らを位置づける立場でもあるだろう。風太郎忍法帖で活躍する忍者たちは、結局は闇の中で〈影〉としてしか存在しないのであり、彼らは〈光〉ある世界の住人たちによって、〈闇〉から〈闇〉へと死にゆくものとしてだけ使い棄てられるのである。あるいはそのことは、山田風太郎の小説作品が、文学史の表面に浮かびあがった、いわゆる〝文学作品〟に対して、つねに時代の風俗の底で、〝奇怪な・異形のもの〟として半ば〈闇〉の中に埋もれていたこととも比定することができるだろう。いずれにしても馬琴に対しての南北の立場、あるいは作者自身の立場は、逆さ首として馬琴の強固な「虚の世界」「実の世界」の二分法を侵犯し、そのそれぞれの〝予定調和〟的な世界を脅やかす存在にしかなりえないのである。そして、そうした存在に安住しているかぎりは、〝逆さ首〟の作者たちは馬琴的世界、あるいは現実世界に対しての強力な反措定者でしかありえないのである。

4

山田風太郎の『八犬伝』では、作品後半部において作者としての馬琴を登場させる「実の世界」の比重が高まり、相対的に八犬士の活躍を物語る「虚の世界」の比重が低下してゆくように思われる。それは馬琴八犬伝において、八犬士の出現、漂泊、集合までのいわゆる〝第一部〟が圧倒的に面白く、里見軍を率いての「安房大戦」を中心とする〝第二部〟はボルテージが下がるとする一般的な世評に即してのもののように思われるが、もうひとつ、作者の山田風太郎にとって、八犬伝の第二部を書き続ける馬琴自体が、その書いている小説の内容を超えて「虚の世界」に近づいてきているようにみえたからではないだろうか。つまり、神童・犬江親兵衛を先頭とする後半部の八犬士たちの活躍には、〝予定調和〟として勧善懲悪の〝ツジツマ〟を合わせるという意図よりも、失明、孤独の中で嫁のお路に口述筆記させることによって八犬伝を書きついだ作者馬琴の「実」とも「虚」ともわかたれぬ〝思い〟が強く投影されているのではないか。八犬伝後半部からの主人公となる童犬士・犬江親兵衛とその従者ともいうべき老人・

姥雪世四郎というコンビに、頼みの綱としていた息子に先立たれ、幼い孫を一家の後継ぎとして家を守《も》りたててゆかねばならなくなった老馬琴と長孫との〝関係〟が読みとれることを指摘したのは花田清輝だが、山田風太郎もこうした花田清輝の指摘を受けてか、嫁のお路にこんなことをいわせている。

「でも、その犬江親兵衛という子供、九つなんですか。太郎は十ですけれど、ずいぶんちがいますこと」

もちろん、お路は老馬琴の胸中を何ほどか察したうえで、「親兵衛童話」と現実の祖父と孫とを見較べていってみたのである。だが、そのお路でさえこの目の前の頑固一徹の舅が、自分のことを「彼は最後に至って、思いがけずほんのすぐそばに、世のいかなるすぐれた女性にもまさる最良の女性を見いだしたのだ」と後の時代の作家にいわれるような形で、〈女〉としてみていたとはほとんど思いもつかぬことであっただろう。八人の犬士が八人の姫君と結婚しようとする際に、一番年少の親兵衛が一番年嵩の姫君にあたるという、この年の差を無視した婚姻のユーモラスなハッピー・エンド。こうした八犬伝の大団円を口述し、それを筆記する、舅と嫁との共同作業の世界は、そのまま物語の中に移行したとしても不思議ではないほどの〝予定調和〟に満ちている。もちろん、それは数々の辛苦や危機をのりこえたところで、結果としてもたらされる〝予定調和〟にほかならないのだが。

このとき「婦女幼童」のために作品を書き続けてきた馬琴がたどりついたのは、「虚」と「実」とが反転・逆転した世界でもなければ、また「虚の世界」と「実の世界」の二元論がリゴリスティックに懸絶している世界でもない。それはまさに「虚」と「実」とが〝冥合《みょうごう》〟し、「虚」と

「実」という二元論的な思考の枠組みがこわされた世界なのである。

もちろん、これは馬琴にとっての〝境地〟であっても、この『八犬伝』の作者・山田風太郎自身のものであるとはいえないだろう。それは、ここに示されるお路の姿が、『忍法八犬伝』で描かれた《村雨のおん方》への忍法八犬士たちの〝聖女思慕〟に重ねられる、原型としての〈聖女〉のイメージを孕んでゆくという、山田風太郎自身が自らの内部に持つ「虚の世界」の消息とも関連するものであろう（あるいは『八犬伝』の中に安房大戦という戦争の〝戦闘場面〟を書かなかった風太郎に、私たちは〝不戦日記〟を書いた戦中派の一小説家の「実の世界」での反映をみるべきだろうか）。

風太郎『八犬伝』の最終章が「虚実冥合」と題されていることは、ただ馬琴の「虚の世界」と「実の世界」とがここで〝冥合〟されたことを示すだけでなく、忍法帖シリーズから〝明治もの〟を経て引きつがれてきた山田風太郎自身の「虚」と「実」との〝二項対立〟が、ひとまずここで対立をとかれて〝冥合〟してゆくことをあらわしているのかもしれない。しかし、それは『八犬伝』を書いて、なおもまだ書き続ける山田風太郎の、さらに高次元での、またあらたな「虚」と「実」との変転、戦いの物語が私たちに約束されたということにほかならないのである。

「サンカ」の発見
――矢切止夫論Ⅰ

1

サンカのことについて知ろうと思えば、三角寛《みすみかん》と矢切止夫《やぎりとめお》の本を読むしかなかった時期がかなり長いこと続いた。と、過去形で書いてみたが、今だってそれらの本以上（以外）にサンカのことを書いた本はほとんどない。彼らはサンカ研究の先駆者だったが、その後走者はほとんどいないのである。

それには、この二人の先駆者に〝問題〟があったといえなくもない。三角寛にしても、矢切止夫にしても自ら小説家を名乗っていて、しかもきわめて奔放な小説の書き方を実践していた。彼らの書いたものにはフィクションとノンフィクションの区別がなく、引用とオリジナルな文章とのはっきりとした境い目がなかった。そして、その叙述には飛躍と繰り返しが多く、冗談と真面目との境が曖昧なのである。到底、歴史学や社会学の史料、もしくは資料として使えるものではなく、といって、純粋な文学的想像力の産物と割り切って、その波瀾万丈、荒唐無稽な物語をただ享受すればよいというものでもない。何しろ、サンカについて書かれた文献はきわめて少なく、この二人は自他認めるところの〝サンカ通〟であったことは間違いないわけで、この二人の仕事を無視して実態としてのサンカについて知ることは不可能といってもよいのである。

しかも、この二人のサンカ観はかなり異なっている。矢切止夫はその著書の中で「『滅び行く山の民』と官憲側の故三角寛が決めつけたのも、お寺の説文節からなのだろう」などと、ところどころで揶揄的に彼の言説を取り上げている。矢切止夫としては、朝日新聞記者として〝説教強盗〟の取材から始まり、もっぱら警察情報によって犯罪実話の創作者（語義矛盾だが）として「サンカ小説」を書いた三角寛には反撥するものを感じていたのだろう。それは、二人の性格の相違によるもののように思える。三角寛が「官憲側」であり、サンカなどをむしろ〝取り締まる〟側の体制的な人間だったとしたら、矢切止夫は、少なくとも自分自身を反体制的な立場の側に置いていた。三角寛のサンカ観が「滅び行く山の民」に対する感傷的で、ロマンチックな詠嘆的なものであったとすれば（ただし、それは文学的にはあまり美的とはいえなかったが）、矢切止夫が示そうとするサンカは、支配勢力に常に楯突き、そして圧迫される、被抑圧民族（民衆）にほかならず、反逆的な〝世直し〟勢力として日本史の裏側、あるいは底流に存在し続けてきた人々だったのである（それも本当は、十分にロマンチックで、感傷的なとらえ方なのだが）。

しかし、そうした違いよりも、この二人のサンカ通の文学者（といっていいのか、私も一瞬迷わざるをえない）の著作や、生き方や、生涯がきわめて似ているというところに、興味を引かれざるをえないのだ。大衆文学というより、興味本位の〝読み物〟作家としての大々的な成功、そして急速な凋落、奇矯な行動といかがわしく、胡散臭い〝実業〟に手を出し、そして自作を自営の出版社から続々と〝自家出版〟し、それらが古本屋の店先でゾッキ本として長らく店ざらしにされていたというところまで、この二人の文学者の運命は似通っていたのである。

それは、ある意味では彼らがサンカというものに入れあげた結果なのではあるまいか。あるいは、サンカという対象が、彼らをそういう風にしむけていったのだろうか。どちらにしても同じことかもしれないが、この二人がサンカという存在をいわばその文学者としての終生のテーマとしたことが、二人を奇妙なまでに接近させ、類似させ、そして反撥させたのではないかと思われるのだ（ただし、これはもっぱら矢切止夫からの三角寛観であって、三角寛は矢切止夫の存在を意識していたとは思われない）。

2

『サンカいろはコトツ唄』という著作の面白さは、矢切止夫の他の本にもいえることなのだが、その「いかがわしさ」であり、荒唐無稽さであるだろう。サンカに伝わる「いろは唄」を紹介しながら、江戸の、いわゆる「犬棒かるた」のいろはカルタと、大阪のいろはカルタに、それぞれ独自の解釈をほどこしてゆくやり方は、古典（？）の新解釈というよく見られるものと同質のものだが、この矢切版「いろは唄」の新解釈には、ほとんど何の根拠もないというのが、その著しい特徴だろう。また、彼のいうサンカ版「いろは唄」というものの存在そのものがいかがわしい。「根津は東の生駒」とか「頼三樹三郎が、志士にした」とか「氏にウジが湧く」とか、どうも矢切止夫自身がいい加減に作ったとしか思えない、まったく〝人口に膾炙《かいしゃ》〟しそうにもない「唄」ばかりなのである。

この本において、たぶん、矢切止夫は読者を説得しようとはしていない。たとえば「猫に小判」というのがある。これを西洋風の「豚に真珠」、すなわちどんな価値のあるものでも、その価値のわからないものには無用である、だから、価値あるものを与えても無駄だ、という意味ではないというのである。矢切止夫は、江戸が金本位制、すなわち小判の流通する社会だったのに対して、大坂、上方や西日本では銀本位制が長く続いていたことを指摘する。だから、江戸の小判は、西日本ではさして価値として認められなかった（これは、一見もっともらしい）。中村内蔵助《くらのすけ》という堺の商人は、江戸の小判を改鋳して銅を混ぜるという仕事を請け負い、それを横流しして銀に替え、大きな利益を得た。そして、忠臣蔵（赤穂事件）の大石内蔵助と混同される内蔵助とその妻・寧子《ねいこ》は、祇園や嵐山で大散財を行った。それが幕府にバレて、内蔵助と寧子は磔《はりつけ》になった（かなり省略した）。つまり、「猫に小判」とは「寧子に贋小判」という意味なのである、と矢切止夫は主張するのである。

まったく、見事で、呆れ果てた解釈だ。慶長小判の改鋳のことや、内蔵助の名前に関係する忠臣蔵の事件は史実だが、それと「猫に小判」という諺がむすびつく何の必然性もない。「寧子＝ネイコ＝ネコ」というのは、まことに〝お寒い〟ダジャレにしかすぎない。矢切止夫は、自分のこんな荒唐無稽な説を、本気で信じていたのだろうか。私は、半分本気で、半分冗談だとしか思えない。そして、それは彼が、世上、世間の定説とか史実といったものをほとんど信用していないところから来るものであると考える。

矢切止夫は、支配者や権力者といった人々や、それらの人たちが作り出す政府や国家というものをあまり信じてはいない。それは、彼がいつ、どんな時でも、そうした支配や権力の側に立つのではなく、被支配者、権力を振るわれる側の大多数の側に属していることを知っているからだ（まさに、被支配者のほうが絶対的多数なのに、人は時としてイデオロギーだけは「支配者」側に立つ者もいる。どこかの国の都知事やドイツ文学者のように）。

矢切止夫は、サンカの「いろは唄」を、満洲国崩壊後の引き揚げの収容所のなかで聞き、記録したものであると書いている。一九四五年、彼は「黒竜江やチチハルの開拓団から俵や麻袋を纏って逃げてきた同胞の面倒をみて、一年後に、北春日第二〇一二部隊として婦女子二千八百を守って錦県コロ島から引きあげてきた」。その引き揚げ前の奉天（現瀋陽）の春日小学校の収容所の所長として「北満や東満の難民たちの世話」をしていたのだが、その時に「居つきサンカ部落ごとに国策として送りこまれた開拓団の生き残り同士が、互いに話しあっていたカルタみたいなツナギ」を聞いて、それを「燃え尽きる自分の最後の仕事として、想い出した順にノートにメモし、その筋の方達の確認をとって、イロハ順に纏めるのに四年掛った」のが本書だというのである。

私は、この〝本書の起源〟については半信半疑である。日本が作った傀儡《かいらい》国家・満洲国への開拓移民団は多く、初期の武装移民や、分村移民、青少年義勇軍など、さまざまな形態の開拓移民があり、そのなかには被差別部落民の集団移民があったことは確かだ。サンカと被差別部落との関わりは、深くて、密接なものがあるが、満洲国へと送られた被差別部落の開拓移民団がサンカ系の人たちであったという証言は、矢切止夫以外のものは見たことがない。そして、この開拓団は、満洲国崩壊後、ソ連軍の進入、現地人の報復攻撃などでほとんどは全滅状態となり、日本に引揚げてきた人はおろか、奉天の収容所にまでたどり着いた人すら、きわめて少数だったと考えられる。矢切止夫は「40年前の北春日収容所で、発疹チフスと栄養失調で私にコトツを告げてくれた棄民は殆んどがみな死んでいった」と書いている。証人は死滅しており、存在証明は不可能である。「サンカいろは唄」が〝本物〟であるかどうかは、ただ伝承者、記録者としての矢切止夫への信憑性にかかっている。そして、私はそれは「いかがわしい」と思っている。

3

だが、もしこの「サンカいろは唄」が矢切止夫の〝創作〟だったとしても、その創作の動機は、真摯なものであったということができるだろう。それは、まぎれもなく、「満洲国」といった傀儡国家をデッチ上げ、そこへ百万人の日本人開拓民を移民させるという、無謀で誇大妄想的な「国策」を構想し、実行した日本の「支配権力」に対するルサンチマンにほかならない。

矢切止夫は、本書のなかで、自分の履歴めいたものを小出しにしているのだが、戦前に「耶止説夫」の筆名で、『南方風物誌』『長崎丸船長』『南進少年隊』などの本を出したことを証言している。「耶止説夫」という名前は本名の「矢留節夫」の漢字を替えたもので、それは二歳違いで彼の出生以前に死んだ実兄の名前を引き継いだものであるという。矢留節夫―耶止説夫―矢切止夫という名前の変遷が語られているのだ。この「耶止説夫」時代の著作が、南進論に影響されたものであることは、題名からしても明らかだろう。しかし、彼の「海洋ユーモア小説」は、本になった途端、「市ヶ谷へ連行されて陸軍報道部西原少佐殿に、往復ビンタで殴られた」後、「大本営として不可とする」とされた。その本だけではなく、全面的な執筆禁止である。「非国民扱いをされ私服憲兵の監視付」となり、それで「仕方なく満洲の奉天（瀋陽）へ逃避行し『大東亜出版社』を創立した」のである。

彼のいっていることを全面的に信用するわけではないが、彼が戦前においても「反軍部」「反国家権力」の立場に立たざるをえない状況にあったことは確かだろう。もちろん、「私は今も絶対的な天皇制護持者である」と逆説的にいっているように、彼が積極的な「反体制」の立場、具体的にいえば共産党や無政府主義や新左翼の立場に立ったことはなかったと思う。しかし、彼の「昔のハニワが代用品とされた時から、生かして使えと陵戸つまり御陵の番人としたごとく、軍部には、『開拓団』の美名で、サンカの居付部落ごとソ満国境へ棄民。敗戦後は軍人やその家族は、棄民の彼らを構わず放っぽり先に軍用トラックで逃げてしまった」という満洲での体験は、彼を骨の髄から「国家」や「国策」、支配者や権力者や特権階級への「反対者（抵抗者＝プロテスタント）」としてしまったことは間違いのないことのようだ。矢切止夫が、〝永遠の日本史の抵抗者集団〟であるサンカというグループ（民族、種族）を見出したのは、そうした戦争・戦後体験を経た後のことだったのである。

私のいいたいことは単純だ。三角寛にしても、矢切止夫にしても、彼らは日本の歴史や文学のなかに、自らの等身大の〝影〟としてサンカという人びとを見出したのである。だから、それは三角寛のサンカであり、矢切止夫のサンカであって、それは互いに似ているようでありながら違っている。つまり、サンカという存在は、それを必要とする人間の希望や欲望の形そのままに造形されるのであり、椋鳩十のサンカが、素朴でプリミティブな浪漫的な存在であり、五木寛之の小説のサンカが、やはり革命的で浪漫的な存在であることは、サンカそれ自身の属性というよりも、多分に（ほとんど）それを物語として造形する側の欲求に基づいているのである。

もちろん、これはサンカという存在が、空想上の、虚構の産物であるということを主張するものではない。日本の先住民族、純粋な日本民族、原住民族といった〝人類学的空想〟はほとんど否定されざるをえないが、柳田国男のいうような「山の人生」は、近世、近代の日本の歴史においてあったことは確かだ。それをどのように文学的に形象化するか、ということが三角寛や矢切止夫によって試みられたのである。サンカという人びとのことを、実証的にとらえようとすることは、すでに時間的に遅すぎる。私たちは、この文字を拒否したとされる集団の実像をとらえることは不可能である。私たちにできるのは、三角寛や矢切止夫といったやや歪んだ鏡に映った鏡像から、サンカの真に近い姿を取り出すということだけだろう。何のために？

たぶん、私たちのなかにある、永遠の歴史的反逆者のイメージを構築するために。権力の手から逃れ、アナーキーな社会をこの日本社会の果てに構想するために。

利休殺しの涙雨

――矢切止夫論Ⅱ

「利休殺しの雨がふる」とは、もちろん北原白秋作詞・梁田貞作曲による名曲「城ヶ島の雨」のなかの「利休鼠の雨が降る」という一節に依拠していることは明らかだろう。

雨はふるふる　城ヶ島の磯に
利休鼠の雨がふる

というものだが、「利休鼠」とは、宗匠頭巾をかぶった、僧服のお茶坊主のような顔をした鼠（どんな顔だ?）のことではなく、黒っぽい緑色、あるいは緑っぽい鼠色のことを意味し、利休色ともいう、と辞書には載っている。黒っぽい緑色の雨というのも、あんまりはっきりとしたイメージがわかないが、何となく黒っぽい雨の降る、薄暗い天候の日のことを思い浮かべればいいのだろう（城ヶ島には、そんな天気が多いのだろうか）。
京都の不審菴にある千利休の肖像画は、黒っぽい衣装と宗匠頭巾を身につけているが、その色が「利休鼠」といわれるものなのだろうか。利休が好んで身につけていたから、「利休鼠」というのだろう。利休が好んだ、黒ごまのついた揚げ物が「利休揚げ」、利休が発明した旅行用のお茶道具入れが「利休簞笥」、利休の好んで飲んだお酒が「リキュール」……というのは、八切止夫式のダジャレだが、千利休という人物は、茶の湯、茶道の創始者として、日本文化を語る際に欠かせない歴史上の人物であることは疑う余地がない。

しかし、そうした日本文化史上の大有名人であるわりには、その来歴や生涯などは、あまりはっきりとは知られていない。八切止夫がいうように、きわめて「謎」の多い歴史上の人物なのである。日本の歴史上の通説では、千利休は豊臣秀吉の勘気を蒙って切腹を仰せつかり、数えの七十一歳で自害したと伝えられている。利休が切腹死したことは史実とされているから、それには問題はないが、その秀吉の「勘気」というのに「謎」が残る。

八切止夫は、『絵本太閤記』や『武辺咄聞書』の書物に、秀吉が利休の末娘の吟女に横恋慕して、側室に出せといったのを父親の利休が反対し、それで「勘気」を蒙《こうむ》ったのが「利休賜死」の原因であると、「見てきたような嘘」をいっていると書いている。三十六歳の「大年増」どころか、「大々年増」に秀吉が懸想するはずがないとか、後家になったはずの吟女の亭主が、他の記録ではピンピンしているとか、反証をあげて八切止夫はこれを一笑に付している。確かに、「絵本」や「聞書」を名乗っている本のなかの記載にさほどの信憑性があるとは思えない。

野上弥生子は、その『秀吉と利休』において、本質的に政治家である太閤秀吉と芸術家である千利休との葛藤をテーマとし、利休の死は、こうした二人の人間の資質や気質、その人間的存在の違和から来たものであると、いかにも近代主義的な解釈をしている。しかし、これも秀吉の色好み説と本質的には大して違わないような気がする。つまり、それは血液型や生まれた星座によって人間の「タイプ」が異なっており、決して折り合わない「タイプ」の人間関係があるといっているのと、さほど違っていないように思われるからだ。

八切止夫の解釈は例によって、大胆かつ荒唐無稽である。「利休殺しの雨がふる」では、なんと恐山のイタコの口寄せによって、利休の妻の宗恩の霊魂を「おろして」もらい、その死者の口から、利休殺しの真相を告げさせるのである。それによると――

日本列島には土着の「神」を信じる「神信徒」と、渡来の「仏」を信じる「仏信徒」という二大異民族があり、千利休は「白神」系、「八幡」系の神を信じる「神徒」側の出自であり、彼らは「仏徒」側の茶の作法である〈ばさら茶〉に対し、〈わび茶〉を奉じ（焙《ほう》じ？）ている。〈ばさら茶〉が象牙の茶筅《ちゃせん》、唐金の茶柄杓といった贅沢、豪華な舶来品の茶道具を使うのに対して、利休の主導する〈わび茶〉は、同族の「神徒」である「ささら衆」が製造する、国産の竹茶筅、竹柄杓、竹の花入れを使い、ことごとく〈ばさら茶〉に対抗したのである。利休失脚の遠因は、ここにあった。黄金の茶室を造った「黄金太閤」の仏教系の〈ばさら茶〉と、利休とは死の対決をせざるをえなかったのである。

利休が従容として秀吉の「賜死」に従えば、〈わび茶〉の道は、利休の死を犠牲（人柱）として発展するだろうし、そうすれば竹細工で生計をたてている、利休の同族の「ささら衆」の作る竹茶筅や竹柄杓の、舶来ものに対する圧倒的な優位は揺るがないはずだ。千利休は、その命を犠牲にしても、〈わび茶〉とその茶道具の生産者たちを擁護しようとしたのである……。

間然するところのない、見事な論理であり、推理であると思う。しかし、一つ、根本的な疑問がわかないでもない。日本全国の「ささら衆」の生計を支えるほど、竹茶筅や竹柄杓の需要はそんなにあったのだろうかという疑問だ。象牙や黄金や唐金の輸入額に匹敵するほどに、竹茶筅や竹柄杓の生産額はあがっていたのだろうか。やはり「ささら衆」としては、箕《み》やザルや籠を作るのが「たつき」の本道であり、竹茶筅などの製作は、ほんの片手間の仕事であって、とてもそれだけで暮らしを立ててゆくほどの売り上げがあったとは思われないのである。いくら高級品、贅沢品を作ったとしても、所詮、国産の竹製品では値段は知れているだろうから(ラオス産の船来素材を使ったキセルの羅宇竹ではないのだから)。

八切止夫も、さすがにこうした論理だけでは少し無理があると思ったのだろう。続編の「謎・利休殺し」では、堺の商人たちの奴隷貿易について触れ、その奴隷として売られる人々が日本の原住民としての「神信心系」の白旗党の人間たちであり、利休と同族だとしている。

そないにすれば、呑む茶種も碗もすべてが吾ら同族の神信心の手でまかなわれ、海の向うから船来してきた異民族どもの厄介にならんですむ。そして吾々は今でこそ武者働きをして一城の主となったり、この与四郎のような店の一つも持てる身分になった者共も居るが……祖父や曽祖父の頃までは山間僻地で苦労してきたんじゃから、その頃を忘れんよう反省し互いに協力し励ましあうためにも、侘び好きな静かな茶湯の途をひろめん。

ということになるのだ。しかし、堺の商人たちは「せっかく唐渡りじゃ高麗じゃと高値に売っている茶碗商売を、邪魔だてしくさるか」と、千利休の〈わび茶〉の流行に警戒心を露わにし、それはやがて「利休殺し」の謀略へとつながってゆく……。

すべての事件の裏には、経済的な利害関係がある。これは、マルクス主義史観から学んだ八切意外史、裏がえ史の鉄則だろう。秀吉は、白旗党の人間を人身売買することによって巨額の貿易黒字を手に入れた。奴隷の輸出と高額の舶来品の輸入によって財をなしたのが、堺の商人たちである。それに対して敢然と立ち向かったのが千利休であったとしたら、彼がそうした「抗争」に破れれば、詰め腹を切らなくてはならなくなるのは必然のことであったのだ。人身売買と武器や火薬の貿易による莫大な利益は、日本の安土桃山時代の政治権力、政治勢力を左右し、牛耳ったといっても過言ではないのである。

と、ここまでは八切止夫の「利休」意外史の祖述であり、解説文だが、しかし、千利休については、最近、別な「意外史」「裏がえ史」的な言説が出ていることを指摘しておきたい。それは、「茶道」朝鮮渡来説であり、千利休朝鮮人説だ。つまり、茶の湯の道である茶道は、もともと朝鮮半島渡来のものであり、利休はいわば在日朝鮮人だったということである（赤瀬川源平『千利休』）。高麗や李朝の青磁や白磁などの陶器が古来、茶器として珍重されてきたことはいうまでもないが、それも茶道自体が朝鮮渡来のものであったとしたら、まったく肯《うなず》くしかない当然のことだろうし、利休の設計した侘び茶の茶室というのは、まったくもって朝鮮半島の田舎の家造りに似ているのである。躙《にじ》り口、掛け障子窓、下地窓、踏み石などは、現在でも韓国の田舎家の狭い出入り口、障子紙を貼った小さな窓、踏み石などにその面影を見出すことは容易なのである。

千利休が「同族」を救おうとしたのは、原住民としての日本古来の「八」の民族ではなく、むしろ秀吉が攻撃しようとしていた玄界灘の向こうの半島の「同族」についてなのではないか。そうした利休の言動が、「朝鮮征伐」で頭がいっぱいだった秀吉の「勘気」というより、「怒気」に触れないはずはない。しかし、これはどうやら「解説」の域を超えてしまっているようである。

利休鼠の「謎」――白衣民族としての「同族」から遠く離れた利休には、自分の身にまとうのは、（半島と列島のどっちつかずの）白と黒のまじったネズミ色の衣が一番ぴったりのものと思わざるをえなかったのではないか。

「雨はふるふる　利休鼠の雨はふる　雨は利休の涙雨……」

文学という妖夢
——宇能鴻一郎論

宇能鴻一郎の小説を愛読したことがある。初めは「鯨神」や「地獄銛」などに、日本に数少ない海洋文学の可能性が見つけられるのではないか、という動機だった。四方を海に囲まれていながら、日本には見るべき海洋文学がないということは、幸田露伴がすでに言っていることで、私は山田克郎の、「海の廃園」や近藤啓太郎の「海人舟」などを読みながら、もっとロマンティックで勇壮な海を舞台とした小説がないものかと考えていたのである。

古本屋を回って「鯨神」を探したが、なかなか見つからなかった。その代わり、宇能鴻一郎の、いわゆる人妻やOLの一人称〝告白調〟のものではない、一連の作品集に出会った。『逸楽』『痺楽』『耽溺』『狂宴』といった作品集の題名は、おどろおどろしく、倒錯的で、背徳的な匂いがした。値段も安かった。せいぜい二、三百円、百円均一、五十円均一の中に紛れていることもあった。東大出の芥川賞受賞作家が、なぜ性風俗をもっとも軽薄に書き流す小説家となったのかを、探ってみようという興味もあった。『肉の壁』『楽欲《ぎょうよく》』『密戯・不倫』といった本が次々と手に入った。それらの作品を読みながら、私は〈性〉を文学的なテーマにしようとした、一人の若い作家が、徐々にその主題性を見失い、〈性〉的な風俗そのものに絡め取られていくのを目撃することとなったのである。

宇能鴻一郎が、いわゆる純文学作家から出発して、軽妙なポルノグラフィー作家となってゆくには、それなりのプロセスがある。たとえば、『密戯・不倫』という作品集に収められた二編の小説「密戯」「不倫」を、作者は、いわゆる純文学の雑誌『新潮』の昭和三十九年八月号と昭和四十年二月号に発表している。また、『楽欲』に収められた「棘の鎖」の掲載誌は『文學界』昭和四十年二月号、「猥褻」は『新潮』の同年六月号である。掲載誌によって、純文学と中間小説（大衆文学）との区分を行う日本の文壇的慣習に従えば、これらの小説は〝純文学〟ということになる。つまり、作者は純文学としてこれらの作品を書き、読者、批評家もそう受けとめたといっていいだろう。

平野謙はその『文芸時評』の中で、「単に力作というだけでなく、私はあえて宇能鴻一郎の『密戯』（新潮）を推したい。伊藤整流にいえば、セックスのために人格の崩壊してゆく残酷物語は、ここにひとつの極北を示している」と評した。〝あえて〟という言い方に、批評家としての平野謙の留保が感じられるが、少なくとも彼が「密戯」という作品の主題を〝文学的〟なものとして認知したのだといってもよいだろう。

だが、翌年の「不倫」に対しては、「これを一夫一婦制度に対するスマートなアイロニーとして仕上げてあればまだしもだが、作者はいかにして妻妾同居のバランスをとるかの描写などに、独善的な舌なめずりをしているのだから始末がわるい。この作者の語感の非文学性はほとんど致命的である」と、ほぼ全面的に否定している。

文芸時評では、その時の時評者のムシの居所で、評価が厳しくなったり、甘くなったりするのはよくあることだ（ろう）が、「密戯」と「不倫」との肯定と否定とのいわば正反対の評価は興味深い。しかし、もちろんこれは見掛けほど〝正反対〟のものではない。「密戯」を〝あえて〟文学であるとし、「不倫」を非文学的であると評するのは批評家の勝手だが、この二つの作品にそれだけの本質的な差異があるとは思えない。非文学的といえば、両方ともきわめて通俗的なポルノグラフィー的な描写が盛り込まれているし、文学的といえば、この両作に共通している主題は、人間の精神や理性を超えたところにある〈性〉の牽引力が、人倫や人格といったものを崩壊させてゆくプロセスを描くというところにある。それは、まさに本質に先立つ実存的な人間の在り方を描いたものといってよいのである。

「不倫」は、二人の女と別々に付き合いながら、その女同士の目に見えない確執に悩んでいた男が、二人の女を出会わせ、共同生活をすることによって、奇妙に安定した〝三角関係〟を作るという筋立てであり、「密戯」は、留守の間にほかの男に妻を強姦された夫が、今度は妻がほかの男と性交している場面を見ることによって性的興奮を覚え、夫婦の同一感をそうした状況でしか味わえなくなるという話である。

今でこそこうした〝変態〟〝倒錯〟ものの話も、そう珍しいものではなくなったが、昭和四十年代に、純文学雑誌で〝変態性欲〟的なテーマを持った小説を書くということは、ある程度野心的であり、冒険的なことであったに違いない。大江健三郎の『性的人間』や吉行淳之介の『暗室』などが書かれ、〈性〉的なものこそ、現代文学に残された最後の主題であるといった議論が行われていた時代状況を無視するわけにはいかないのだ。

　このように〈性〉的なものが〝問題性〟を孕んでいたのも、〈性〉についての言及がまだ背徳的なものであったからだ。たとえば「猥褻」では、性的に謹厳な家庭で育った少年の、性的な欲望に翻弄される姿が描かれているが、彼は〈性的な女〉と〈性的でない女〉というように、女を二種類に分類するのである。自分の母親と妹、母親と同じ、あるいはそれよりも年長の女、女美容師、割烹着《かっぽうぎ》の女などが、彼にとっては非〈性〉的な女で、同級生の少女、女医、女工員、鉢巻をしめている少女などが、彼の分類では〈性〉的な女ということになる。この基準は、本人が自覚しているように、「家庭的」であるか、ないかということだ。割烹着や美容師は母親的なものに結びつき、それは「家庭的」なものであるからこそ、非〈性〉的なものなのである。

　つまり、そこでは「性的」なものと「家庭的」なものとは対立的であり、対極的なものであるという考え方が示されている。そして、こうした「家庭的」なものと、「性的」なものという二項対立的な枠組は、宇能鴻一郎の小説世界の中で、かなり強固な形で繰り返されていたと思わざるをえないのだ。「不倫」という題名の作品では、二人の女と関係する男の立場が、〝不倫〟ということではない。二人の女の一方を妻とし、一方を夫婦の養女にするという、この〝変則的〟な夫婦関係、親子関係の家庭こそが、もっとも「不倫」の名前に値するものなのだ。

　すなわち、性的なものは、非家庭的なものであり、そしてそれは背徳的なものにつながらざるをえない。「密戯」では、夫婦の間に第三者が性的に介入し、その意味では夫婦という家庭の単位を破壊している。しかし、この夫婦の結びつき自体が、こうした第三者の媒介によっているということ、それはまさに「家庭的」なものと、「性的」なもののふしだらな野合にほかならないのである。

「猥褻」の主人公の少年が、勤め先の主人の奥さんと性的な関係を結ぶのも、主観的にはその家庭を「家庭でなくする」、すなわち「家庭を壊す」という破壊願望にうながされたものである。主人公の少年は、田舎から都会に出てきた貧しい少年がそうであるように、小市民的な「家」や「マイホーム」にありったけの嫌悪をたたきつける。「円満で、平穏無事で、偽善的な、厭らしいそれと寸分変らぬ、家庭という怪物」を彼は目の仇《かたき》とする。それは、彼の渇望する異性との〈性〉的な出会いを阻害する形で働くからだ。つまり、彼の中にあるのは、彼自身の家庭で培われてきた〈性的タブー〉が、彼を縛っているというこわばりなのである。

もちろん、少し考えてみれば「家庭」こそが、人間の〈性〉的な関わりを基本とした結びつきの場にほかならないことは、すぐにわかるはずだ。吉本隆明の〈対幻想〉の概念を持ち出すまでもなく、家庭、家族は〈性〉的な結びつきと、そのタブーとによって関わりあった関係を中心としたものである。いわば、家庭は家族〈性〉的なものの上に浮かんでいる上部構造なのである。こうした考え方に立てば、「家庭的」なものと「性的」なものとは、対立概念ではなく、むしろ類概念というべきだろう。だから、「猥褻」の少年にとって、自分が〈性的ではない女〉として分類していた人妻が初めての性の対象となったのであり、そこに「家庭的」なものと「性的」なものとの、隠微な癒着が認められるというべきなのだ。

宇能鴻一郎の小説世界における〈性〉的なものの主題は、「家庭的」なものと「性的」なものとの逆立した関係という主題に置き換えることができる。それは、また別な形に言い換えてみれば、日常的な性と非日常的な性ということになろう。安定した、日常的な〈性〉の営みを嫌悪すること。宇能鴻一郎の小説には、見え隠れするそうしたアブノーマルな傾向を指摘することができるが、それは作家自身の満洲からの引き揚げといった少年時の体験が背景となっているといえるかもしれない。

たとえば、「不倫」の主人公の左分利は、「夫婦という世の単位」に対して激しい「憎悪」を感じているが、それは作中では満洲政府御用会社の役員をしていた彼の父親が、終戦の時に中国人の強盗に見せた、屈辱的な醜態に対する嫌悪に由来すると説明されている。「家庭」を持った男が、敗戦といった状況において、どれだけ卑屈となり、惨めなものとなりうるか。それが、左分利を反「家庭的」にし、夫婦という通常の男女の単位を嫌悪させる大きな要因になったというのである。

もちろん、この作品には明らかな飛躍があり、論理的につじつまの合わないところがある。「家庭」や「夫婦という単位」を憎むことと、二人の女を同時に愛し、その双方とも性的に関わってゆくということは必ずしも納得できるような関連性を持ったものとは思われない。それは単に男の側の無責任な浮気心と、どこがどのように違うのだろうか。反家庭、反夫婦を標榜しながら、宇能鴻一郎の書きあげている小説の世界は、〝はみ出した性〟の世界であり、それは本質的には決して反家庭的なものでも、家庭破壊へと向かうものでもありえないと思われるのだ。

いってしまえば、宇能鴻一郎が、「猥褻」や「不倫」「密戯」といった作品で、その反家庭という〝思想〟を語ったのは、それらが〝純文学〟として書かれたということと関係のあることなのかもしれない。家庭的なもの、言い換えてみれば、良俗的なもの、秩序的なもの、制度的なものへの反逆というモチーフが、そこでは〝純文学〟のアリバイとして仮構されていると思われる。すなわち、それらの作品の中での〈性〉的なものへののめりこみは、反秩序的なものであり、擬制的なものを過激に打ち破るものといった意味づけがなされているのである。

だが、むろん〈性〉的なものが、家庭破壊や秩序の紊乱にすぐさまつながってゆくと考えることは、一種のイデオロギーというべきだ。それは宇能鴻一郎が、人間の生の本源的なものを〈性〉的なエネルギーに見ようとすることなどと同様に、観念的なものなのである。彼の小説の〈性〉的なものの特質は、むしろ本能的なものや根源的なものからはみ出した部分なのであり、まさに〝猥褻〟といわれるべき非本質的な過剰さにあるものなのだ。

たとえば、宇能鴻一郎が、もはや「中間雑誌の雄」(平野謙)として活躍し始めた時の作品集である『痺楽』には、彼の〝純文学〟が仮想敵としていたような家庭の良俗や、日常の〈性〉的なものに対する固執といったものは、見当たらない。そこにあるのは、巨女に対する変態的性欲であり、マネキン人形やダッチワイフに対する偏執であり、男色、少年愛、フェティシズムにのめりこむことによって、常識的な、ノーマルな世間からドロップアウトしてしまう人々の〝後退〟的な物語なのである。

それは背徳的というよりは、退嬰的なものであり、「性的」な主題というよりは、ただひたすらに〝猥褻〟な妖夢を描こうとしたものにほかならない。そして、それらがあくまでも〝猥褻〟なものとして、卑小な悪徳や背徳の物語を綴っているということにおいて、小説としての奇妙な魅力を発揮しているといわざるをえないのだ。それは、いわゆる〝よく出来た〟ポルノグラフィーの魅力とも、やや違っていると思われる。〈性〉的なものが、本質的なものや根源的なものに触れず、さらにアブノーマルなものや、反良俗、反家庭的なものにも関わらない、いわば根拠や名分を欠いた〝猥褻〟そのものの物語として語られること、それが宇能鴻一郎の作品に、不思議なアナーキーなまでの精彩をもたらしていた一時期があったことを、私は回顧しているのである。

だが、彼のそうした感性の祝祭の時期はきわめて短かった。なぜなら〝猥褻〟とは、あくまでも〈性〉的なものがタブーという糖衣にくるまれて提出されるところに成り立つものなのであり、だからこそ、まさに〝猥褻〟なものとは、社会の美風や良俗とちょうど補完的なものなのである。宇能鴻一郎は「家庭的」なものと、「性的」なものを対立的なものとしてとらえていたのだが、実はそれらこそが底辺でつながっているように、〝猥褻〟なものと家庭や職場社会、世間の良俗やモラルは、互いに支えあったものにほかならないのである。

そして、宇能鴻一郎の小説が、そうした〝猥褻〟という美質を見失っていったのは、家庭の良俗、職場社会のモラルという一方の補完物が、社会の表面からどんどん後退してゆき、それと同時に〝猥褻〟という観念も後退してしまったからである。〝純文学〟が人間の生や性、存在や精神の根拠や起源を問うことを主題としていたとしたら、宇能鴻一郎流の小説は、人間の性的な現象面を〝猥褻〟という次元においてとらえようとしていたといっていい。しかし、先端的な〝猥褻〟はたちまちに風俗となって、その過剰さや過激さを瞬くうちに失ってしまう。それは、むろん家庭や社会の良俗の風化する速度と、ちょうど見合っているのだ。

宇能鴻一郎が、久々に書いた〝猥褻〟な小説『視姦』が、単なる過去の彼の作品の模倣にしかならなかったのは、もはやこの時代において、堕落や後退や退廃や背徳という言葉ととも

に、〝猥褻〟という現象そのものが風化し、死語化しているということを無残に表すものだった
からである。

Ⅳ

少女の系譜

妹の恋

——大正・昭和の〝少女〟文学

1

大正から昭和にかけての都会風な、モダニスティックな文学運助に、柳田国男の〝妹の力〟ではないが〝妹の影〟といったものが、見え隠れするような気がしてならない。たとえば、新感覚派の代表的な作家であり評論家であった片岡鉄兵は「綱の上の少女」（大正十五年、一九二六年）という短篇小説を書いているが、これはサーカスの綱渡りをしている少女を、自分の妹だと思いこんだ少年が、妹にやろうとしてサーカス会場に持ち込んだ赤い風船を、天井に飛ばしてしまうことによって、綱渡り中の少女を墜落死させてしまうという物語だ。

妹は幼いときに、サーカスに売られた。少年は組合運動の指導者から、資本家の資本としてのサーカス芸人は殺すべきだといわれる。少年はただ一人の肉親である妹を思慕しながら、結果的には彼女を殺してしまうことになったのだ……。

ここにはそういってよいならば、〝近親相姦〟的な願望さえ仄見える〝妹の影〟があって、それがこの作品全体のメルヘンめいた、それでいて残酷なモダンな雰囲気を醸し出しているのではないだろうか。〝売られた妹〟。本来ならば最も身近でありながら、手に届かない女性。新感覚派、モダニズム文学、昭和文学といわれたものの中に、こうしたモチーフが微かに見え隠れしているのではないだろうか。

もちろん、これを片岡鉄兵と新感覚派の僚友だった川端康成に顕著であった〝美少女〟趣味（ロリータ・コンプレックス）の変形であると見ることもできるだろう。短篇「赤い靴」や中篇の「伊豆の踊り子」、そして「眠れる美女」に至るまで、川端康成の作品世界における〝美少女〟に対する固執は強固なものであって、彼の小説の世界のほとんどに見え隠れしているものであることは、殊更《ことさら》に言挙げするまでもないのである。

だが、川端康成の美少女もまた〝売られた妹〟の変形であると、逆に言うことも可能なのではないだろうか。「伊豆の踊り子」の少女から「雪国」の駒子まで、主人公が愛着する女性たちは、すべて〝売られている〟のである。性的な恋慕を禁じられた、最も身近で従順な異性。インセスト・タブーにおおわれた愛憐の対象。川端作品の少女たちには、そうした〝生き別れた妹〟の面影があって、それらの〝妹〟たちの姿が、なぜか大正から昭和にかけてのモダニズム文学、都会派の文学の中に浮かびあがってきているように思われるのだ。私はここでそのような〝妹の影〟あるいは〝妹の文学〟といったものの考察を試みてみたいのである（これとは逆に〝売られた姉〟というテーマも、この時代には伏流している。小川未明の「港に着いた黒んぼ」や渡辺温の「可哀相な姉」などがそれである）。

〝妹の文学〟といえば、私にはまず尾崎翠の小説が思い出される。二人の兄と一人の従兄と共同生活をしている〝妹〟の小野町子。彼女は〝人間の第七官にひびくような詩〟を書こうとしながら、男たちの炊事、掃除係に甘んじた生活をしている。家の男たちが、それぞれに空想的で、はかない「恋」をしているように、町子も「恋」に憧れている。しかし、身の周りにそうそう〝第七官〟を揺り動かすような「恋」の相手がいるはずがない……尾崎翠の代表作「第七官界彷徨」（昭和八年、一九三三年）は、まさしく〝妹〟の立場から書かれた〝妹の文学〟にほかならないのである。

兄と妹の共同生活――これは「第七官界彷徨」のみならず、尾崎翠のデビュー作「無風帯から」にも、「アップルパイの午後」にも、「初恋」にも共通する作品の舞台設定であって、彼女の小説世界の特色を際立たせるものだ。不思議なことに、そこには祖母は出てきても、父母は全くといっていいほど姿を現わさない。実際に尾崎翠の父長太郎は翠十三歳の時に事故死し、その後は兄たちが彼女の父親代わりになったという伝記的事実はあるわけだが、それにしても作品世界の中にほとんど父母を登場させない〝頑なさ〟は、不思議な不透明さを感じさせるのだ。

『第七官界彷徨』では、兄たちは町子のことを、「うちの女の子」としか呼ばない。これも不思議なことの一つだろう。日本の家庭において、兄が妹について言う時は、名前を呼ぶか、他人に対しては「うちの妹」といった言い方をするのが一般的だろう。次兄の二助はこんな言い方をする。「いいねこの蒲団は、うちの女の子はなかなか巧いやうだ」と。むろん、これは町子自身を目の前にして言っているのである。「女の子というものは」というのが、この家の男たちの口癖のようなものだ。二助にとって「女の子」はよく泣くものだし、一助にとっては「女の子」は主治医の質問にも答えずに黙っているものであり、従兄の三五郎にとっては、よく泣くもので、しかもそばにいると接吻したくなるようなものである。

兄たちや従兄にとって、町子は〝妹〟や〝従妹〟というより、「女の子」なのであり、「女の子というもの」は、むろん本来は若い男にとっては原則的に〝恋愛の対象〟となるべきものだ。兄たちにとり町子は恋愛の対象とすることのできない「女の子」という、特殊なカテゴリーに属するのである。この事情は従兄の三五郎については、やや異なる。三人の男たちの中では唯一、町子という名前で呼びかける（手紙の中でのことだが）彼は、町子を恋愛の対象とする可能性を持った男なのであり、確かに二人の間には恋愛めいた（町子の嫉妬めいた）感情が流れる瞬間があるのだ。それは、町子と三五郎にとって、互いに恋愛の対象の手近な代償ということにほかならないだろう。その証拠に、三五郎は隣に越してきた「女の子」と淡いラブ・ロマンスを経験して町子に泣かれるし、町子は本来は三五郎に買ってもらうべききくびまきを、兄の友人柳浩六氏に買ってもらうのである。

「第七官界彷徨」には、この作品について語る人が必ず触れるように、「蘚の恋」という、植物的性愛の印象深く、美しいイメージが描かれている。肥料の研究をしている二助が、机の上で実験栽培している「蘚」の繁殖活動を擬人化しているわけだが、この可憐で、奇妙なエロティシズムを感じさせるエピソードは、まさに〝恋に恋する〟「女の子」の物語にふさわしい彩りを添えている。それは性愛そのものを禁圧しながら、結局は性そのものに基盤を置いた「恋愛」

というものを暗喩しているのであり、性の生臭さを感じさせることのない〝性愛〟の象徴としての植物的、蘚苔類的恋愛が描かれるのである。

尾崎翠の作品世界には、インセスト・タブーがそのモチーフの底に秘められている。しかし、それは存在論的、身体的なものというより、レヴィ・ストロースが明らかにしたように、婚姻システムの共同幻想に関わっているもののように思われる。「アップルパイの午後」では、妹にしきりと恋愛を勧める兄が出てくる。「どんな女だって三十歳までもし独りでゐたら、心臓に二つや三つの孔はあいてるんだ。これがほんとの女なんだ」と兄は妹に〝恋愛する〟ことを説く。そして、兄は自分の友人の松村の名前を出し、妹の気を引いてみるのである。

兄がこの友達のことを持ち出してくることには、作品の最後になって判然とするように、それなりの理由があった。すなわち、兄は松村の妹である雪子にプロポーズして、その返事を待っている最中であり、その使者が松村なのだ。この兄の深層心理として、松村の妹の雪子を花嫁として〝貰う〟ために、自分の妹を松村にその代償として〝与える〟（売り渡す）という交換式が無意識的に成立していたと考えることは不自然なことではないだろう。つまり、兄が妹に恋を勧めるのは、自分が恋の相手を求めることの交換条件ということなのだ。

「第七官界彷徨」で、兄たちが町子を「女の子」という呼び方しかしていなかったことの意味も、ここで明らかとなってくるだろう。彼らの中にあるカテゴリーは「うちの女の子」と「よその女の子」ということなのであり、「よその女の子」を恋愛の対象とするために、「うちの女の子」を「よその男」の恋愛の相手とするという〝交換条件〟が必要なのである。「無風帯から」

や「初恋」のような、一見〝近親相姦〟を隠された動機としたような小説が、尾崎翠によって書かれていることも、こうしたインセスト・タブーに関わっていることは明らかなのであり、そこでは「うちの女の子」に対する性愛の禁圧が、作品の最も深いところにあるモチーフといってもいいのである。

尾崎翠の小説は、「兄―妹」という関係を基本的なものとし、徹底的に「妹の立場」から書かれたものである。そこには親子、普通の意味での「家庭」はほとんど描かれることがない。兄は妹を保護、愛憐し、そして〝嫁がせようとする〟。妹は兄に仕え、おさんどんとして働き、思慕する。兄たちにとって「うちの女の子」は社会的な交換価値としてあるのであり、それが〝妹〟としての若い女たちの、その時代の存在の一つの様式だったのである。

現実的にも、尾崎翠は十歳年下の恋人との結婚を兄たちに反対されて、故郷へ連れ戻され、文学の道を絶つことになる。十歳年下の男に〝妹をやる〟ことは彼女の兄たちにとって許容できることではなかったのだ。なぜなら、それは「うちの女の子」をまっとうな交換価値として、世間と取り引きすることではないからだ。兄の役割は、妹を社会的に認められた交換価値として、婚姻の社会的システムの中に送り届けることなのであり、年齢差を無視した、しかも女のほうが年上という結びつきは、この社会の常識的な婚姻のシステムを破壊しようとするものにほかならなかったからである。

逆にいえば、尾崎翠はそうした兄や親たちによって、社会へ〝売り渡される〟という〝妹の立場〟から逃れるために、十歳年下の男に恋したといえるかもしれない。それは〝妹〟の〝兄〟たちへの反抗だったのであり、彼女は家族内の男によって〝庇護され、所有される性〟という立場から、自らを解き放そうとしたのである。むろん、それは従順で、可愛い〝妹〟を理想としていたその時代の一般的な倫理と衝突するものであったことはいうまでもない。彼女は文学的にも、実生活的にも、そうした世間的な「倫理」を、林芙美子のように踏み越えてゆくことはできなかった。小説家・尾崎翠の限界は、まさにその地点にあったというべきなのである。

2

揺籃はごんごんなつてゐる
しぶきがまひあがり
羽毛を掻きむしつたやうだ
眠れるものの帰りを待つ
音楽が明るい時刻を知らせる
私は大声をだし訴へやうとし
波はあとから消してしまふ

私は海へ棄てられた

二十五歳で夭折した詩人左川ちかの「海の天使」という詩である。昭森社から出された遺稿詩集には、百田宗治が「詩集のあとへ」という文章を書いていて、左川ちかの死を春山行夫が知らせるとき、「川崎君の妹さんが亡くなりましたよ」といったことを書き留めている。左川ちかという名前より、〝川崎君の妹〟といったほうが通りがよかったことを、このエピソードは物語っているように思える。〝川崎君〟とは、詩人で歌人の川崎昇のこと。伊藤整の小樽での学生時代からの友人であり、『若い詩人の肖像』にはその若き日の姿が活写されている。

ところで、左川ちかの「海の天使」は、伊藤整の第二詩集『冬夜』に収められている「海の捨児」との関連性が指摘されている。左川ちかについての最もまとまった評伝である小松瑛子の「黒い天鵞絨《ビロード》の天使」や、曾根博義の『伝記伊藤整』では、左川ちかと彼女の兄の親しい友人であり、彼女にとって文学上の師であり、上京生活の保護者役でもあった伊藤整の関わりが追究されているが、詩作に関しては、ほとんど伊藤整との共同作業のように書かれたものもあることを示唆している。伊藤整は、彼女に詩を書かせるだけではなく、それを雑誌に発表させ、死後には詩集を編むといった、よきパトロン役を務めていたわけである。

伊藤整の「海の捨児」は、「何時私は故郷の村を棄てたのだろう」といった詩句からうかがわれるように、むしろ「捨児」の境遇をロマンチックな流離の感覚で空想したものといえるだろう。それにひきかえ、左川ちかの詩は明るい風景を描きながら、そこに漂う孤独感、喪失感は、伊藤整の作品をはるかに凌駕しているといってよい。彼女の詩は、伊藤整の詩が持っていたヒューマニズム、ロマンティシズム、ローカリズムといったものを引き継ぎながら、それを透明で、乾いた抒情として言葉に定着したといえるだろう。

伊藤整の詩の湿潤で、生暖かい〝海の波に揺られる〟感覚（それは明らかに母胎の羊水の中でのまどろみをイメージの原形としている）は、彼女によってモダニスティックで、シュールレアリスティックな〝孤児〟の感覚、世界喪失のイメージへと置き換えられたのである。

もう一つの詩を見てみよう。

朝のバルコンから　波のやうにおしよせ
そこらぢゆうあふれてしまふ
私は山のみちで溺れさうになり
息がつまつていく度もまへのめりになるのを支へる
視力のなかの街は夢がまはるやうに開いたり閉ぢたりする
それらをめぐつて彼らはおそろしい勢で崩れかかる
私は人に捨てられた

「緑」という詩である。「海の天使」の最後と同じように、〝棄てられる〟というモチーフの強さが、私の目を引くのだ。「私は海へ棄てられた」「私は人に捨てられた」、この二つの詩句に表れた〝捨てられた〟体験は、現実に左川ちかの身に起こったことだろうか。彼女には実際に自分が「人に捨てられた」と感じるような体験があったのだろうか。

『左川ちか詩集』にまとめられた詩篇は、昭和五年（一九三〇）から詩人の死んだ昭和十一年（一九三六）までに『詩と詩論』や『椎の木』などの詩誌に発表されたもので、詩作の年代も発表時期とそれほどずれていないと考えられる。左川ちか、本名川崎愛子は、昭和三年に小樽高等女学校を卒業後上京し、百田宗治主宰の『椎の木』などに詩を発表する。昭和七年には椎の木社からジョイスの『室楽』を翻訳、刊行している。昭和三年の上京、『椎の木』とのつながり、ジョイスの翻訳ということがらの背後に、六歳年上で、兄の友人、昭和三年に上京して東京商大に入るとともに若手詩人として活躍、やがてはジョイスなどの二十世紀前衛文学の紹介者、実践者となる伊藤整の影を見ないわけにはゆかないだろう。生活面、精神面の両面において、伊藤整はこの〝妹〟のような同郷の詩人の世話を焼いている。彼女の死後にその遺稿詩集をまとめたのも、伊藤整にほかならない。しかし、彼はその〝妹〟の詩集に、編集者としても、刊行者としても自分の名前を出すことはしなかった。追悼のあとがきは、前出のように百田宗治であり、編纂兼発行人は発行元の昭森社の森谷均名義となっている。伊藤整はなぜこの詩集に自分の名前を出すことを避けようとしたのだろうか。このことは、左川ちかの「人に捨てられた」体験と無関係なことなのだろうか。

伊藤整は『若い詩人の肖像』の中で「川崎愛子」（左川ちか）についてこう書いている。

> 川崎昇の妹の愛子は、その年十七歳で女学校の四年生になっていた。彼女は面長で目が細く、眼鏡をかけ、いつまでも少女のように胸が平べったく、制服に黒い木綿のストッキングをつけて、少し前屈みになって歩いた。（中略）この少女は私を見つけると、十三歳の頃と同じような無邪気な態度で私のそばに寄って来た。
> 私もまたこの女学生を自分の妹のように扱った。

もちろん、これは上京以前の左川ちかの姿であって、成人した彼女を描いたものではない。そして詩人・左川ちかとしての姿は伊藤整の回想の中ではついに書かれることがないのである。

放恣な推測は慎まなければならないだろうが、前記の小松瑛子や曾根博義の評伝では、伊藤整と左川ちかとの間に〝兄と妹〟以上の関わりが示唆されている。そういう意味でいうならば、左川ちかの「人に捨てられた」体験は、伊藤整との関わりを無視することはできないだろう。北海道から出てきた女学校を卒業したばかりの少女が、兄の友人で、同郷の先輩文学者を必要以上に頼り切ることは不自然なことではない。少女にとってみれば、彼の存在は父と兄であるのと同時に、恋人であり保護者であり教師であるという絶対的な存在として目に映ったといっても、決して大げさではないはずである。だからこそ、そうした人間の中に、自分に対する無視や無関心、あるいは自分よりもほかの女性に対する関心などを見てしまった時に、「捨てられた」と感じてしまったのではないだろうか。

富岡多恵子は「詩人の誕生——左川ちか」(『さまざまなうた』所収)の中で、やはり左川ちかの詩の中の〈人に捨てられた〉という詩句に注目して、これが〈男に捨てられた〉ということではなく、〈人に捨てられた〉ということに注意を促し、「詩は〈人に捨てられる〉ゆえに〈人を捨てる〉ことでだいたいがはじまっていく」と書いている。だが、左川ちかの場合、まず父母——「家」から「捨てられる＝捨児」という感性から始まり、父母（故郷）を〈捨てた〉兄妹の片割れ、〝妹〟として、さらに「人（＝兄）に捨てられた」という経験をうたったのではないだろうか。

もちろん、これらのことは伝記的研究や彼女の詩をもとにして紡ぎ出した私の恣意的な想像にしかすぎない。しかし、左川ちかが、「川崎君の妹」として知られていたように、彼女自身〝妹〟的感性によってその詩世界をつくり上げていたといえるのではないだろうか。その場合〝兄〟の役割をはたしたのが、いうまでもなく伊藤整なのであり、彼女はそうした〝兄〟に「捨てられ」ることによって、〝妹〟の悲しみと絶望を、水晶のように透明で、硬質な抒情詩に書き残したのである。

暗い樹海をうねうねになつてとほる風の音に目を覚ますのでございます。
曇つた空のむかふの
けふかへろ、けふかへろ
と閑古鳥が啼くのでございます。
私はどこへ帰つて行つたらよいのでございませう。
昼のうしろにたどりつくためには、
すぐりといたどりの藪は深いのでございました。
林檎がうすれかけた記憶の中で
花盛りでございました。
そして見えない叫び声も。

「海の花嫁」という詩の第一連である。ここにある「樹海」や「すぐり」「いたどり」「林檎の花」などが、伊藤整の『雪明りの路』に頻出するものであることは、殊更に指摘するまでもないことだろう。また、北の故郷への帰還願望は、伊藤整の『雪明りの路』や『冬夜』を貫いている基本的なトーンであって、左川ちかのこの詩は、そうした伊藤整的な望郷の抒情の世界の内部に閉ざされているといってもよい。しかし、伊藤整のノスタルジーは、失われた時間、少女との初恋、美しい風土を甘やかに追憶しているだけなのに対して、左川ちかの詩には、故郷へ帰還すること自体から拒絶された痛みを主題とすることによって、単なる〝懐郷〟の感傷から一歩も二歩も抜け出しているのである。

この「海の花嫁」という題名に、「海の捨児」から「海の天使」、「海の花嫁」へと変奏されてきた伊藤整と左川ちかの詩の世界の関わりと浸透の中に、彼らの内部での〝兄―妹〟という虚構の崩壊を見ることができるだろう。そして、さらにそこには都会に出てきた〝兄と妹〟の失郷の思い（たとえば、それは佐藤惣之助の作詞による「人生の並木路」のような流行歌によって、人々の心をとらえたのである）を重ね合わせてみることもできるだろう。

それは、父母を失った兄妹がつくりあげた擬制的な「家庭」の破綻ということでもあり、また、父母＝故郷（自然）を喪失したモダニスト（近代人）たちが、辛うじてつくりあげた「家」とは別個の共同生活の夢が、そこで墜落せざるをえなかったということなのかもしれないのだ。〝妹〟の夢見た「花嫁」の姿には、そうした近代、都市という舞台の上で「捨てられた」〝妹〟の悲哀が込められているのである。

3

尾崎翠に対しては、ほぼ同年代の女流作家である吉屋信子が、文学史的にはその〝姉〟といった役割を持っていたといえるかもしれない。少女小説『花物語』（大正九年、一九二〇年）から、

『女の友情』（昭和九年、一九三四年）に至るまで、吉屋信子の小説は、いわば男を排した〈女のユートピア〉をつくりあげることをその作品の無意識層での目的としていたのであり、それは〝妹〟たちを庇い、保護する〝姉〟の役回りを自分に課することにほかならなかったのである。

吉屋信子が、都会の少女たちの友情を感傷的な文体で紡いでいった背後には、少女たちが〝売られ〟〝捨てられ〟〝貰われ〟てゆくという現実が一面にあったからだ。彼女はそうした哀れな妹たちを救うために、異性を排除した「姉―妹」の関係を純化することによって、自分たちのユートピア、女の花園をつくろうとしたのである。だから、彼女にとってみれば、尾崎翠などは、父母の代わりとしての兄たち、あるいは幻影の〝恋人〟としての男たちにたぶらかされた哀れな〝妹〟としか見えなかったのかもしれない。もちろん、そうした「女の家」は現実の社会においては空想的なものにしかすぎない。それは宝塚少女歌劇や松竹少女歌劇団が、娯楽産業資本の上に成り立った女たちの花園であるように、幻想的なユートピアだったのである。

彼女が戦前、戦後において大量に生産した母子ものの少女向け大衆小説には、捨てられ、貰われてゆく少女たちが、瞼の母親に出会うというパターンが圧倒的に多い。これは、しかし、吉屋信子にとっては『花物語』『女の友情』からの後退というべきだろう。その生活のスタイルはどうであれ、彼女の少女小説は、封建的な父母による子の支配ともいうべき「家」とは別の形の、同性、同世代の人間による共同生活という理念を、おぼろげであれ示していたからである。そして、それはまた吉屋信子自身の生活によって実践されていたものでもあったのだ。

彼女が戦後に書いた「母子像」のように「母―娘」という物語的幻想にその「女の世界」を帰着させていった時、「姉―妹」という幻の共同体は、現実的にも理念的にも消えてしまった。

それは母と子の〃自然の関係〃という大きな物語に、「姉」を中心とした妹たちのユートピアという物語が回収されていってしまったからと思われるのだ。

左川ちかと親交のあった江間章子は、こんな詩句を書いている。「母たちによってわたし達はお揃いの服装になった。五人。旅の朝、わたし達は新しい瀑布を見た。何処で？ 此の町で、この旅舎を出て」

彼女の清新な処女詩集『春への招待』（昭和十一年、一九三六年）は、ある意味では〃妹〃的感性の乱舞ともいえるものだが、そこには左川ちかとは違った、陽性の妹たちの花園に似た輝きがあった。それが「母たちによって」準備され、整えられたものであったとしても、そこから旅立とうという感性の若々しさに、驚嘆せざるをえないのだ。母＝自然という物語の枠の中で、〃妹〃たちの感受性の祭典は裏付けられている。そして、〃妹〃はいつしか母へと変貌してゆくのである。

良家の子女という輪郭を壊さずに、「女」同士の友情、愛情世界を描こうとすれば、どうなるだろうか。私が野溝七生子の『女獣心理』（昭和十五年、一九四〇年）のような小説に見るのは、そんな精神的な実験なのだ。「新和塁の手記によるレダと沙子との物語」という長い副題を持つこの作品は、レダと呼ばれる主人公・九曜征矢《くようそや》をめぐる、新和塁《しんなるい》も含めた男たちの求愛譚であり、また塁とレダと沙子《しゃこ》との男一人女二人の三角関係の物語としてとらえることができる。

しかし、この作品は副題が示している通り、「レダと沙子との物語」なのであって、ヒーローの塁は、いかに語り手として作品の前面に大きく現れているとしても、結局は脇役であり、狂言回しの役割でしかない。話の筋立ては基本的に単純だ。従兄妹同士であり婚約者である塁と沙子の間に、沙子の学生時代の同級であるレダが入り込む。レダはモデル女として芳しからぬ噂に包まれているが、沙子は彼女に夢中である。塁も、沙子への愛情は変わらないものの、レダに強く魅かれる自分を感じざるをえない。塁と沙子は結婚式をあげて、新しい生活を始めるが、レダの影によって、その新生活はぎくしゃくとしたものとなっている。沙子の父母（塁の叔父叔母）は、レダの悪い噂を耳にし、娘との交際を絶たせようとする……。

少女趣味的な家庭の波瀾小説であると、ひとまずは単純にいうことができよう。だが、このリアリズムからはほど遠い、トウの立った少女小説の趣きさえある小説が、〝妹〟的な立場と、永遠の〝女〟的な立場との二元論的な対立を基本構造としていることは、私には明瞭であると思われるのだ。

塁と沙子が従兄妹同士の夫婦であるということに、まず注目すべきだろう。彼らは幼な馴染みであり、いいなずけ同士であり、何らの障害なく結婚にゴール・インした、羨まれることはあっても、非のうちどころのないカップルといえるだろう。いわば、彼らは日本においてしばしばそうであったように、きわめて理想的な婚姻のシステム（従兄妹婚）に乗って結びついたといえるのである。

塁にとっては、〝妹〟的な存在だった沙子が、成長することによって〝妻〟の存在へと〈自然〉に移り変わってゆく。つまり、そこで「兄―妹」という関係は、「夫―妻」という関係へと編み直されるのだ。そして、それは他の場合はいざしらず、塁と沙子との関わりにおいては、最も〝自然〟であり、最も理想的なものだったのである。

レダが二人の間に影のように立つことによって、彼らの感情は縺《もつ》れあう。そのとき、こんな会話が交わされる。


「私達二人のことよ」

「君が僕の妹ならね」

「ねえ、私達はきやうだいではなくつて?」

「いいえ、僕達はそんなものぢやない」

不意に彼女の眼の中には、恐怖とも見るべき絶望的な色が浮かんだ。

「どうぞ怖くならないで頂戴」

「僕が怖いつて? 何といふ莫迦らしいことを、沙子」

「まあ、いいえ、いいえ、私は塁さんが、私の兄さんであつて欲しいの。それだけなの」


「兄―妹」から「夫―妻」へ移行し切れないのは、塁にとって沙子が〝妹〟であるうちに、〝女〟そのものであるレダと出会ってしまったからだ。レダさえ登場しなければ、彼らは徐々に「兄―妹」のままごとめいた暮らしから、世間並みの夫婦の関わりへと移りゆくことができたはずである。沙子は、塁にとってのレダの存在の大きさに気づいた時から、自分たちが「兄妹」であればよかったと思い始めるのだ。「私の兄さん」であったならば、彼女はレダという〝女〟に、塁の心を取られるということにも堪えることはできたはずなのだ。〝妹〟の存在は、兄をめぐっての戦いに〝女〟というコケティッシュで危険で、輝かしい存在に常に敗北する。男たちを性的に誘引するのは、〝女〟に決まっているからだ。

ここで沙子とレダの関係を「姉―妹」といった図式でとらえることはできない。レダはあくまでも孤児であり、彼女は別段「女のユートピア」など夢見てはいないからだ。レダの〝女〟性に憧れているのが、むしろ沙子である。それは自分の中の〝妹〟性から〝女〟性への脱皮の願望なのだ。そして、野溝七生子の小説が、どんなにアラベスクで、センチメンタルで、ロマンチックであったとしても、その本領は、妹的な少女趣味から、蠱惑的な「女」への変身願望にあるといえるだろう。それはレダがそうであるように、貧しく可憐な処女と娼婦との両義的な在り方への密かな嗜好なのかもしれない。

そういう意味では、作中人物の一人がレダについていうように、「彼女は実に自家恋着病の患者である」という言葉を、作家自身に呈することもできるはずなのである。

「兄―妹」をめぐる文学誌は、大正・昭和のモダニズム期にかけてだけの時代現象ではない。たとえば、仁木悦子・仁木雄太郎の兄妹探偵の活躍する仁木悦子の探偵小説シリーズがそうであるし、その衣鉢を受け継いだともいえる、赤川次郎の「三毛猫ホームズ」シリーズの片山義太郎・晴美兄妹の場合も、そうした典型となっている。もちろん、仁木悦子の場合には、『妹たちのかがり火』に書かれた「戦死した兄さん」に対する思いが、この兄妹探偵の活躍する作品の底流となっていることは、間違いのないことだろう。

仁木悦子の長兄・大井栄光は、東大大学院在学中に応召、中国山東省で戦死しているのである。植物学専攻の仁木雄太郎の中に、この実兄の面影が投影されていることは、推測に難くなく、作者・仁木悦子は、自らの分身としての主人公・仁木悦子を作中に登場させ、親しく暮らすことの少なかった兄との共同生活、共同作業（探偵としての）を、その作品の中で実現させたのである。

　いずれにしても「兄―妹」を中心とした文学世界に、〝父母〟の影が希薄なことは、何らかの意味を持つことかもしれない。そして、彼らはほとんど「恋」をしない。両親を失った片山義太郎・晴美兄妹は、メスの三毛猫といっしょに住んでいる。兄は女嫌いというより、女恐怖症であり、妹にはまだまだその気がない。この漂白された〈性〉の清潔さ、潔癖さは、むしろ尾崎翠や、左川ちかの時代より、病んでいるといえるものかもしれない。こうした「兄―妹」の共同生活といったものは、核家族がさらに分裂していった後の、現代の家族、家庭の姿を暗示するものかもしれないのである。

月の暦

――〝少女病〟の系譜

1

少女たちは月に支配されている。といっても元始、女性は太陽だったが、今は月であるという、あまりにも有名な女性解放のためのマニフェストとは、この際関係はない。岡本綺堂の小説に「影を踏まれた女」という怪談がある。十三夜の月待ちの夜に、影を踏まれて病気になった少女が、影を踏まれることを病的に怖がるようになり、家の中に閉じ籠るようになるが、ついに一年後のやはり十三夜にたまたま外出して、侍に切り殺されてしまうという話だ。破瓜期の少女の異常な潔癖症であると現実的にとらえることも可能な話なのだが、少女と月と狂気という、三題噺としてもよく出来た日本的な怪談だと思う。

ほとんど因縁も因果もない、人間の精神の奥深くに潜む、月や影に対しての恐怖。破瓜病といわれる不安定な精神状態。これらの要素をまるで素材そのままだけで投げ出したような綺堂の小説が心に残るのは、「月」と「少女」との深く密接な関わりが、集合的無意識のように、観念連合として私たちの中に生き残っているからではないか。もちろん、それは少女たちの体の中をめぐる、生理のリズムと月の満ち欠けが呼応するということでもあるのだけれど、それ以上に、月と少女たちの精神世界とは、複雑に、微妙に重ねられるものではないか。

少女小説の元祖ともいえる樋口一葉が、明治五年（一八七二）、すなわち明治維新政府がそれまでの太陰暦から太陽暦へと切り換えを行った年に生まれたということは、単なる暗合としても、私には興味深く思われる。月の暦から太陽の暦への転換。それは単なる合理的な暦法の採用ということだけでなく、人々の精神世界を大きく変えるものとしてあったのではないだろうか。月の満ち欠け、潮の干満で季節や時を測ってきた人々は、それ以来時間や季節を、時計やカレンダーで見るようになったのである。そして、月や夜にちなむ日本人の民俗的な行事や信仰は、直ちにというわけではないが、それこそ月のように病み衰え、衰微していってしまったのではないだろうか。

一葉の小説は、少年、少女たちの〝月の暦〟に従って遊び、生活し、成長していった世界を基本的には作品世界の中心としている。「十三夜」「大つごもり」「たけくらべ」などの作品には、冷たく、澄み切った月光がどこからか射しこんでいて、それが作品全体のトーンを作りあげているという感じがする。夜の街を月の光に照らされ、シルエットとなって遊ぶ子供たち。そんな時代の記憶が、たとえば「十三夜」という作品ではそのまま一編のモチーフとなっているといってもいいはずだ。

高級官吏の妻となったお関と、幼な馴染みの彼女の結婚がもとで、やけになって人力車夫にまで身を落とした録之助。お関は離婚を思い立って、実家へ行くが、そこで父にさとされて婚家に帰ろうとする。その時拾った俥《くるま》が、おちぶれた録之助の引くものだった。その二人の一瞬の再会を演出したのは、ちょうど十三夜の月の光だった……。

夜遅くまで、家の外で子供たちが遊ぶことを許される、年に数日だけの一夜。月の照る路上で、昼間の景色とはちょっと違った夜の町内をうろつき回ることの興奮とスリル。そうした月の光を浴びて、いつもとは違った表情に見える幼な馴染みの思い出というものがなければ、「十三夜」という小説の設定それ自体が成り立たなくなってしまうだろう。それは夜の時間と子供の時間とが重なる瞬間であり、光と影が、過去と現在とが、影絵の中に浮かびあがる一瞬なのである。

また、「大つごもり」は、三十日《みそか》の〝月〟が押し迫ってゆくように、破局へと徐々に追い詰められてゆく一人の貧しい少女の姿を描き出し、「たけくらべ」では少女・美登利の初めての〝月経〟が作品の最後で大きな意味を持っていることは、これまでに指摘されているとおりだ（もっとも「たけくらべ」の最後の場面については、美登利の初潮ということではなく、芸妓としての〝初店《はつだな》〟であるという説もある）。

つまり、一葉の作品世界は、まだ太陰暦の生き残る〝前近代〟の色調に染められたものであり、そうした太陰暦的世界へのノスタルジーが、彼女の小説の最も抒情的な部分として、多くの読者に受けとめられたといえるのである。一葉の作品の中の少女たちは、月の暦に従っている。それは合理性や経済性、〝人間万事金の世の中〟といった、金銭、資本が人々の生活の大本のところを支配してゆく、明快で、あからさまな〝近代〟に対する、微力で陰微な〈女子供たち〉の原理なのであり、そうした社会への陰影を含んだ、かよわい抵抗だったのである。

日本近代文学の〝少女〟像を見てゆく時、こうした一葉的な〝月の暦〟に従う旧来の古風な少女像と、〝太陽の暦〟を使う新しい時代の少女像とが交錯しているように思われる。明朗、清潔、向日性、若さ、無垢、無邪気、それに対して従順、寡黙、しとやかさ、かよわさ、内向性、芯の強さといった項目が浮かんでくる。もちろん、実際にはそれほど都合よく、二項対立的な少女像が、文学作品の中で書き表されるということは少ないのだが、一葉の小説や、斎藤緑雨の「門三味線」に出てくる少女たちは、清姫や八百屋お七の激しさ、妖しさを秘めながらも、本質的には月の暦を自分の体の中に持っているように思われるのだ。

そうした月読《つくよみ》の女神の係累としての少女像に対置されるのが、太陽のように直視することのできない、〝聖少女〟の像といえるかもしれない。これは同性としての女流文学者の作品の中には、まず現れてこないもので、専ら異性（男性）の側からの永遠の憧憬の対象としての「少女」なのである。こうした少女像を代表しているといってもよいのが、田山花袋の「少女病」という短篇であると思う。この小説は、花袋のというより、明治の日本文学の持ったコンプレックスとしての、恋愛、少女憧憬、霊的なものへの傾きが、きわめて鮮やかに浮かびあがっている作品であると考えられるのである。

主人公は、「少女」という存在にコンプレックスを抱く中年男であり、思春期の恋愛憧憬、ロマンチックでセンチメンタルな純愛に固着的な感情を持っている。彼は街角などで美しい少女に出会うと、じっと注視せざるをえないという性癖を持っていて、まるで夢遊病のような状態で、その少女の後をふらふらと追ってゆくような男なのだ。こうした性格は、もちろん戯画化はされているものの、作者・田山花袋自身のものといっていいようで、「蒲団」や『野の花』、『春潮』といった彼の小説作品を参照すれば、花袋が純潔な少女との恋愛を、ほとんど手放しで礼賛、渇仰していたことがわかるはずだ。

『春潮』には、主人公の独白として、「恋に生れ、恋に生活し、恋に死ねば、もうそれで充分なる人生を形成したので、自分にはあるいは恋愛そのものが一生の事業であるかも知れん」という言葉がある。〝恋に恋する人〟花袋の面目躍如たる言葉といえるわけだが、こうした恋愛至上主義が、〝近代的〟な「文学」や「宗教（キリスト教）」の観念と同時にもたらされたものであることもまた、いうまでもないだろう。

「恋愛は人世の秘鑰《ひやく》なり、恋愛ありて後人世あり」（「厭世詩家と女性」）と語り、また「天地愛好すべき者多し、而して尤も愛好すべきは処女の純潔なるかな」といい、「処女の純潔は人界に於ける黄金、瑠璃、真珠なり」（「処女の純潔を論ず」）とまで言っていた北村透谷は、その意味ではまさに〝少女病〟患者にほかならなかった。もちろん、それが花袋の〝純愛〟と同様に、現実の少女たちに向けられたものではなく、自分の内部の観念でこしらえあげた観念的な〝少女像〟への讃仰であることは明らかなのだ。

これらの〈少女病〉患者たちは、日本の現実の中に、キリスト教的世界の聖処女、聖マリア信仰につながる、ベアトリーチェやロッテのような永遠の恋人を見出し、その純潔さと神聖さに自ら感傷的に酔いしれるのだ。そうした姿が、客観的にはいかに滑稽で、馬鹿馬鹿しく見えるかは、『野の花』のような作品を読めば一目瞭然である。本命の少女にプラトニックに〝恋〟しながら、思わぬ少女に〝思われて〟しまうという主人公の立場は、別にやっかみではなく、「いい気なものだ」と苦笑せざるをえないものだろう。それは花袋の出世作「蒲団」の有名な、女弟子の使っていた蒲団に顔を埋めるシーンが、今の私たちには〝赤裸々〟な人間の〈自然〉を暴露したというよりも、滑稽なものとして感じられることと、同質のものであるように思える。

つまり、そこにあるのは、西洋的な恋愛概念、プラトニックな純愛観念に対する信仰についての、日本的な〝模倣〟にしかすぎないのであって、「文学」や「一神教」、「内面」や「自我」といったものと同時に、まさに〝恋愛という観念〟として、明治の文明開化の社会に流入してきたものにほかならないのである。花袋や透谷、あるいは新体詩人時代の島崎藤村などは、明らかにこうした〈少女病〉患者であって、それは〈文学病〉〈自我病〉といった近代病そのものの一変種にすぎなかったというべきなのだ。日本の近代文学において、「少女」はこうして登場した。月の暦を体内に秘めた現実の明治の少女ではなく、観念の幻想としての少女。そうした観念に取り憑かれて死んでしまう『少女病』の主人公は、まさしく「近代」という観念についての犠牲者だといえなくもないのである。

2

夢野久作の『少女地獄』は、三人の少女と犯罪をめぐる三つの独立した短篇をまとめたものである。第一話の「何んでも無い」は、天才的な虚言症の〝少女〟の物語、二話の「殺人リレー」は、バスの車掌と運転手との〝殺人ゲーム〟の話、三話の「火星の女」は、容姿の醜い女学生の、校長と女教師への復讐劇となっている。いずれも「少女」と「犯罪」とが関わっているわけで、そんな少女たちの、それぞれに自殺に至るまでの経過、理由が〝地獄〟として示されているのだ。

ここには、「少女」の両義的な在り方が（もちろん、それは男の側からの見方にほかならないが）、陰影の彫りを深くして、鮮やかに描かれている。純潔や無邪気に対置される狡智や媚態、素直さや正直さに対して、虚言と欺瞞と歪曲。信頼、優しさ、同情心といった少女の美徳に対して、驕慢と嫉妬、冷血と独善、残酷さといった悪徳が数えあげられる。こうした「少女」の陰の部分が、『少女地獄』では強調されて書かれているわけだが、といって、少女の向日的な部分がまったく忘れ去られているということでもない。虚言症の〝姫草ユリ子〟は、その名の通り、楚々として、純粋で可憐な「少女」を演じようとするし、また、周りからも手際よく、親切で、明るい看護婦との評判をかちえるような娘であるし、「火星の女」の〝甘川歌枝〟は、自分とは対蹠的ともいえる美少女・殿宮アイ子を、ある意味では自分の分身として、彼女を復讐劇の中に巻き込むのである。

この『少女地獄』を、花袋や透谷のような〈少女病〉を裏面から描いたものであるということが可能だろう。姫草ユリ子、甘川歌枝などの〝少女〟の手玉に取られて、キリキリ舞いをするのは、れっきとした分別盛りの紳士としての開業医や医学博士であり、女子高校の校長などであるのだ。つまり、そこには〝紳士（中高年男性）〟と〝少女〟という、通俗的な組み合わせの登場人物の関係があり、ことの真相が明らかになった時点においても、中年男はまだ〝少女幻想〟から完全に解放されるということはありえないのだ。

姫草ユリ子の虚言、演技に振り回された臼杵医師は、共通の被害者である白鷹医師への一部始終を伝える手紙の中でこう書く。「小生は小生の姉、妻とともに告白します。小生らは彼女を爪の垢ほども憎んでおりません。（中略）カサカサに乾干びたこの巨大な空間に、自分の空想が生んだ虚構の事実を、唯一無上の天国と信じて、生命がけでだきしめてきた彼女の心境を、小生らは繰返しくりかえし憐れみ語りあっております」と。

姫草ユリ子の虚言は、他人を騙して自分の利益を図るような詐欺や欺瞞、偽証といったものとは性格を異にしている。それは、「小児がかきいだいている綺麗なオモチャのような」創作、空想なのであって、そうした虚構の世界を維持しようとするために、彼女は並々ならない心労と努力を費やさなければならないほどなのだ。たわいなく、無邪気な虚言。しかし、それは思いがけなく、現実の中で深刻な事態を引き起こしてしまう。そして、そうした虚構に殉ずるように、彼女は自らの生命を絶たざるをえなくなるのである。

これを、「少女」の体内に潜む〈月のもたらす狂気〉と考えることができるだろう。作中の臼杵医師は、彼女の虚言症を「卵巣性《オパリヤル》か、月経性《メンスツリアル》かどちらかわかりませんが、とにかく生理的の憂鬱症《デプレッション》からくる一種の発作的精神異常者」と診断を下す。夢野久作の小説には、精神異常のモチーフがよく使われるが、この場合も、表面的には精神病という合理的な解釈が下されるのである。しかし、もちろんそうした説明で作品そのものがすべて納得されるというものではない。

人間にはたとえその身を滅ぼすことになったとしても、虚構や空想でその身を飾りたいという、根深い〝創作癖〟がある。とりわけ「少女」は、空想的なそうした〝言葉〟で自分を飾り、虚構の国の女王として振る舞いたがる精神的傾向を持っている……こういってしまえば、シンデレラ幻想と大した違いのないものとなってしまうが、現実よりも観念を選び、事実よりもそうした「創作的観念」のほうを重んじるといえば、これは透谷、花袋といった近代文学者たちの、〈少女病＝観念病〉と、どこかで重なって見えてくるはずだ。つまり、少女たちの〝地獄〟は、その体の中から発して、増殖する虚構や観念から生まれてくるものであり、彼女らはそうした虚構に自ら呑み込まれてゆくのである。

第二話の友成トミ子も、被害妄想を募らすことによって、その子まで孕んだ男（バス運転手）を殺して、自殺する女車掌という設定であるし、第三話の甘川歌枝は、聖職者と思っていた学校の校長に、暗闇の中で人違いで犯され、彼の正体が俗悪な小悪党であることを知って、復讐を行いながら「わたしの肉体は永久にあなたのものですから」といった最期の手紙を送るような少女なのだ。

彼女たちに共通するのは、自分の生理と不可分な観念、妄想、虚構が彼女たちを衝き動かしているということであり、それが究極的には自己破壊＝自殺へまで彼女たちを追い詰めてしまうということである。それは、人々が「少女」たちへ与えようとした属性にほぼ見合うものであるといえるだろう。現実的であるより虚構的であり、肉体的であるより精神的であり、それでいて理念的であるよりは生理的であり、論理的であるよりは感情的な「少女」という生き物。このような両義的な在り方こそが「少女」の本質であって、大人―子供、女―男、人間―動物の、むしろ中間的な存在ともいっていいのである。

　夢野久作の「少女」が、生理と観念の間にある〝月の少女〟であるとしたら、〝太陽の乙女〟とでも呼びたくなるのが、久生十蘭の『キャラコさん』である。退役軍人の末娘で十九歳の石井剛子《つよこ》こと〈キャラコさん〉は、キャラコ、すなわち木綿の白布で作った下着《シュミーズ》を着ている、〝軍国の母〟の少女版とでもいうべきしっかり者の少女なのである。彼女は、行動的で明朗活発、少々のことではへこたれない意志と勇気を持った〝大和乙女〟であり、彼女の身の周りに起こるさまざまな事件と、それに対する〈キャラコさん〉の活躍は、宝塚の男役スターのように、当時の少女の憧れの〝少女像〟として広く受け入れられたのである。彼女を誉め称えて、ある老人はこういう。「いささかも浮薄な流行になじまぬ、快活で、控え目で、正直で、健康で、そして美しい少女です」と。

　そうした活動的で、活発な「少女像」が、竹久夢二の少女画や吉屋信子の『花物語』の少女たちにかわって、新しい時代に受け入れられるべき理想像だったのである。この〈キャラコさん〉に限らず、作者の久生十蘭の描く若い女性が、『ノンシャラン道中記』や『黄金遁走曲』のタヌや、あるいは「モンテカルロの下着」や『だいこん』の登場人物たちのように、活動的で陽性の性格を持っていることは注目されるものだが、しかし、彼のそうした「少女像」も、むろんその時代性と社会性、さらに日本の近代文学に通弊の〈少女病〉と無縁であったとは思えないのだ。

〈少女病〉の反対の状態といえば、現実の少女を見出し、そのリアルな姿を書くということにほかならないだろうが、久生十蘭の「少女」たちも、その意味では観念的であり、〝理想的〟なのである。〈キャラコさん〉はどんな時でも明るく、けなげに振る舞わなければならないし、そこには向日的な少女という絵姿はあっても、現実の〝月の暦〟にその半身を束縛された少女たちの陰の部分は、抹消されてしまっているのである。（こうした明朗少女の系譜として、獅子文六の『悦ちゃん』などを戦後においてあげることができよう。また、中井英夫の『虚無への供物』の中に出てくる奈々村久生が、久生十蘭の名を借りたものであることはよく知られているが、これも十蘭的少女のイメージがあってこその命名だったのだろう）。

もちろん、理念的に、理想的に「少女」を描き出すことが、原則的によくないということではない。少女を媒介として、一神教的な「観念」や「虚構」を作り出し、その作り出した幻想によって、今度は現実世界のほうを捨象してしまおうとすること。日本の近代文学、近代の思想において、しばしば引き起こされた、こうした〝転倒〟劇こそが、〈少女病〉と同根のものにほかならなかったのだ。

遊廓に上がって芸妓を相手に遊びながら、恋愛至上主義をとなえる文学者、人民を忘れた革命党派、革命的実践を忘れた革命理論、空中に観念の楼閣を築き、その傍らの掘っ立て小屋に住む哲学者たち。日本の近代史を貫く、こうした滑稽で、悲惨な逆転現象を、しかし、私たちは笑うことはできないだろう。なぜなら、これまで見てきたことからわかるように、〈少女病〉はまさに「近代」という時代の「文学的」な疾病にほかならず、それは単に〝ロリータ・コンプレックス〟という個人的、社会的病理の問題だけではなく、すぐれて文明史的な問題なのであるから。

少女たちは、身体的に「少女」であると同時に、きわめて精神的な意味で「少女」なのだ。また、それは生理に縛られたものであるのと同時に、霊的なものでもある。谷崎潤一郎や石川淳がその作品世界の中に描き出した「少女」たちは、まさに肉と霊、光と影、月と太陽の差異を軽々と飛び越えることによって、神と悪魔との断崖をも飛び渡る。そして、男たちは「少女病」の主人公のように、その後を追いそこねて、地面に墜落してしまうのである。

ブリキの月、空にかかりて
——大正幻想文学十選

宮澤賢治『注文の多い料理店』
佐藤春夫『女誡扇綺譚《じょかいせんきたん》』
中勘助『犬』
稲垣足穂『一千一秒物語』
国枝史郎『神州纐纈城《しんしゅうこうけつじょう》』
内田百閒『冥途』
江戸川乱歩『パノラマ島奇談』
幸田露伴『観画談』
岡本綺堂『青蛙堂鬼談《せいあどうきだん》』
葉山嘉樹『淫売婦』

（番外）

山村暮鳥『聖三稜玻璃《せいさんりょうはり》』
萩原朔太郎『青猫』
大手拓次『藍色《あいいろ》の蟇《ひき》』『蛇の花嫁』
佐藤惣之助『琉球諸島風物詩集』

大正期が注目されている。明治の四十四年間、昭和の六十二年間と較べるとあまりにも短い十五年間。早死にした大正天皇は、近代における〝偉大な〟両帝王、明治大帝と昭和天皇とに挟まれて、気の弱い含羞と夢見がちな表情を示しているようだ。しかし、日本の近代文学、文化の面からいえば、大正時代は明治とも昭和とも違った独自の特徴を保っている。それはやや奇矯な言い方だが、〝モダニズムの土着化〟という言葉で言い表わせるかもしれない。明治の時代に闇雲に取り入れた西洋の文物。尾崎紅葉も、正宗白鳥も、田山花袋も、横文字で書かれた西欧の〝新文学〟を読み耽った。浪漫主義、自然主義、野獣主義、虚無主義……目まぐるしく代わるイズムや思潮の洪水のような流入の中で、明治は疾風怒濤の中、脱亜入欧の道をひたすら走ったのである。

大正時代はそれに対して小春日和の雰囲気がある。そこでは繊細なもの、ファンタジックなもの、瀟洒なもの、洗練されたものが、声高な主張やイデオロギーとは無関係に賞玩された時代だった。エログロ・ナンセンスほどに病的ではなく、プロレタリア文学のように狂的ではなく、私小説ほどに閉鎖的、夜郎自大的ではなかった。西洋文物は、日本人の身の丈に合わせて縮小され、ハイカラでモダンな雰囲気を湛えたまま日本化された。それは深刻に自らのうちなるアジア性や東洋性と葛藤することはなかったのである。

大正時代はすべてが表面的であり、表層的だ。もちろん、グロテスクでエロチックな感覚は、基本的には大正時代から胚胎する。しかし、それはデモクラシーや都市化やモダニズムでメッキされ、白ペンキで塗られた文化なのである。だが、誰もそのメッキやペンキを剝がそうとはしなかった。そうした表面の皮膜を剝がしたところで、そこに表れる地金がどんなものであるか、そんなことは誰もが知っていたからだ。

森の中に「立派な一軒の西洋造りの家」があった。「玄関は白い瀬戸の煉瓦で組んで、実に立派な」料理店なのである。玄関の札には「RESTAURANT　西洋料理店　WILDCAT　HOUSE　山猫軒」と英和両語で書かれてある。「二人の若い紳士が、すっかりイギリスの兵隊のかたちをして」この料理店へ入り込む。その後の顚末はお馴染みだろう。宮澤賢治の名作『注文の多い料理店』は、こうした「イギリス」風紳士と「西洋造りの家」の物語であり、そしてそのいずれもが〝紳士〟というメッキや、西洋館の白ペンキを剝がしてみると、貧しく、みすぼらしい大正十三年の現実の日本だったのである。

こういう〝まがいもの〟ともいえるような西洋建築は、佐藤春夫といういかにも〝大正〟の時代にぴったりと思える小説家の大正期の作品に頻出する。『田園の憂鬱』や『西班牙犬《スペインけん》の家』『美しい町』では、「それの外形では殆んど一種純然たる西洋館であつたけれども、家の内部はそれ自身が一つの特有な様式を成すほどの工夫から出来た日本館であつた」というような建築物が作品の主要な舞台、要素となっているのである。佐藤春夫の大正期の幻想的小説の傑作

『女誡扇綺譚』は、台湾南部の廃港の廃市に建つ廃屋を舞台とした幽霊譚として印象深いものだが、もちろんこの廃市（台南《タイナン》・安平《アンピン》）に建てられた多くの建物は、オランダの植民地としてのコロニアル・スタイルと中国様式の折衷的な建物であり、外見の白ペンキの裏側には、土着の闇に潜む魔物や幽霊が犇《ひし》めいているのである。

表層の西洋、表面だけを西欧文化で蔽《おお》った大正の精神風景は、エキゾチシズムの華麗な色彩によって彩られている。『女誡扇綺譚』が〝支那趣味〟と〝南方幻想〟によって色濃く染められているとしたら、もっと南国的、熱帯的な原色の幻想を乱舞させたのが中勘助の『犬』である。『銀の匙』によって純粋な童心を持つ詩人と思われているこのマイナー・ポエットは、その反面、〝性〟的なものに満たされた奇妙な生臭い幻想性をその作品世界の底部に湛えている。古代インドの僧侶と若い娘との奇怪な呪術による犬への変身の物語は、この独身者の愛欲の世界のアブノーマルな様相を無意識的に語ったものとして興味深い。犬となった二人の交合の様子をこと細かく、内面的、体験的に描写する倒錯性には、異様な迫力を感じざるをえないのである。

そうした性的な幻想としては、ここで番外として、萩原朔太郎の『青猫』と、大手拓次の『藍色の蟇』『蛇の花嫁』という日本語の官能性を極限的にまで追い求めた二人の詩人の大正期の詩作をあげておこうと思う。もちろん、大正幻想詩の先駆的な詩集として山村暮鳥の『聖三稜玻璃』も忘れるわけにはゆかないのである。

わたしのあしのうらをかいておくれ、
おしろい花のなかをくぐつてゆく花蜂《はなばち》のやうに、

わたしのあしのうらをそつとかいておくれ。
きんいろのこなをちらし、
ぶんぶんとはねをならす蜂のやうに、
おまへのまつしろいいたづらな手で
わたしのあしのうらをかいておくれ、
水草のやうにつめたくしなやかなおまへの手で、
思ひでにはにかむわたしのあしのうらを
しづかにしづかにかいておくれ。

（大手拓次「水草の手」）

詩集ではもう一冊、朔太郎の妹の婿になった詩人・佐藤惣之助の『琉球諸島風物詩集』をあげておこう。〝琉球〟のエキゾチシズムを満喫させるこの詩集は、南方幻想のもっとも早い時期の、そしてきわめて肉感的な夢想の世界を謳いあげているのである。柳田国男や折口信夫などの日本民俗学の〝沖縄〟発見にむしろ先駆けて、これらの詩作品は書かれたのである。次の詩はその中の「琉球娘仔歌」。

その黒髪の上《へ》に瓜籠やのせて
その黒髪の上《へ》に仔豚やのせて
紅藍《べに》の花よまきつけて

赤梯梧《あかでぐ》の花よまきつけて
白珊瑚の岡歩《もりは》いのぼるよ
青蘭の玉水おしわたるよ
げに実芭蕉かぢり、茘枝やかぢり
那覇よ首里よ石こびれ走《は》いまわり
大和船ながめ、唐船やながめ
その萬寿果《ババヤ》の乳房うしかくし
その雪のろの歯ぐきうしかくし
こがね色よき胸はり肩はり
黄塵蹴立てて、日傘蹴立てて
身の色《ろ》おもしろや二十《はたち》みやらべ
目笑れおもしろや二十みやらべ

いかにもモダニズムのモダニズムぶりを謳歌している文学作品として、稲垣足穂の『一千一秒物語』をあげることにはあまり異論はないだろう。都会の隅で拾った洒落た幻想と夢想のショート・ショート。とびきりモダンで、とびきり洒落たこの物語集は、いかにも大正というブリキ細工のオモチャが持てはやされた時代の玩具としての特徴を一身にそなえている。

　電車、キネオラマ、シガレット、カフィー、箒星、花火。これらはモダン・ボーイ足穂が偏愛するオブジェたちだった。だが、「お月様が出ているね」「あいつはブリキ製です」「なに、ブリキ製だって?」「ええどうせ旦那　ニッケルメッキですよ」という「ある夜倉庫のかげで聞いた話」の会話にもあるように、こうしたオブジェや言葉が、〝メッキ〟のかかったブリキ製のオモチャのようなものであることは、作者自身の自覚していることだったのである。

しかし、西洋趣味はその対偶として〝国粋〟主義、日本趣味の作品を必然的に呼び起こす。国枝史郎の『神州纐纈城』は、未完に終わるしかなかったほどの奔放な伝奇、怪異の幻想を羽撃《はばた》かせた物語だが、そこにはグロテスクなロマンティシズムと、差別と被差別とに関する鋭敏な感覚と美意識とがある。富士の本栖湖の霧の中に聳える纐纈城は、むろん非西洋建築としての城廓造りで、その迷路のような内部は、非構築的な物語の構造そのものの暗喩となっているだろう。

内田百閒の処女短篇集『冥途』は、佐藤春夫がその書評で評した通り「当世百物語」だ。これもまた建築の比喩でいうならば、長い廊下の続く古い屋敷や宿屋、渡り廊下、階段、納戸の暗がりや人のいない座敷、開かずの間や座敷牢までもがありそうな旧家の暗鬱なたたずまいを思い起こさせるような怪談話が多いのである。「盡頭子」の「二階建の四軒長屋」、「洪水」の「士族屋敷」の町、「山東京伝」や「疱瘡神」の「玄関」など、『冥途』の物語は、日本式家屋、日本式市街の構造が、作品世界の構造とぴったりと重ね合わされている。土手によって三途の川（死の世界）と隔てられている百閒の夢の物語の世界は、土俗の彼岸への信仰と紙一重のところにあって、死生未分離の暗闇の恐怖を思い起こさせる。

江戸川乱歩の『パノラマ島奇談』の主人公・人見広介の造り上げようとした〝パノラマ島〟

は、ディズニー・ランドというよりは、香港やシンガポールにあるタイガーバーム・ガーデンに似ている。それは極彩色に塗られた人魚や花々、獣や怪物や人間たちの楽園の模造品なのであって、まさに大正期のメッキとペンキによって表層を蔽ってしまうようなキッチュな文化そのものの象徴たりえている。乱歩はこの荒唐無稽な小説の中で、自分の倒錯した嗜好をほとんどすべて開陳してみせた。他人への身替わり願望。パノラマ趣味。空想の楽園幻想。人形、マネキンへの執着など。こうした〝倒錯〟が一般的な表現の欲求として解消されていたというところに、大正デカダンスの健全な側面というものを見ることもできるかもしれない。

十選ではなく、もし〝一選〟という究極の選択を迫られたとしたら、私ならば熟慮の末、幸田露伴の『観画談』を選ぶだろう。これは一枚の画の中に、東洋的な宇宙そのものを見るというコスモロジー溢れる短篇小説なのだが、こうした縮小された世界、ミニチュアの宇宙という発想には、まさに〝大正〟的な人工性と幼児性が横溢している。

物語は、神経衰弱めいた心の病いとなった「大器晩成」先生と名付けられている苦学生が旅に出て、東北の田舎の貧乏寺に一晩の宿を頼み、その山中の一室で一幅の風景画を見るというもので、その画の中に宇宙間のすべてのものが描き込まれているというものだ。遠山、丘陵、大江、層塔、高閣、鬱樹、谷、酒楼、民家、そして士女老幼、士農工商樵漁などのありとあらゆるものがその画には描かれていて、男はその絵を見ているうち、「世界といふ者は広大なものだと日頃は思つて居たが、今は何様だ、世界はただ是れ　ザアッといふものに過ぎないと思つたり、又思ひ反して、此のザアッといふのが即ち是れ世界なのだナ」と思うのである。一音にすべてが凝縮し、収斂されてゆく世界、これこそがマラルメやボルヘスが夢見たミクロ・コスモスとしての言語ということではないだろうか。

露伴の〝支那趣味〟や旅の趣味が前面に出ている小説ともいえるのだが、一つの作品の中に宇宙の森羅万象、「世界」そのものを凝縮して込めようとする形而上的な幻想の世界を描き切ったということで、この『観画談』ほどに成功を収めた日本の近代文学作品というものを私は知らない。スケールの面では、この小篇の何百倍もある中里介山の『大菩薩峠』の言語による宇宙、曼荼羅の世界もついには未完となってしまったことを思えば、露伴の『観画談』こそが、近代文学においてコスモロジーとしての唯一の完璧な曼荼羅たりえたのである。


大正期の小春日和的な、グロテスク、エロティシズム、デカダンス、ナンセンスを、適度に楽しむという幸福な時期は、関東大震災の発生によって、いっきょに壊滅し、不安で殺伐とした革命と戦争の「昭和」の時代に突入した。その大正時代の小春日和を懐かしむように、古い江戸の情緒、その名残りの暗闇を回想するように岡本綺堂の『青蛙堂鬼談』が始まった。これには「一本足の女」のような古典的な怪物が出てくる怪談話があり、近代を経ることによって、逆に古代的な恐怖譚がよみがえったというような感じを受けるのである。

『青蛙堂鬼談』ではないが、その続編である『近代異妖編』『異妖新編』などには、「影を踏まれた女」「百物語」「妖婆」などの名短篇があって、円朝の『真景累ケ淵』以来の〝神経〟の病いとしての幽霊話ではない、近代以前の太古の闇の中に棲んでいた妖異のものの姿を描き出してみせてくれたのである。それはまさに震災以前の〝江戸〟の名残りを見せるものであって、逆にいうと、震災によって最後に残っていた〝江戸〟が壊滅状態になったからこそ、綺堂は江戸を追慕する作品を精力的に書き出すようになったともいえるのだ。長屋、屋敷町、森と坂の多い江戸城の城下町。それはすでにフィクションの中に幻想として再構築しなければならないものとしてあったのである（それは覗き機関《からくり》の色褪せた錦絵の光景に似ている）。

新しい時代はすでに来つつあった。時代は社会の現実を文学者たちに課題として押しつけてきた。幻想よりも現実を。しかし、現実もまた描きようによっては、幻想小説よりも、より幻想的だ。プロレタリア作家・葉山嘉樹の「淫売婦」は、今にも死にそうな病人の女を真っ裸にして、その肉体を男たちに売ろうという、社会の暗黒面が描かれている。それはあまりの悲惨さ、グロテスクぶりのために、リアリズムを通り越して、何やら怪奇幻想の小説を読んでいるような気持に読者を引き入れる。

港町、倉庫、暗い灯りの下で横たわっている女、汚物と臭気。徹底的にリアルに、徹底的に暴露的に、徹底的に醜悪に描き出すというプロレタリア文学の意志が、〝幻想プロレタリア文学〟といってもよいような作品を生み出した。同じ葉山嘉樹の「セメント樽の中の手紙」、黒島伝次の「渦巻ける烏の群」などがそうである。また、リアリズムを作家本人が追求しようとすればするほど、奇妙な幻想的な味わいを増してくる作品として、近松秋江の「黒髪」などの一連の幻想私小説もあげておきたいと思う。

こうして十選をあげてみると、大正時代というより、私自身の文学的性向があらわれてきているように思えてならない。グロテスクでエロチックなもの。エキゾチシズムがあってキッチュの匂いのするもの。そして性的倒錯とフェティシズム。たぶん他の選者であれば、こうした選択とこうした傾向にはならなかっただろうし、その場合は〝大正時代〟という時代の印象についてもずいぶん違ったものとなるだろう。だが、これらが大正の時代的特徴の一つであることは確かで、昭和に入ってそれぞれ拡大、強化、深刻化したものなのである。もとより、一人の天皇の在位期間によって、文学の時代区分が画されるというのは馬鹿げている。〝大正〟的なものとは、震災という天災の後から壊れた東京以前の〝江戸〟を眺めた、そのノスタルジーにほとんどが還元されるものではないかと思われる。

ところで、最後に十選から洩れてしまった作品を補欠としていくつかあげておこう。むろん、選外となってしまったのは客観的な評価というよりは、単なる私の気紛れによるものであり、作品そのものの善し悪しということではないことはあくまでもきちんと断っておかなければならない。谷崎潤一郎の「金色の死」「ちいさな王国」「人魚の嘆き」、坪内逍遙の「役の行者」、松永延造の『夢を喰ふ人』、泉鏡花では「眉かくしの霊」、江戸川乱歩は「パノラマ島奇談」と「屋根裏の散歩者」のいずれを採るか迷わざるをえなかった。梶井基次郎の「檸檬」、芥川龍之介の「杜子春」あるいは「歯車」、志賀直哉の「范の犯罪」、幸田露伴の〝数《すう》〟を主題とした難解な歴史小説「運命」、横光利一の新鮮なデビュー作「日輪」、滝井孝作の『無限抱擁』では一瞬の〝無限〟感覚を味わうことができる。牧野信一の「父を売る子」、片岡鉄兵の「綱の上の少女」などの小品も忘れられない。宮澤賢治に代表させてしまった大正の童話世界には、小川未明の「赤い蠟燭と人魚」、夢野久作の『白髪小僧』といった〝名作〟があることを触れずに終わるわけにはいかないのである。

（この文章は『幻想文学』誌の特集「日本幻想文学・時代別10選」のうち「大正篇」として書かれたものである。）

V

因果の軛《くびき》

綺堂・綺譚・綺語

――岡本綺堂の怪談世界

1

岡本綺堂がその怪談、巷談を本格的に書き始めたのは、大正十二年（一九二三）の関東大震災後からのことである。明治、大正、昭和といった時代区分は、一人の人間の死に依拠した人為的なものにしかすぎないが、社会や世の中の変化がそうした人為的な〝時〟の区切り方に対応して、いくらかズレながらでも「明治時代」「大正時代」「昭和時代」「平成時代」といった〝時代的特徴〟を持つ時間の一まとまりを形成してゆくことは、あらためて考えてみれば奇妙なものだ。

たとえば、「江戸時代」という言葉があり、「江戸文化」「江戸文学」という文化や文学についてのまとめ方がある。もちろん、江戸時代の前後はそれぞれに戦国時代や幕末、明治時代に接続している。時間自体は、どこかで客観的に区切れるものではなく、直線状で均質な〝時〟の流れとして計量されるものとしてある。だが、歴史、時代といったものはそうした抽象的な時間論とは別個に、時の流れの中にミオツクシのように立ち並ぶ指標をもとに、そこに明治なら明治という時代精神の特徴を顕在化させてしまうのである。

綺堂が〝明治人〟であったことは誰も疑わない。だが、江戸の暗闇の面影を残す彼の怪異譚、幽霊話が、むしろ〝昭和の文学〟の範疇内で書かれていたといえば、いささか驚かずにはいられないのではないだろうか。『青蛙堂鬼談《せいあどうきだん》』として雑誌『苦楽』に怪談話を書き始めたのは大正十三年末で、昭和改元の一年前のことだ。昭和時代は、すでに関東大震災を境い目として始まっていたと考えるほうが現実的であり、そういう意味では綺堂の怪談は、プロレタリア文学の勃興やモダニズム文学の流入と〝同時代〟だったのである。

もちろん、綺堂の怪談がその素材や語り口からしても、きわめて懐古調の強い、後ろ向きの構えを持ったものであることはいうまでもないだろう。怪談だけではなく、『半七捕物帳』にしても『三浦老人昔話』にしても、江戸生まれの老人に、江戸期の昔話を聞くというスタイルの作品であって、〝若づくり〟どころか、〝フケづくり〟と評したくなるようなオールドファッションなのである。ただし、明治五年生まれの綺堂が、実際に〝江戸〟を知っているわけはない。それらの作品で作者の綺堂は、江戸生まれの老人たちに昔話を聞いて回るのが好きな青年の役どころなのであり、明治も半ばを過ぎ、日清戦争などの社会変動によって、それまで明治と地続きであった〝江戸〟時代が、もはや姿を消し始めたことが、それらの老人の回顧譚の聞書きへと若い綺堂を駆りたてていった理由だったと考えられるのだ。

綺堂にとって、大震災は明治と地続きである〝江戸〟の完全な消滅ということだけでなく、自分の時代としての〝明治〟の終焉をも意味するものとしてあったのではないだろうか。それは明治維新の〃瓦解〃を経てもまだ〃東京〃に残っていた〃江戸〃が、震災によって無残に壊れていったということと、そうした江戸に対する郷愁すらも消滅していったということなのである。そのとき、綺堂は自分の筆名の由来する狂言綺語《きょうげんきぎょ》（綺堂はもと狂綺堂と号した）の世界によって〃江戸〃の世界、〃明治〃の精神を書き残すことを意図したのではないだろうか。

だから、綺堂の『青蛙堂鬼談』を中心とする怪談作品には、単に江戸趣味や、その時代的な雰囲気への追慕とするには、もう少し違った性格が含まれているように思う。まず、何よりも綺堂の怪談は、都筑道夫がいうように〃新しい〃のである。都筑氏は、「鶴屋南北の芝居も、三遊亭円朝の人情ばなしも、すぐれた怪奇のシーンをふくんではいるが、全体的には因縁因果の物語で、イギリスあたりでいえば、ゴシック・ロマンということになるだろうか」と書き、イギリスのゴシック・ロマンが、リアリズムの恐怖小説に転移していったように、綺堂の怪談もそれまでの怪談狂言、怪談ものと明らかに異なっていると主張している。「つじつまのあわないところ、説明がぬけているところから、生じる怖さこそ、綺堂の怪談の特徴であろう。容易に怪談を信じない現代人も、説明の欠けているところを、自分でおぎなおうと考えているうちに、なんとなく怖くなってくるのだ」（『影を踏まれた女』「解説」旺文社文庫）と、見事に綺堂の怪談の〃怖さ〃を説明している。

このことは、明治の怪談噺の第一人者・三遊亭円朝が、その『真景累ケ淵』のマクラとしてふった、「詰まり悪い事をせぬ方には幽霊と云ふ物は決してございませんが、人を殺して物を取るといふやうな悪事をする者には必ず幽霊が有りまする。是が即ち神経病と云つて、自分の幽霊を背負つて居るやうな事を致します」といった幽霊＝神経病説と、綺堂の怪談が対応しながら、微妙に切れていることを表していると思える。つまり、円朝が幽霊＝神経病として怪談をひとまず〝文明開化〟の世の中に適合するように、「心理」的なものとしてとらえなおしておき（真景は神経に通じる）、そういう枠組みの中で、ストーリーそのものとしては、読本《よみほん》、草双紙の因果応報譚と現実的にはそれほど違いのない〝累ケ淵〟の伝奇物語を語ってみせたのである。すなわち、「因果の道理」が江戸期的な論理だとしたら、それを「因果の心理」という文明開化の論理によって怪談を語ってみせたのが、円朝だったのである。

綺堂の怪奇譚も、こうした円朝の「心理主義」的な方向性を基本的にはとっている。たとえば、「影を踏まれた女」では、糸屋の娘のおせきが、子供たちの〝影踏み〟の遊びで影を踏まれてから、家に閉じこもり病弱となってゆく過程を描いているのだが、そこには、行者にもらったロウソクで娘の影を障子に映してみたら骸骨姿として映ったというエピソードを別としたら、思春期の少女の潔癖性が昂じたノイローゼ現象という、精神病理として説明のつくものしか基本的には書かれていないのだ。むろん、それは明治以前であれば、〝狐つき〟とか、何かの因縁因果としてやはりその時代なりに〝合理的〟に説明されるものに違いなかったものなのである。

だが、綺堂の怪談は、こうした合理的な説明、解釈を、語り手自らがあまり信じてはいないようなのだ。あるいは、表面的な語りの口調とはうらはらに、心理主義的な論理をどこかで踏み破ろうとしている気配が感じられるのである。「影を踏まれた女」の場合では、骸骨の影といった挿話に〝ゴシック・ロマン〟の面影を見るのだが、それよりも語り手が水が流れるように聞き手を誘《いざな》ってゆくのは、「影や道陸神《どうろくじん》、十三夜のぼた餅」というわらべ唄に象徴される〝十三夜〟という日付のほうなのである。

わらべ唄や子供たちの遊びの世界に、「つじつまのあわないところ」があり、「説明がぬけているところ」があるのは当たり前というべきことだろう。影と道陸神（道祖神）とぼた餅との間には、子供たちの突飛な連想以外には論理的な裏付けはない。そこには、江戸の封建時代の因果応報の論理による説明も、文明開化の心理主義的な解釈も、ふたつともに成立不可能な〝超論理〟の世界があるといわざるをえないのだ。そして、こうした子供たちの霊と肉、精神と魂とが完全に分離してはいない、論理や倫理を超越したイノセントな世界こそが、綺堂の怪談の一番底にある世界であると思われるのである。

たとえば、「新牡丹燈記」の夢遊状態で魂が火の玉となって、浮游する娘の話や、座敷童子《ザシキワラシ》のように子供たちの遊びの輪の中に紛れ込んでくる少女の話である「寺町の竹藪」のような話は、因果の論理でも、精神病理の心理的解釈でも説明のできないところに、その〝怖さ〟の原質があるのだ。しかし、さらにいってしまえば、そうした幼少年期の〝怖さ〟の世界には、土俗的、民俗的なものの畏怖と神秘感とが底流していることもほぼ間違いのないところであるだろう。

「影を踏まれた女」の話は、九月の十三日の夜から一年後の九月十三日までの、初めて影を踏まれたおせきが、夜の街で一人の侍に切り殺されるまでの一年間の物語なのである。日付の重なる夜の怪異譚。それに私たちは「月」のもたらす神秘や狂気という神話論的な物語の枠を見ることも可能だろう。あるいは、綺堂の愛読したというシェークスピアの、月光下のオフェーリアの狂気と死を思い出してもよいかもしれない。いずれにしても、私たちは、月の満ち欠けによって月や年という時間のサイクルを決定していた「太陰暦」によって生活していた時代の人間の感覚を、この話から読みとらざるをえないのである。

因果めいた話をすれば、明治政府がそれまでの太陰暦の使用を止め、文明開化にふさわしく西欧各国の使っている「太陽暦」採用を決めたのは、西暦一八七二年、すなわち綺堂の誕生年である明治五年にほかならなかった。むろん、それまで生活のすべての面を太陰暦のサイクルによって律してきた日本人の暮らしが、そこですぐに太陽暦に転換するはずもなかった。正月、盆、節句はもとより、冠婚葬祭の一切に至るまで、人々はやはり旧暦に従ってとり行っていたのであり、新暦は官公庁や学校、兵舎などの特殊な場所で行われるモダンでハイカラな新習慣にほかならなかったのである。

二十六夜、十五夜、十三夜といっても今の私たちに了解できるのは、かろうじて「十五夜」の月見の風習ということだけだが、明治の子供であった綺堂にとっては、同年生まれの樋口一葉と同様に、月を見ながら夜遅くまで子供たち同士で夜更かしのできる、楽しい思い出の夜であったはずだ。一葉が「十三夜」の中で、幼な馴染みの男女を十三夜の月の光の下で出会わせたのも、こうした明治の子供たちの共通した思い出があったからに違いないのだ（そして、月の満ち欠けに影響を受ける度合いは、少年より少女のほうが大きいことはいうまでもない）。綺堂が「月の夜がたり」や「影を踏まれた女」のような月夜に関する怪異譚（特に少女たちの）を書いたのも、こうした太陰暦による生活への郷愁にも似た思い、そして月や夜への原初的な信仰の痕跡が、彼の中に生き残っていたためと思わざるをえないのである。

2

谷崎潤一郎が、日本的陰翳の美について論じた『陰翳礼讃』を書いたのは、大震災を機に、東京から関西移住を決め、『細雪《ささめゆき》』にいたる中期の傑作群を書く間のことである。これを綺堂に絡めていってみれば、綺堂が震災によって失われた〝江戸〟〝明治〟に殉じるように、その郷愁を怪談という陰影の世界として表現したのに対し、潤一郎は陰影や暗闇の失われた、電飾まばゆい東京の街を棄てて、日本的、古典的な〝陰翳〟の世界へと回帰していったのである。

震災後に東京を見捨てて行った者と残った者。岡本経一によれば（『魚妖・置いてけ堀』「解説」旺文社文庫）、被災後すぐに松竹の大谷竹次郎から京都移住の勧めを受け、住宅提供の話まであったが、「この際東京を見すて、ゆくにも忍びないので断った」と綺堂の日記にあるという。〝見すてるには忍びない〟というところに、江戸っ子綺堂の面目躍如たるものがあるのだが、この潤一郎と綺堂の相違に、伝統的な古典世界の富を十二分に活用して、その小説世界を作り上げた潤一郎と、消滅した江戸を言葉によって再生させようとした綺堂との、文学的な岐路を見出せるように思える。それは斎藤緑雨や永井荷風のような〝江戸追慕〟の詩人の系譜に、綺堂もまた連なるということとも、ちょっと違うように思う。緑雨は根っからの江戸っ子でなく、泉鏡花や真山青果がそうであったように、地方出身であったからこそ、江戸趣味、江戸文化の心酔者、体現者となったという逆説が成立する。荷風はまたその若き日のモダニズムから転回することによって、東京の中に〝江戸〟を再発見していったのである。

それに対して、綺堂にはもともと、ことあらためた江戸趣味も、再発見するような江戸もなかった。彼の日常の生活自体が、江戸から地続きの世界であって、彼の戯曲も基本的には江戸狂言の世界を延長したものにほかならないのである。いわば、綺堂にとって江戸は彼の生活感覚、感受性の根そのものにあったのだ。むろん、それは明治の〝御一新〟によってすでに終わった時代にほかならない。彼にとってはいわば舞台の上での江戸が、〝江戸〟そのものなのであり、明治は基本的にその影、懐古の時代なのである。彼が大震災後にも東京に住み続けたのは、綺堂にとって震災で壊れるような〝江戸〟の伝統を残すものなどはすでに壊れ去って、もはや舞台の上の虚構としてしか存在しないのであり、それは関西に行こうがどこに行こうが、蘇るものではなかったからである。

ただ、彼にとって大きかったことは、江戸の次の時代である明治が終わり、さらにその影を引いて余映を保っていた大正までが、終焉してしまったということだろう。もはや、江戸の思い出を語る人物さえもいなくなってしまった。綺堂の江戸怪談は、江戸の懐古ではなく、江戸への郷愁であり、明治という時代の懐古として語られていることに、私たちはもう一度注意しておかなければならないのである。

綺堂の怪談世界が、〝明治人〟としての彼の存在によって限定されていることもここで語っておかなければならないだろう。それは彼が江戸―明治の東京という歴史的に連結した場所に生きていたということの限界といえるかもしれない。つまり、綺堂は、潤一郎のようにあっさりと王朝文化や古典文化に先祖返りすることはできなかったし、また、鏡花や緑雨のように、現実の〝江戸〟や〝明治〟を離れて、自分だけの夢幻の世界としての近代以前に浸り切ることもできなかったのである。

たとえば、明治の演劇世界のことを書いた随筆集『ランプの下にて』の序文で、綺堂はその表題の由来を、「ここに語られる世界は、……一般の住宅ではまだランプをとぼしていた時代であり、「この昔話も煌々たる電燈の下で語るよりは、薄暗いランプの下で語る種類のものであるかも知れない」からだといっている。むろん、これが鏡花や荷風であれば、ランプどころか、行燈、提燈、ロウソクの灯りの下の芝居話となってしまってもおかしくはないだろう。なぜなら、彼らにとっての〝江戸―明治〟の演劇空間は、まさにファンタジーの世界にほかならなかったからだ。しかし綺堂は、あくまでも自分の時代としての〝ランプ〟にこだわるのであり、その分だけ、ロウソクの時代や電燈の時代の間で、過渡期的なものとして、狭く限定されざるをえないのである。

これはもちろん芝居話、明治の懐古譚だけのことではない。綺堂の怪談が、〝新しい〟のと同時に〝古く〟、内田百閒のようなモダンなホラーの感触を随所で示しながら、やはりその古色は否めないということとつながるのだ。たとえば、綺堂の怪談の中でも、「一本足の女」「妖婆」「猿の眼」「西瓜」「魚妖」などの話は、綺堂独自の世界を紛れもなく表現しているものと私には思えるのだが、どこかに過渡期的な中途半端な性格を残しているようにも感じられてしまうのである。

「妖婆」は、雪の道に老婆が坐っているのを見る四人の武士の話だが、その場所が〝鬼婆横町〟であるというのはともかくとして、四人の若侍のうち老婆に好奇心を持った二人は死に、係わりなく通りすぎたものは無事で、銭をめぐんでやった者は出世したというオチのつけ方に、ことさらに〝江戸〟的な「つじつま」合わせを見てしまうことはやむをえないのだ。むろん、こうしたオチが悪いといっているわけではない。綺堂としては、この物語を〝鬼婆横町〟という地名についての、零落した〝道陸神〟の怪異譚ということだけでもなく、また若い侍同士の「心理主義」的な怪談とも、もちろん江戸期的な因果因縁話としてだけでも完結させたくなかったということなのだろう。だから、いってしまえば、この怪談には、それぞれ別なレベルでの時代精神が三層の地層として堆積していると考えられるのである。前近代の神話・伝説に属する〝鬼婆〟、侍たちの遺恨の刃傷事件についての因果因縁譚的な〝語り〟、そして武士たちの葛藤についての心理的な分析、それらを江戸以前―江戸、江戸―明治、明治―明治以後、といった連続と断続の中に置いてみれば、この小説の位相がはっきりしてくるように思われる。そして、私たちにとって面白く思われることには、明治―明治以後の時代精神である「心理主義」的な分析や解釈が、もっとも陳腐で〝新しく〟なく、むしろ雪の降る道にうずくまる老婆という「説明のつかない」存在そのものが、もっとも〝新しい〟怖さを感じさせてくれるものではないかということなのである。

つまり、円朝が南北や馬琴に対して相対的に〝新しかった〟部分、そして綺堂がまた円朝に対して〝新しかった〟部分が、「昭和」の終焉に近い立場の私たちには古びたものとして見え、もっとも古い地層のものこそが、一番新鮮で、目新しく見えるという逆説がそこには成立しているように思われるのである。

「一本足の女」や「猿の眼」「魚妖」といった小説が斬新に見えるのも、それが因果や因縁の論理でも、「心理主義」的分析によってもどうしても割り切れない不可解さや不条理を孕んでいるからである。そして、さらにいえば、そうした不条理性や不可解性よりも、単に〝ゴシック・ロマン〟的であるもののほうが、私にはより〝怖いもの〟と感じられるのだ。一本足という身体的欠損への畏怖、猿の面という非生物の〝造り物〟についての恐怖、鰻という生き物についての皮膚感覚的な嫌悪、老婆、少女といった存在についての〝異人〟的な不可解性といったものが、原初的で身体的なものであるからこそ、より鮮明なものとして作品の中で〝新しく〟見えるのである。

こうした時代的な遠近法の逆説を引き受けなければならないというところに、綺堂の怪談が震災後の〝昭和〟の文学であるという時代性を負っているゆえんがあるといえるだろう。それは昭和のプロレタリア文学やモダニズム文学が、その基層の部分で何層にも重なる連続―断続によって構成されているのと同様に、綺堂の怪談世界が後ろ向きの懐古の方向でではあれ、多層で多様な世界の多重構造として形成されているということである。もちろん、これを単に「昭和」の文学の特徴であるとはいえないだろう。ただ、〝一身に二世を経た〟明治―大正―昭和を生きた綺堂が、やはりその時代の限定と可能性とを帯びた〝時代の子〟であったことは疑いようがないのである。

「因果」の軛《くびき》
――坂東眞砂子論

〈雪がコンコン降る
人間は
その下で暮しているのです〉
（『山びこ学校』より）

1

坂東眞砂子の『桃色浄土』や『山妣《やまはは》』はいったいいつの時代の物語だろうか。『桃色浄土』では、明治四十二年（一九〇九）に珊瑚船が台風に襲われて次々と転覆して多くの遭難者を出した事件が、主人公の健士郎がまだ八歳の時のことであり、この作品世界での「現在」において健士郎は十九歳ということになっているから、時代設定はほぼ大正九年（一九二〇）ということになる。また、『山妣』はやはり主人公の鍵蔵《かぎぞう》が「現在」四十歳で、鍵蔵の五歳年上の兄徳太郎が明治十二年（一八七九）に二十二歳でコレラにかかってあっけなく死んでしまったという記述があるから、明治十二年に十七歳だった鍵蔵が四十歳の時というと、単純に計算して明治三十五年（一九〇二）ということになる。作中に弘前歩兵連隊が八甲田山麓で雪中行軍し、遭難した事件のことが最近のこととして話題となっている（明治三十五年一月）ことからも、この小説の時代設定が明治三十五年の冬であることが明らかとなるのである。

だが、坂東眞砂子の『桃色浄土』や『山妣』において、それらの作品の時代設定が大正九年、あるいは明治三十五年であるということは、この小説の成立や、作品世界の確立という大勢にとって、ほとんど関係がないといわざるをえない。『桃色浄土』の補陀落《ふだらく》渡海や「異人殺し」、『山妣』の村芝居や山神祭りや山妣の伝説など、およそ時代考証的に考えれば、多分に時代設定を疑問とせざるをえないような民俗的、風俗的要素がちりばめられており、時代を特定することなく、大ざっぱに昔々のこと、少なくとも近代以前のことであるとしておいたほうが、余計な詮索をする必要がなくてよいのかもしれない。しかし、坂東眞砂子としては、これらの物語を、はっきりとした「近代」という時代に位置づけなければならない必要を感じていたのだろう。なぜなら、それは「怪談」としてきわめて近代主義的なものを孕まざるをえなかったからである。

坂東眞砂子が「ホラー小説」作家としてデビューした時、その作品は「日本風」の、「土俗」のホラー、怪談を書くことの出来る小説家であるということであったと思う。

『死国』や『蛇鏡』『蟲』『狗神《いぬがみ》』などの小説は、日本の現代社会のなかにおどろおどろしい「日本的」な伝奇、恐怖、戦慄を引き入れようとしたもので、それはたとえば「因果譚」であったり、「異類交渉譚」であったり、「冥界巡り」であったりという、これまでの日本的怪談のパターンを抜け出るものではなかった。つまり、現代のホラー小説の書き手たちが、現代社会にふさわしい「新しい恐怖」を描き出し、作り出そうとしていたのに対し、坂東眞砂子はむしろ古びたもの、とっくの前に廃れ、棄てられてしまったもの、忘却されてしまったものを再び拾い上げ、再構築しようとしたのである。もちろん、そうした怪談の原型のような「恐怖」こそ、現代においては逆に新鮮であり、生々しく感じられるものであった。神経の錯乱や心理の迷宮による「怪奇」や「恐怖」に、現代の読者はもはや倦んでしまっていたといっていいのである。

たとえば、『蛇鏡』や『蟲』は、古い「因果譚」と、蛇や虫という異類の動物に対しての人間の生理的な嫌悪感に根ざしたホラー小説である。因果とは、もともとは原因と結果、良い行いが良い結果を生み、悪い行いが悪い結果をもたらすという、出来事の「因《よ》」って来《きた》る由来、理由を語るものであったが、「因果応報」という考え方、すなわち「親の因果が子に報い」というように、罪業に対する応罰が世代間で世襲されるという考え方に変化していった。封建制の社会にあっては、この「因果応報」という考え方は、社会道徳や人間倫理の基盤に近いところにあって、人々の行動を律する原則になっていたといってよい。もちろん、それは良い行いや悪い行いが、そのままストレートに良い結果や悪い結果に結びつくような単純な社会から、人間の生活社会がもっと複雑化したことを表している。社会の機構や人間関係の複雑化、輻輳化は「因果」の理《ことわり》を自明なものとはせず、思いもかけない原因と結果とが結びつけられるということになる。「風が吹けば桶屋が儲かる」という諺で示されるように、そこでは原因としての現象は、連鎖的に人間関係や社会機構、社会装置を転々として、遥かに遠いところに予想もつかない結果を現出させるのである。

『蟲』では主人公の〈めぐみ〉という、一見幸福そうな暮らしを営む若妻は、子供の頃、「虫送り」をいっしょに見た「おばあちゃん」の顔を、映っていないはずのテレビの画面で見たり、その声を聞いたりする。「ムシガオキタ」というその叫び声は、祖母から孫娘への危険を知らせるメッセージなのであり、それは祖母の世代の「因果」が孫の世代において「応報」的に表れてくることについての警戒の声なのである。祖母の世代の「因果」とは、代々養蚕を行っていた家業から、「蟲」が祖母に祟り、川魚を食べたことでその寄生虫が体内に入り、「お腹の中、虫だらけ」になって死んだというもので、その「蟲」の祟りが、夫の純一が工事現場から石の器を拾ってきたことをきっかけに孫娘の〈めぐみ〉に降りかかってくることになる。

「常世蟲《とこよむし》」「虫送り」「秦河勝《はたのかわかつ》」といった神話的、民俗学的な要素がちりばめられたこの作品は、だが、一編の小説として見た場合、構成的に破綻しており、失敗作といわざるをえない。それは「因果応報譚」と「現代小説」という二兎を追うことによる必然的な作品の破綻であり、失敗にほかならない。現代において、先祖代々の悪業が子孫に祟ったり、個人の悪業を超えて刑罰が下されたりするということはありえない。「因果応報」という観念は否定され、それは封建的であり、迷信であるとして、一部の非合理的な宗教教団の教義や俗信、弊習のなかにしか存在しないものなのである。

「因果応報譚」と「現代」の小説であることとは、単純に考えて両立しえない。それは現代小説であることを諦めて「物語」になるか、あるいは「因果応報譚」であることを断念して、それを現代社会にふさわしく合理化あるいは心理化された論理に変えるか、という二つの選択肢しかないと思われる。「異類交渉譚」についても同様であり、現代小説のなかにおいては、それは幻想や夢のなかの出来事であるか、もしくは擬人法、寓話、比喩という方法以外ではありえない。人間が異類に変化する、あるいは異類が人間に変身するということは「現実」にはありえないというのが「現代小説」の前提的な常識であるからだ。

養蚕をして多くの虫（蚕）を苦しめたからその家族の一人が崇られるというのなら、これまで養蚕農家をしていた一家・一族は、みんな〈めぐみ〉や彼女の祖母のような悲惨な目にあったはずである。秦河勝の子孫が、常世蟲に崇られるのだとしても、秦一族の末裔は日本において数多くいるはずであり、なぜすでに他姓に嫁いだ〈めぐみ〉の身辺にだけ悠久の時間を隔てて、「ムシガオキタ」のか、合理的な説明は不可能なのである。

もちろん、ホラー小説にそんな遍痴気論《へんちきろん》めいた理屈はいらないという立場はありうるだろう。読者は「伝奇小説」「物語」として『死国』や『狗神』といった小説を読めばいいのであって、合理性や論理的な整合性をこれらの作品に求めることは、木によって魚を得ようということに等しいものである、と。これは坂東眞砂子という作者も、その読者も「ホラー小説」あるいは「伝奇小説」というジャンルに安住するという前提があってのことだ。坂東眞砂子は、そうしたホラー小説に安住しようとはしなかった。『桃色浄土』を経て『桜雨』や『山妣』が書かれたのは、まさに「ホラー小説」作家としての坂東眞砂子から「現代小説」作家への変身だったのである。

2

……なれども是はその昔、幽霊といふものが有ると私共も存じてをりましたから、何か不意に怪しい物を見ると、お丶怖い、変な物、ありやア幽霊ぢやアないかと驚きましたが、只今では幽霊はないものと諦めましたから、頓《とん》と怖い事はございません。狐にばかされるといふ事は有る訳のものでないから、神経病、又天狗に攫《さら》はれるといふ事も無いからやつぱり神経病と申して、何でも怖いものは皆神経病におつつけてしまひますが、現在開けたえらい方で、幽霊は必ず無いものと定めても、鼻の先へ怪しいものが出ればアツといつて尻餅をつくのは、やつぱり神経が些《ち》と怪しいのでございませうな……

高座から男が、ボソボソと語りかけている。座布団に坐った羽織袴のスタイルは、普通の噺《はなし》家《か》と変わったところがないが、痩せぎすの体や青白い顔肌は、滑稽や洒脱を旨とした江戸の小噺や笑話の芸当を引いた落語家にはあまり似つかわしくない。細目の蠟燭を立てた高座も、寄《こ》席《や》のなかも薄暗く、その静まり返ったなかで扇子一本で素噺を演じる、奇妙に透き通った男の声が続く……。

……詰まり悪い事をせぬ方には幽霊と云ふ物は決してございませんが、人を殺して物を取るといふやうな悪事をする者には必ず幽霊が有りまする。是が即ち神経病と云つて、自分の幽霊を背負つて居るやうな事を致します。例へば彼奴を殺した時に斯ういふ顔付をして睨んだが、若しや己を怨んで居やアしないか、と云ふ事が一つ胸に有つて胸に幽霊をこしらへたら、何を見ても絶えず怪しい姿に見えます。又その執念の深い人は、生きて居ながら幽霊になる事がございます……

三遊亭円朝の『真景累ケ淵』のマクラの部分である。明治の怪談噺の名人だった三遊亭円朝は、『真景累ケ淵』のほか『怪談牡丹灯籠』や、『塩原多助一代記』などで知られているが、彼はまた江戸から連綿と続いてきた「怪談」の扼殺者でもあった。明治の御一新は、旧套のさまざまなものを破壊し、瓦解させた。ガス灯は、夜の街から暗闇を追放し、月夜でもないのに夜に浮かれ歩くような人々を生みだし、鉄道馬車は柳の下にぼんやり立っている幽霊を尻目に道路の真ん中を疾走してゆく。そうした社会の変化は、人間の頭のなかのものの考え方や感じ方をも変えてしまう。チョンマゲ頭をザンギリ頭に変え、頑迷固陋な考え方を文明開化の考え方に変化させる。先祖の行った悪業が代々子孫に伝わり、身体障害や奇形の原因になるといった「因果応報」という考え方は、封建制度のなかでの固陋な精神から生まれてきたものにほかならず、小説や物語のなかの「勧善懲悪」といった考え方と同様に、古めかしいチョンマゲ頭に宿るものなのである。

幽霊というものはない。それは人間の「神経」が作り出す幻影なのであり、人は自分の作り出した幻想としての幽霊にとらわれているにしかすぎないのだ。三遊亭円朝は、そう宣言することによって、江戸期を通じて草双紙や読本《よみほん》や歌舞伎にさまざまに描かれてきた幽霊や怪談を否定してみせたのである。もちろん、幽霊が神経病の産物だということがわかったから、幽霊の存在を信じている人々がまったくいなくなったり、夜の墓場を通ることが誰にでも平気になったわけではない。いくら幽霊の正体が枯尾花であったことがわかったとしても、人気のない夜の野原を歩くのはぞっとしないことなのだ。円朝がいったのは、そうした恐怖や戦慄が心理的なものであり、人間の心理（神経）こそ、幽霊を生み出す源だということだ。むろん、だからといって、四世鶴屋南北が描き出したような「怪談」の世界が廃れたということではない。そもそも円朝の『真景累ケ淵』や『怪談牡丹灯籠』などの作品が、南北などの江戸の怪談の衣鉢を継ぐ「怪談」の傑作なのであり、円朝は江戸怪談の抹殺者であると同時にその正統的な後継者でもあるのだ。ただし、円朝以後は「怪談」は「神経病」の一症例であるという合理精神をその反面に持たざるをえなくなったのであり、井上円了のような科学万能の合理精神によって、幽霊や妖怪は、物語や絵画やフィルムのなかにフィクションとしてしか存在することを許されなくなってしまったのである。

幽霊や魂や死霊や生霊が存在しなくなると、「因果応報」といった考え方や、死者の「口寄せ」や「成仏」や「お祓い」や「お呪《まじな》い」といったものも姿を消す。死霊を呼び出す巫女の口寄せの技術は、現代では骨董品のように東北や沖縄の一部に「保存」されているにしかすぎず、それはすっかり伝統芸能のように「型」として細々と継承されているだけなのだ。「親の因果が子に報い」といったセリフは、蛇娘などの見世物の客引き文句のなかぐらいにしかもはや存在せず、「因果応報」はすっかり死語と化し、抹香臭い、時代遅れの観念として、棄てて顧みられないものとなって久しいのである。

坂東眞砂子の『桃色浄土』は、典型的な「因果応報」の物語である。時代は前述したように大正九年であり、その月は二月に普通選挙の実施を求めて約三万人が東京市内をデモ行進し、五月に第一回メーデーが上野公園で行われ、「平民宰相」といわれた原敬が民衆運動を弾圧したという「大正デモクラシー」の時代だった。しかし、『桃色浄土』には、こうした大正デモクラシーも、雑誌『新青年』の創刊に象徴されるような大正モダニズムも、ほとんどその影すらも見ることができない。舞台は四国の高知県。足摺岬よりさらに下った「月灘村」であり、「櫻が浦」に面した鰹漁業で生計を立てている、戸数七十戸ほどの小さな村落が、その「因果応報譚」の作品世界の主要な場所なのである。主人公の健士郎は、その漁村で鰹節製造業を営んでいる資産家の三男で、高知市内で高校へ通っている。夏休みに「月灘村」に帰省するところからこの物語は始まっている。

健士郎の父親・千頭喜左衛門は、浦一番の資産家だったが、その財産形成には一つの「伝説」が伝わっていた。明治の初めに櫻が浦で大時化《おおしけ》のためにたくさんの珊瑚採集船が遭難し、多くの水死者、すなわち「流れ仏」が漂着するという事件があった。漁師の間の言い伝えでは、水死者を拾って供養すれば、大漁になるとされており、櫻が浦の漁師たちはその「流れ仏」を拾ってさっさと村の無縁墓地に埋めてしまったという。後に遭難者の家族から連絡があっても、知らんふりをして遺体を返さなかった。そのおかげで連日の大漁となり、船主は大きな資産を築くことになった。それが健士郎の父親と祖父だったというのである。「因果応報」とは、こうした阿漕《あこぎ》（？）なやり方によって、金持ちとなった千頭家が山崩れによって潰滅し、父親もその下敷きとなって死亡するという結末になることを意味している。無縁墓地に埋められた大勢の死者たちが、山を崩し、自分たちの魂が沈んでいる海へと帰ろうとしたというのである。

不当な手段によって金持ちとなった者が、一時的には栄えるもののやがて当然の如く、零落する。あるいは財産を失い、命までも失ってしまう。そしてそれは、健士郎にとっては自分の祖父、父という前の世代が行った悪業が「原因」となり、村の娘りんとの恋愛にやぶれ、若者組からは疎外され、さまざまな苦難に遭い、最後には父母もりんも失うという「結果」となるのである。先祖の悪の「因」は子孫に苦難の「果」をもたらしたのである。

『桃色浄土』はもう一つ「異人殺し」という民俗学的、文化人類学的なテーマをその物語の構成の骨子としている。宿を求めて訪ねてきた旅の六部を主人が歓待する。翌日、お礼として六部が置いていった品物で、主人は思いがけない「福運」を手にする、といった伝説がある。長者や資産家の資産形成の起源を物語る伝承であり、良い行いが「原因」となり、良い「結果」を生み出すという「因果応報」の伝承なのである。だが、こうした富の六部が思いがけない金あるいは宝物を持っていて、それを知った家の主人は六部を殺して奪い取ったというものだ。「異人殺し」として知られる伝承は、もともとは共同体に紛れ込んできた「異人」を、その共同体の共同性の確認、あるいは結束の象徴として祭儀において犠牲にするという神話的なレベルで物語られるものである。それが同じ共同体のなかでも、一方が富み栄え、一方が相変わらず貧窮のままという「資本主義」的な階級差を説明するための物語として導入されるのである。

桃色珊瑚を海の底から拾ってきたイタリア人のエンゾにまつわるストーリーは、まさに「異人殺し」そのものである。櫻が浦に入り込んできた異人船に乗っていたエンゾは、文字通り「異人」として月灘村という共同体の成員たちを動揺させる。彼はりんを間に挟んで健士郎の恋敵であり、また作品全体の敵役であり、健士郎の幼な馴染みである多久馬にとっては「宝物」としての桃色珊瑚を守る手強い見張り番である。エンゾは結局、多久馬たちの手にかかって惨殺され、「異人殺し」は完結する。「異人殺し」もまた「因果応報譚」の枠のなかにある。エンゾを殺した多久馬は、遭難して海中に投げ出され、ようやく浮遊する帆柱にすがりついたのだが、ミイラとなったエンゾの頭を波間に見ることによって恐慌状態となり、帆柱から手を離して海中へと消えてしまったのである。

だが、エンゾに関わるエピソードだけが「異人殺し」なのではない。明治の初めの珊瑚船の大量の遭難とその死体の処理も、この小説にとって「異人殺し」の物語といえるものであり、櫻が浦という村落そのものがこの「異人殺し」によって富を得たのであり、最後に山崩れによってほぼ村全体が潰滅するというのは、殺された「異人」たちの復讐という「因果応報」の物語なのである。

しかし、ここで改めて言っておかなければならないことは、『桃色浄土』という作品は、「因果応報」をその物語の構造の骨子としていながら、作者自身はおそらくそのことをまったく信じていないということだ。つまり「因果応報」という観念は、『桃色浄土』という小説を成り立たせるために導入されていたとしても、作品世界の内部においても外部においても、ほとんど信じられていないのである。『桃色浄土』は「典型的な『因果応報』の物語である」と書いたが、よくよく考えてみると、その「因」と「果」、そして「因果」と「応報」とは作品のなかではうまく結びついていないのである。喜左衛門が富裕になったきっかけは明治期に大漁が続き、それが資産の基盤となったわけだが、それは常識的に考えれば珊瑚船の遭難や「流れ仏」の大量の発生とは合理的な因果関係はない。ただ、「流れ仏」を拾って手厚く葬ってやれば、その「流れ仏」が魚を呼び寄せてくれるという「迷信（俗信）」があるだけであり、遺体を家族に返さないということはともかくとしても、水死体を拾い上げ、墓地に葬るという喜左衛門たちの行動は「悪業」というほど非難すべきことには当たらないと考えられるのだ。

もともと「流れ仏」を拾えば、大漁になるというのは、「板子一枚下は地獄」といわれる漁師、船乗りたちの相互扶助的な取り決めから出てきたようなものであって、明日は我が身かも知れない水死者を懇《ねんご》ろに弔うということは、彼らの職業的な倫理に支えられたものなのである。大漁を狙うために「流れ仏」を拾うというのは本末転倒なことであり、それをあえて行う動機が、流れ仏＝大漁説という「迷信」にあるとしたら、それは大正九年という時代においてあまりにも蒙昧すぎる。いくら土佐の隠れ里のような漁村でも、そんな「迷信」が若者たちの間で、何の疑いもなく信じられているとは信じがたいのである。

それに民俗学的にいえば、「流れ仏」を海から拾い上げ、丁重に弔うということが漁民の信仰上重要なのであって、遺体や遺骨を引き渡すとか、引き渡さないとかいったことは、大漁運と関連づけて考えられることはない。つまり、「流れ仏」がその意（？）に染まない墓地に埋葬され、山を崩してまでも海に帰ろうという「因果応報」のストーリーを支える大きな柱そのものが、架空の「民俗学」的知識に拠っているのであり、「流れ仏」の死体を抱え込むことによって富裕になった千頭家、あるいは櫻が浦の漁民たちというのは二重、三重にフィクションなのだ。それは「因果」の結びつきとしては薄弱な根拠しか持たないのであり、「因果応報」というには因果関係がきちんと納得できるものとは思われないのである。

3

坂東眞砂子の小説は「民俗学」的である。しかし、これはたとえば深沢七郎や中上健次の小説が「民俗学」的立場から見て興味深いものを孕んでいるということとは、かなり違っている。上田秋成や曲亭馬琴や泉鏡花の稗史《はいし》小説には、作者が必ずしも意図してはいない「民俗」が描かれている。柳田国男の『遠野物語』は、物語文学の作品であると同時に「民俗学」的作品でもある。坂東眞砂子の小説はそうではなく、「民俗学」が蓄積してきた知識を小説のなかで使っている。『死国』のなかの四国八十八か所の遍路や口寄せ巫女、『桃色浄土』のなかで映俊が試みようとする補陀落渡海、『蛇鏡』や『狗神』の憑き物信仰などの民俗学的知見が活用され、その伝奇小説としての雰囲気を盛り上げている。『桃色浄土』でも『山妣』でも童歌や民謡が作中で使われ、『桃色浄土』は深沢七郎の『楢山節考』がそうであるように「お月さま　桃色　誰がいうた　海女《あま》がゆうた　海女の口　引き裂いちゃれ」という伝承歌の「考」として書かれたものといってもよいのである。

　しかし、大正九年という年代が明らかな『桃色浄土』で、中世に行われていた補陀落渡海を試みようという修行者がいて、村人が全員それを信じて崇めるという設定は「民俗学」的に無理がありすぎるだろう。井上靖の「補陀落渡海記」は補陀落渡海という、忘れられていた歴史的現象を短篇小説として甦らせた名作だが、時代設定はむろん近代以前である。超大型戦艦「陸奥」や「長門」が作られた年に、観世音菩薩の補陀落浄土の実在を信じ、南へ向かって当てもなく船出する「近代人」がいるとは信じられない。補陀落渡海だけでなく、若者宿、夜這い、「異人」に対する村人たちの態度など、「大正九年」という時代よりは、もっと遥かに遡《さかのぼ》った中世や近世の物語であると考えたほうがぴったりする。一部の設定を変更すれば、『桃色浄土』の時代を江戸時代、あるいは鎌倉時代に持っていったとしても、大きな不都合はないように思える。というよりも、映俊の補陀落渡海といったエピソードを活かすためには、時代をもっと遡らせたほうが自然なのである。

つまり、それは坂東眞砂子にとって「民俗」があくまでも「民俗学」の知識に拠るものであり、体験された、生きた「民俗」ではないということだ。もちろん、このことはただ非難だけの意味でいっているのではない。小説は使えるものはすべて使うという貪欲なジャンルであり、「民俗学」もまたその一つの材料にほかならないからだ。しかし、「民俗学」の材料をいくらふんだんに使っても、それは「民俗」にもならなければ、「小説」にもならない。それは単にちょっと変わった「意匠」なのであり、小説にまぶしたスパイスにほかならないのだ。そういう意味では坂東眞砂子の小説作品は、すべて徹頭徹尾「民俗学」を材料として使っているのであり、そしてまた、これほど「民俗」的ではない小説も珍しいのである。

『山妣』は三つのパートに分かれている。第一部は「雪舞台」で、弥次喜多を思い起こさせるような扇水と涼之助という芝居役者の師匠と弟子という二人組が、村芝居の指導のために越後の「明夜村」を訪ね、大地主の長兵衛の屋敷に逗留するという話である。第二部は「金華銀龍」で、娼婦の君香（いさ）の一人称語りで、彼女が雪国の鉱山町の廓にまで転落してきた過程と、そこで鉱夫の文助と知り合い、強欲な遊廓の女主人のへソクリを盗んで、町から逃げ出そうとし、山に入り込み、山人のようなマタギの重太郎といっしょに棲むようになるという話だ。第三部「獅子山」はまた、第一部の「明夜村」という舞台と時代に戻り、長兵衛の息子・鍵蔵とその妻てる（いさの娘のふゆ）を中心とした物語が、輻輳した人間関係の網目のなかから浮かびあがってくるのである。

これもすでに述べておいたことだが、『山妣』は明治三十五年の二月を「現在」として設定されている。しかし、『桃色浄土』と同じように、この年代は便宜的なものであって、小説の雰囲気からすると、もっと遡《さかのぼ》った時代を想定したほうがいいように思える。冬の農閑期に東京（江戸）から芝居役者を呼んで振り付けなどをしてもらい、村芝居を行うというのは近代というより近世的な風俗のように思えるし（もっとも村芝居は大正、昭和の時代に入ってもなくなったわけではなかった）、両性具有（ふたなり）の涼之助とその育ての親であり、芝居の師匠である扇水との関係は、芝居の女形だった喜多八と男色関係にあった弥次郎兵衛という、『膝栗毛』のコンビを彷彿とさせ、滑稽本、洒落本、読本といった江戸の戯作世界が典拠となっていると思われるのだ。馬琴の手許に草稿として長く留め置かれ、『八犬伝』などの資料として使われた鈴木牧之の『北越雪譜』は、この『山妣』という作品の成立に大きな役割を果たしていると思われ、この小説がまさに「雪と人」との関わり、〈雪がコンコン降る下で、人間が生きている〉という雪国の人生ということが、この作品の本当のテーマであると考えさせる根拠となっている。『北越雪譜』が江戸期の「雪の民俗学」だとしたら、その世界をそのまま小説として具象化したのが、坂東眞砂子の『山妣』という作品だったといっていいのである。

この作品にもまた「民俗学」的知識は多用されている。柳田国男の『遠野物語』や『山の人生』などの山人論や、マタギ（猟師）やサンカ（「山棲み人」とされている）の生活風習や習俗、また山神信仰や山言葉などは、自家薬籠中のものとして小説世界のなかに取り込んでいる。そうした素材としての要素だけではなく、山と里、定住民と漂泊民、ハレとケといった民俗学を出自とする二項対立的な概念が、この小説の基本的な構造を規定しており、中心と周縁、トリックスターとしての「ふたなり」の涼之助（あるいは道化役としての扇水）など、文化人類学的な要素もちりばめられ、まさに「民俗学」というおもちゃ箱をひっくりかえしたような「民俗学」的小説なのである。

だが、この作品も「因果応報」という考え方をその作品世界を構築するために採用している。それは禁忌（タブー）を破ることによって、その罰を受けるという形での「因果」の「応報」なのだ。たとえば、いさ（君香）と重太郎の間に「ふたなり」の涼之助が生まれたのは、山の神に対する女人禁制というタブーを破ったからだと重太郎は考える。また、涼之助とてるとが、姉弟（妹？）相姦という「畜生道」に陥ったのは、父親の重太郎が「殺生」を生業とするマタギであったからだと考えることが出来る（馬琴や山東京伝などの読本には、こうした「因果応報」の物語が多い）。鍵蔵が狂気のように次々と殺人を犯してゆくのも、大地主の若旦那でありながら、やはり狩猟という「殺生」を好んでいたという身の「因果」と考えざるをえないのである。いさが「山姚」として山中生活を送らねばならなくなったのも、偸盗《ちゅうとう》、殺人といった、いわば前世の「身の因果」によって人間の世界から「山」の世界へ追放されたと考えてもいいのである。

だが、この「因果応報」の論理も、『山姚』という作品は、自分自身でそれを裏切ってしまう。父親の重太郎は「ふたなり」という「化け物」として生まれた涼之助を、「親の因果が子に報」いたものとして、他人の手に委ね、棄ててしまった。だが、雪山で二十数年ぶりで涼之助と出会った母親のいさは、彼が「ふたなり」であることを知っても、「山でなら、おまえのような人間がいてもおかしくはない」と、平然と言うのである。重太郎が山の神の怒りを恐れ、祟りを忌避しようとしていたのに対し、山姚のいさは、「化け物」としての息子を平然と受け入れ、そうした奇形を「銀色の花」や「白い鹿」のような美しい突然変異として受け止めることが出来ることを示唆したのである。つまり、それは「因果応報」などではなく、むしろ神の恩寵ともいうべき「奇蹟」ととらえることができるのである。

4

『山姚』は最終的なところで「因果応報」という考え方を否定する。涼之助が「ふたなり」であるというのは、「親の因果」によって人間として出来損なった「化け物」ではなく、むしろ選ばれた特別の人間であると考えることができる。涼之助とてるとの近親相姦も、いさにとっては山の動物たちが親子やきょうだいで互いにつるむように自然なことなのであり、半分、山女であるてるは、涼之助が自分のきょうだいであることを知った後も、その性的快楽を「禁忌」にしようとはしないのである。それを罪深いものであるとし、「畜生道」という言葉で罵倒するのは、所詮「里」の人間のこしらえあげた人為的な倫理にほかならず、「山」に棲む人々にとってそうしたタブーは、息苦しく、堅苦しい拘束衣としか思われないのである。

しかし、もちろん『山姚』という作品は、すべてのタブーや制度的なものを打ち破り、絶対的な自然や野生の世界へ立ち戻れといっているわけではない。「山」がユートピア世界として描かれているわけでもなく、当然だがそこでの生活は困難であり、いさの「山姚」としての生活が苦難と苦痛の多いものであることは、その実年齢よりも遥かに老けた彼女の容姿の描写によってても知ることが出来る。ただ、作者の坂東眞砂子は、いさのそうした「山姚」への変貌や涼之助の「ふたなり」を、最初は「因果応報」の物語であるように描きながら、結果としてそれを否定するのである。「因果応報」を否定する「因果応報譚」。つまりそれは、作品世界を成立させる枠組みとして「因果応報」という考え方を借りながら、実際にはそれを少しも信じていないという作家のしたたかな現実主義なのである。

『桃色浄土』が桃色珊瑚という「宝探し（宝島あるいは桃太郎）」の基本構造を持っているように、『山妣』は笠井潔がいうように（「近代と自然——坂東眞砂子『山妣』」『すばる』一九九七年四月号）、ロビンソン・クルーソーの物語という原型を持っている。すなわち、いさは人間社会から逃亡した、あるいは追放された「個人」なのであり、自分が自分であるということの近代的なアイデンティティーを求めようとする主人公なのである。このいさを初めとして、『山妣』の登場人物たちは、ほとんどが今自分がいる場所ではない、別の世界への憧れや脱出、逃亡という衝迫を感じていて、結果的には鍵蔵のように、自分のそうした欲求を自覚することも、もちろん実現することもなく死んでしまう。てるは山にいては里を思い、里にいては山を思うというマージナルな存在であり、涼之助、扇水という芸人が、一所不住の漂泊民であることはいうまでもないだろう。長兵衛は芝居に狂い、鍵蔵は狩猟に狂っている。いずれも今ある自分の存在に飽き足りないものを感じ、自分の「ない」ものを一心に求めようとしている人物たちなのだ。

涼之助が自分の「ふたなり」という体の構造を気に病み、「化け物」と罵られ、好奇や忌避の対象となることを恐れているのは、まさに彼にとってのアイデンティティーの危機といえるものなのだ。彼らはその封建的で前近代的な見かけに関わらず、「近代的」なのであり、それは近代社会と個人という対立項の問題でもあり、また近代的な自我の未発達という日本の「近代文学」の病根にも関わる問題なのである。今いる自分という場所からの逃亡。それは『桃色浄土』の健士郎やりん、エンゾにも共通する衝動なのであって、坂東眞砂子の小説の、最も深いところにある「欲求」であるように思える。

『山妣』のなかで自分のいる場所、あるいは世間という人間社会から「逃亡」することが出来たのは、山妣のいさだけであり、後は涼之助がそうした可能性を持つことを暗示して作品は終わる。それ以外の人物は、鍵蔵にしても、てる、琴、扇水にしても、自分という場所から逃れることが出来ずに死に絶えてしまうのである。孤島にあってロビンソン・クルーソーが「個人」としての生活を打ち立てたように、いさは社会から離れて、孤独で自立的な人生を構築した。それは現代という時代の流行思想的な言い方をすれば、「女の自立」であり、常に何かに頼り、何かに縋って生きようとしてきた日本の「女」たちにはなかった、まさに「山妣」としての自立した、自由奔放な生き方なのであり、それが坂東眞砂子という「女流」小説家の隠された主題だったのかも知れない。もちろん、涼之助という登場人物の設定からもうかがえるように、むしろ男女という「性」を超えたところに小説家は自由や自立を見出そうとしていると考えてもよく、そうした普遍的な問題こそが、「近代小説」として『山妣』という作品が書かれた所以なのである。

「現代小説」と「因果応報譚」という、まるで水と油のように異なった二つの性質が坂東眞砂子の小説にはあると、私は指摘した。しかし、それはある意味では、矛盾したものではなく、総合的に理解しうるものであると思う。つまり、彼女は「因果応報」という古めかしい「観念」を持ち出すことなく、親子や家族の結びつきといったものを実体的に描き出すことが出来なかったのである。親と子、夫と妻、兄弟姉妹の関係は、現代において限りなく希薄で、淡泊なものとなっている。そうした家族を強く結び合わせるものこそ、逆説的にいえば「因果応報」の論理にほかならなかったのである。「親の因果」が「子に報う」ことによって、親と子の関わりはその関係性を濃くする。どんなに人間社会から逃げ出そうとしても、因果の糸によって、親子や家族は結びつけられている。涼之助と重太郎とを結びつけているのは、十という文字の刻まれた金の弾丸と、親の殺生と子の奇形という「因果応報」なのであり、それが父と子をつなぎ合わせている鎹《かすがい》なのである。『桃色浄土』の喜左衛門と健士郎を結びつけているのは、親の悪業という「因果」の遺産なのであり、そのことによって「家族」は強く結びつけられているのである。

「因果応報譚」が坂東眞砂子によって「現代小説」として甦ったのは、おそらくこうした家族の絆の脆《もろ》さや弱さが「因」となっているように思う。近代人、現代人は「家」から自立し、個人として生きる場所をあくまでも追求してきた。しかし、その追求の果てに見出したのは、家庭の崩壊、家族という絆の切断された状況だった。坂東眞砂子の「因果応報譚」が現代に登場してきたのは、「因果応報」という軛《くびき》がもはや軛としてではなく、むしろ親子や家族という観念を支える鎹という役割を果たすことに気が付いたからである。『死国』に描かれた死んだ娘を甦らせようとする母親とそれを阻止しようとする父親。そうした「因果応報」の陰々滅々たる物語のなかにしか、もはや「親子」や「家族」の関係を保証するものはないのである。「因果応報」によって「家族」はむすばれている、というより、家族関係を証明するものは、昔風の「因果応報」の物語以外にありえないのである。古い物語の背後には、常に「現在」の切実な物語が背後霊のように顔を現している。大正九年の物語と、明治三十五年の二つの物語は、二十世紀の世紀末のなかで妖しく不思議な光芒を放っている。

道の奥の記憶

――高橋克彦『緋い記憶』

1

高橋克彦は〝みちのく〟の作家である。といっても、単に東北地方出身の小説家というだけの意味ではない（高橋克彦は岩手県盛岡市生まれ）。昔の日本人（特に関東以西に居住する人々）は、関東以北の地方を〝みちのく〟と呼んだ。陸奥《むつ》の国、すなわち〝道の奥〟の意味である。松尾芭蕉は自分の東北の旅の紀行文を〝奥の細道〟と名付けた。北へ向かおうとする人びとの心の中には、自分の行く道がだんだんと細くなってゆき、まるで針の穴をくぐるような細い細い道となって続いているような思いが浮かんでいたのではないだろうか。行き止まりのように細くなってゆく道の奥は、もはやそれ以上行き進むことのできない異世界への通路であって、その奥にのぞき穴から眺めるように見える世界は、闇の中に鬼や獣たちが乱舞しているこの世ならざる領域であり、地の果て、この世の果ての世界だったのではないだろうか。

東北は道の奥の世界であり、そこはこの世界と違った魑魅魍魎《ちみもうりょう》の住む国である。都の人がそんな幻想を持っているのにあわせて、〝みちのく〟からやってきた人間は、奇怪な話をその重い口を開いて語るのだ。善知鳥《うとう》といえば、安方《やすかた》と唱和する奇怪な鳥の飛ぶという北の浜辺のこと（謡曲「善知鳥」）、風が吹けばいっせいに瓢簞が揺れる風景のこと（『更級日記』）、あるいは草深い野原の一軒家の中で包丁を磨いで迷い込んでくる旅人を待つ鬼のような老婆のことなど（謡曲「安達原」）。荒々しい磯辺や、原野や火山、雪や氷原の〝みちのく〟は、まさに悪夢のように恐怖と神秘に満たされたファンタジックで、どこかノスタルジックな世界にほかならないのである。

私たちの心の中にも、こうした〝みちのく〟の情景がある。記憶をどんどんたどってゆくと、その記憶の情景の視野はどんどん狭窄《きょうさく》してゆき、やがて仄かな灯《あか》りが点る一点の奥の奥が見えるだけになる。その先のさらに奥の世界にはどんな光景が広がっているのか。それは気が遠くなるような怖さと懐かしさを伴った世界にほかならないのではないか。そこから先を覗き込むことは誰にも許されていない。もし、その世界を覗き込んだとしたら、私たちはもう二度とこの世界に帰りつくことはできないだろう……。

『緋《あか》い記憶』の中に収録された七篇の「〜記憶」と題された短篇小説群には、それぞれ〝みちのく〟、東北地方の現実の地理が巧みに織り込まれている。たとえば「緋い記憶」では盛岡の住宅街が地図として再現されているし、「ねじれた記憶」では岩泉から二時間ほど入る山の奥の温泉の光景が、「遠い記憶」でも盛岡の市街がそれぞれの物語の舞台であり、「膚の記憶」では大船渡線の小さな駅から山道を行った鍾乳洞が、「冥《くら》い記憶」では鉛温泉、遠野、斜陽館、川倉地蔵堂などの観光地がバス・ツアーとしてたどられるのである。東北地方とあまり関係がなさそうなのは、主な舞台がロンドンである「霧の記憶」と、舞台の地方都市がどこかはっきりと特定されていない「言えない記憶」の二篇だが、しかし、これも「霧の記憶」では語り手の〈私〉が現在住んでいるのは仙台であり、また「言えない記憶」の舞台の地方都市として、ほかの作品と同じように盛岡、仙台などを思い浮かべても大きな矛盾や不都合はないのである。つまり現実の〝みちのく〟の地理や市街図、それと心の中の〝みちのく〟の記憶とが、これらの作品の中できわめて緊密に結びつけられていると考えるのは、決して恣意的なことではないのである。

人々は心の中に〝みちのく〟を持っている。それは伝承された民話の中にある〝開かずの間《ま》〟の物語であると考えてもよい。たくさんの部屋の中で、一つだけ絶対に開けてはならない部屋がある。春の間、夏の間、秋の間、冬の間を眺めてきた民話の主人公は、見てはいけないと言われることによって、逆により見たいという欲望が募り、それに負けて禁断の部屋の扉を開けてしまうのである。私たちの心の中にも、こうした〝開かずの間〟がある。心の奥の秘密の世界への通路であり、開けてしまったらもはや取り返しのつかないパンドラの匣《はこ》のような記憶なのだ。

『緋い記憶』の中の物語の「記憶」は、たいていが幼少年時代、あるいはせいぜい青年時代の記憶に関わっている。四歳（「遠い記憶」）、七歳（「ねじれた記憶」）、十、十一歳（「言えない記憶」）、十七、八歳（「緋い記憶」「霧の記憶」「冥い記憶」）、そして生まれる前の母胎内での「記憶」に関するのが「膺の記憶」なのである。主人公たちは、そうした時期の決定的な記憶を自分の中で隠蔽することによって、中年に至るまでの人生をたどってきた。それが何かの拍子にふとよみがえってくる。全体ではなく、小さな穴から洩れてくる灯りのような、ささやかな事件や思い出をきっかけとして。

『緋い記憶』に描かれた記憶の物語、もはや色褪せた写真のような情景でしかない物語の世界が怖いのは、人々がそれぞれの心の中に同じような、人に言うことのできない、自分でも思い返すことが苦痛な「記憶」を一つ以上必ず持っているからだ。罪障、羞恥、恐怖、悲哀、絶望、孤独の感覚。生まれてから一度も、そうした身を焼くような体験をしたことがないという人がいれば、この高橋克彦の小説とは無縁な人である（それはもともと小説などとは無縁な人だろう）。幼年、少年、青年であったからこそ、人に告げることのできない体験の「記憶」があり、それがたぶんその人の生の在り方に色濃い影響を無意識的に与えているはずなのである。

シャーロック・ホームズを生み出したコナン・ドイルは『緋色の研究』の中で、人と人とを結ぶ関係の糸があり、そのうち緋色のものが殺人、殺す人と殺される人を結んでいる糸であるということを語っていたが、「緋い記憶」の語り手の〈私〉にとって緋色は、恐怖を象徴する色彩にほかならなかった。十八歳の青年が十二歳の少女と仲良くなる。彼はその子をモデルとして絵を描こうとしているのである。お爺さんといっしょに住んでいる一軒家に彼は上がり込むようになり、ある日、真っ暗な部屋の中で丸裸で倒れている少女を見つけるのである……。

この作品には、緋色に染まった「記憶」とともに、「時間」の錯誤がある。昭和十八年に壊された家を、昭和三十八、九年の頃の「記憶」として持っている男。そこで時間は現実の世界の裏側を伏流して、不意にある一瞬において合流することになるのである。「ねじれた記憶」では、少年時代の時間が、三十年以上も後に反復される。断崖の縁に立つ自分の背中を押しにくるのは、三十数年前の少年の自分なのだ。「時間」は、真っすぐに直線的に流れているのではない。それは迷路の水路をたどり、伏流となり、そして思いがけない所で湧き水として噴出してくるのだ。ちょうど岩泉の鍾乳洞の洞内湖、地底湖の水の流れのように。

どうして「時間」はそうした迷路状に折れ曲がり、時の迷宮の中に人を誘い込まずにはおかないのだろうか。昔と今がとり違えられ、三十年前と三十年後とが重なり（「ねじれた記憶」）、十八歳だと思い込んでいる主人公が実は三十二歳だったことが明らかになる（「冥い記憶」）。むろんそれは、現在が過去と出会うための唯一の方法にほかならないからだ。時間錯誤、すなわち私たちは時間を錯誤し、時代を錯誤することによってしか、もはや失われた過去に回帰することも出来ないし、それを現在によみがえらせることもできないのである。もちろん、「過去」の時間と同時に、過去の恐怖や悲哀や孤独感もよみがえってくる。しかし、それよりも「過去」の時間に対するノスタルジー、幼少年時代や青年時代への懐郷の思いは、ほとんど人を恐怖や悲哀や孤独から超越させることになるのである。

2

『緋い記憶』の七篇の小説のうちいくつかには、母一人と息子一人といった関係が設定されている。「ねじれた記憶」の山奥の宿の離れに住んでいる母と坊主頭の少年の親子、「膚の記憶」の同じ天然水を飲んでアレルギーになるという母子などがその典型であり、いずれも父親のない母子家庭で、母親と一人息子との絆はきわめて強いのである（「膚の記憶」では、子供ももう中年の妻子持ちとなり、母親と同居しているという設定だが）。こうした典型的なものではなくても、たとえば「緋い記憶」では、「五歳から小学校四年までの間も、私は転勤の多い親父の関係で祖母の家に預けられていたのだ」という祖母と孫との関係が設定されているのだが（これは高校時代にも反復される）、それもまたそうした母と子の関係のヴァリエーションの一つといってよい。それはまた祖父の良三と二人で住んでいた史子の家と対照的であり、〈私〉の史子という少女に対する関わりは、ロリータ・コンプレックス的な恋愛感情であるのと同時に、祖母と孫、祖父と孫娘という関係性の中にその要因の一つを見出すことができるのである。

「ねじれた記憶」では、明らかに母子相姦の夢が語られている。「膚の記憶」では母胎回帰と、子宮願望がその作品世界の底に秘められているといっても言い過ぎということにはならないだろう。「遠い記憶」では、母親と擬似的（代理的）な母親（オバちゃん）への愛情の葛藤があり、「言えない記憶」「冥い記憶」では母親の代理としての叔母が愛慕の対象となっている。

「母」や「叔母」や「姉（あるいは妹）」という血縁の女性たちに対する愛情は、幼少年時代も、青年時代も、そして中年となっていても、男たちには複雑な屈折をもたらすものだ。子供の頃に回帰しようとする男たちの「記憶」の中心には、たぶん「母」や「叔母」や「姉妹」たちの若い姿が思い浮かべられている。もちろん、それが幼い頃の遊び友達の女の子や、学友の少女であってもよい。思春期を過ぎ、大人として中年を迎えた頃に、男たちはようやく、青少年期の自分の闇雲《やみくも》な憧れや願望が何であったのかを知ることができるのだ。そして、それに伴う恐怖や畏怖の対象としての禁忌や禁断の意味を知ることができるようになるのである。それは究極的には、「時間」を逆にさかのぼらせることによって、母胎や子宮にたどりつこうとする衝動ということができるかもしれない。

温泉宿のほの暗い部屋、鍾乳洞の洞窟の内部、物置小屋、古いお堂の内部、これらはすべて閉ざされた空間であって、その暗さ、生暖かさ、古びた臭いや居心地のよさそのものが、恐怖と憧憬の二つの衝動を私たちに与えてくれる。そうした密室空間に閉ざされることに少年は、怖《おそ》れと快感とを同時に感じるのである。それは性衝動以前の性の発現であり、「言えない記憶」の性的遊戯のように、畏怖と苦痛と罪責感に彩られた快楽であって、多くの人の子供時代の普遍的な体験として「記憶」の底に沈んでいるものだろう。その記憶の沼のような水たまりを揺らして、澱《おり》のように沈んだ夢とも現《うつつ》ともしれない「罪」や「恥」や「恋慕」の体験をよみがえらせること、それは「父母未生以前の闇」に属することなのかもしれない。『緋い記憶』の七篇は、小島信夫が梅崎春生の小説を評していった言葉を借りていえば、まさに「存在を揺さぶって、無に還してしまうような怖さ」を持っているのである（梅崎春生に『記憶』という感銘深い短篇小説があることをいっておくべきだろう）。

作者は単行本の「あとがき」の中で、バーネットの『秘密の花園』という少女小説のことを語っている。「記憶」にまつわる作品を書き始めることのきっかけとして、この少女小説の影響について語っているのである。作者はこう書いている。

「筋は大方忘れてしまったけれど、主人公の女の子が高い壁の向こうの花園に、潜り戸を抜けて入り込む場面は、まるで自分の経験のように覚えている。花の甘い香りや、青い空まで見えてくる。女の子はその美しい中庭で、天使のごとく美しい女性と出会う。彼女は生き別れとなっていた少女の母親だった……」というのだが、このストーリーの要約が正しいものかどうかはどうでもいいだろう。作者がいっているとおり「私にとって『秘密の花園』はもはや物語の域を超えて、体験した甘美な記憶にまで定着してしまっている」からである。

高橋克彦は『緋い記憶』によって「甘美な記憶」を定着させるのではなく、「怖い記憶」として定着させる物語を完成させた。それは構造としては、彼が『秘密の花園』についていっているることとほぼ重ね合わせることのできるものだ。〝道の奥〟の小さな「潜り戸」から入って行く世界は、思いがけず広々とした美しい花園の空間だった。そこには一つの世界そのものがあるといってよい。そこで少女は生き別れとなっていた母親と出会うのだが、それは生き別れとなる以前の母子一体だった時代（過去あるいは夢見られた始原）への回帰であり、またある意味ではそうした始原の時代の記憶への遡行にほかならない。その「甘美さ」を「怖れ」に置き換えたら、時間をさかのぼった閉ざされた空間で、母親や、母親に代わりうる叔母やその他の女性たちに出会うという物語の骨格は、高橋克彦の記憶している『秘密の花園』の構造とぴったり重ね合わせられるのである。

だが、私が思い出すのは、『秘密の花園』より、それよりもっと時間が下った、バーネットと同じくイギリス生まれのフィリパ・ピアスの書いた『トムは真夜中の庭で』という児童文学作品のほうだ。これは「時間」という主題を取り扱ったファンタジーとして代表的なものだが、老婆の「記憶」の世界の中に入り込んだトム少年が、真夜中の庭で少女時代の老婆（変な言い方だが）のハティと出会い、人を愛することの意味を知るという物語である。

高橋克彦も、もちろん彼の「記憶」シリーズを恐怖小説（ホラー小説）のジャンルとしてではなく、ファンタジー、あるいは「甘美な」恋愛小説ジャンルの作品として作り上げることも可能だったはずである。しかし、それが現在見られるような上質のホラー小説となったというのは、作家としての彼の資質の問題と、上田秋成や泉鏡花や内田百閒といった怪談小説の名手たちを生み出した日本の近代（近世）文学史の伝統と、それにやはり〃みちのく〃の風土的な影響ということを語らなくてはならないのかもしれない。不思議な話、奇怪な話、お化けや幽霊や妖怪や奇妙な動物たちの話は、『遠野物語』であまりにも有名になった〃みちのく〃のフォークロアには欠かせない主人公たちであるし、そういう超自然的なものたちとの交感というテーマでは、東北出身の詩人で童話作家、宮澤賢治の作品を真っ先に思い出すことは、日本の文学の世界において、決して不自然なことではないのだから。高橋克彦の「記憶」シリーズも、そういう意味では佐々木喜善や宮澤賢治や太宰治といった〃みちのく〃出身の文学者の郷土色溢れた文学世界の一端につながるものといえるかもしれないのだ。

〃みちのく〃、道の奥の狭い通路のような世界は、万華鏡の覗き穴のように超自然の光景を眼前に繰り広げてくれる。それはただきらびやかで、緋色や青や黒や緑や金銀の色彩を鏤《ちりば》めているだけではない。郷愁と悲哀と恐怖とが、それを覗き込む人間を幻惑させてしまうのだ。道の奥の「記憶」は、これからも高橋克彦によって綴られ、語り続けられるに違いないのである。

人の輪の不思議と不気味
――鈴木光司『リング』三部作について

1

『リング』『らせん』『ループ』三部作において（『バースデイ』は、その三部作の別バージョン篇）、作者が隠し味（隠しテーマ）として仕込んだのは、家族愛とその崩壊に対する敢然とした「家長」の戦いだった。『リング』で主人公と目される浅川和行が呪いのかかったビデオテープをめぐり、必死にその呪いをとくオマジナイ（漢字では呪《のろ》いも呪《まじな》いも同じ字だ）を探ろうとするのも、もちろん自分に降りかかった「死」を降り払うという動機から出ているのだが、そこには一人娘の陽子と妻の静との、「陽《あか》」るく、「静」かな生活を壊したくないということ、また、自分だけでなく、静と陽子までも巻き込んでしまい、彼女らにも降りかかった呪いを払うことへの「家長」の責任と義務とがあったためである。

作中で何度か繰り返されているように、彼は自分が妻の姪の死に疑問を持ったり、タクシーの運転手の話に興味を持たなかったとしたら、最終的に彼と彼の家族の「潰滅」という悲惨な状態に陥ることはなかったことを分かっているのであり、彼の気紛れとしかいいようのない好奇心を押さえさえすれば、彼だけではなく、最愛の妻子さえ横死してしまうという最悪の結末を免れていたはずだったのである。

井戸の底で死んだ山村貞子の呪いの込められたビデオテープは、結果的には「増殖」を防ぎ止められ、少なくとも『リング』という作品世界の中では、浅川和行の努力や闘争は報われたように見えた。しかし、『らせん』の世界では、それは空しい足掻《あが》きにほかならず、彼の「家庭」は結局は滅びざるをえないものとして物語られている。『リング』が「親の因果が子に祟り……」といった類の「因果もの」の物語だとしたら、この「因果」は、浅川和行にとって原因と結果とがあまり釣り合っているとは思われない。つまり、新聞社の週刊誌記者としての好奇心という「原因」に対し、一家全滅という「結果」は、因果譚としてもバランスの取れないものと思わざるをえないのだ。

そもそも『リング』においては、長尾城太郎に強姦されたうえ、井戸の中に投げ込まれた山村貞子の「呪い」は、当然、長尾という張本人に向けられるべきであって、いくら強力な「怨念」が籠もったとしても、単にそのビデオテープを見てしまっただけの無関係の人々へと向かうべきものではなかった。もちろん、そうした疑問を予《あらかじ》め封印するように、作者は山村貞子には「大衆への恨み」があったことを語っているのだが、無差別な、一般大衆への殺意や悪意といったものを想定するには、山村貞子の「怨念」はやはり個人的であり、プライベートな事情であり過ぎているような気がする。

山村貞子の怨念の前提となる、その母親の志津子と父親と目されるT大学精神科助教授・伊熊平八郎とのエピソードは、現実の、東大心理学科助教授で、超心理学にのめり込んで大学を追われた福来友吉と、いわゆる千里眼千鶴子（御船千鶴子）との「事件」をモデルとしたものだろうが、そこで福来博士や千鶴子を追いつめたのは、福来博士が所属していた学会や科学精神を標榜する一部メディアであって、いわゆる一般大衆は「千里眼」や「念写」などの超能力の登場を喜んだり、歓迎したりこそすれ（もちろん半信半疑ではあるが）、その非科学性を詰ったり、石をもて追うようなことは、特に彼ら自身の利害が関わらない限り、一斉に行うとは思えないのである（数年前の宜保愛子ブームなどを見ても、大衆の動向は明らかだ。ただ、マスコミが超能力者を持ち上げておきながら、一転して迷信叩きに回ることはある。しかし、『リング』で最初の死んだ十七歳と十九歳の少年少女たちが、その一般大衆の〝代表〟として恨みを買うといういわれはあまりないと思われる）。

　つまり、私のいいたいのは『リング』という小説が一見、古い形の「因果譚」という体裁を取りながら、結果的には決して「因果譚」ではありえないということなのだ。原因と結果が鎖の輪（環）のようにつながっている。それは絡み合い、纏《もつ》れ合いながらも、決してその因果のつながりを絶つことはありえないはずだ。しかし、『リング』ではもっとも直接的に山村貞子の怨念と呪いの対象なるべき長尾城太郎は老人性の精神異常（恍惚状態）という、考えようによってはもっとも「幸福」な晩年を迎えることになる。因果応報の連環は、そこで途切れているとしかいいようがないのである。

　浅川和行と高山竜司の失敗は、山村貞子の呪いが普通の因果譚的手法で解けると考えたことだ。彼らは古井戸から彼女の遺骨を掘り出し、それを故郷の親族の元に返して、丁寧に弔い、供養することによって、その「怨念」「呪い」が解放され、解消されるものだと思った。普通の因果譚、一般的なゴースト・ストーリーならば、それは解決方法の定番だ。しかし、『リング』は因果ものの定型として役行者《えんのぎょうじゃ》の伝説や老女の方言、伊豆半島の御神火《ごじんか》などの土俗的、民俗的な小道具を使いながら、そうした『因果譚』から外れていることで、『リング』を次の『らせん』や『ループ』へとつなごうとしている。そこでは、『リング』の土俗性や「因果もの」性は消えて（どこに消えたのか？）、遺伝子学やウィルス学などの生科学的な知識を多用したＳＦホラーという色彩が非常に濃厚になっている。

『リング』と『らせん』は、うまく鎖の輪によってむすばれていないのである。

2

『らせん』は、崩壊した「家族」の物語から始まる。安藤満男は一人息子を海での水難事故で亡くし、精神状態のおかしくなった妻から離婚届を送り付けられる。彼の失策によって息子を亡くされた妻は、彼を決して許そうとはしなかった。法医学教室に勤め、監察医をしている安藤満男は、大学時代の同級生の高山竜司の変死体を解剖することによって、山村貞子の「怨念」が産み出した「リングウィルス」の輪の中に取り込められてしまうのだが、それは彼の「家族再生」の思いと、奇妙な形で連鎖してゆくものとなる。

『らせん』には、『リング』にはまだあった「因果もの」的な物語性は非常に希薄なものとなっている。もともと『リング』のビデオテープによる「呪い」の増殖という方法には致命的な欠陥があった。それは「この映像を見た者は、一週間後のこの時間に死ぬ運命にある。死にたくなければ、今から言うことを実行せよ。すなわち……」という隠されたメッセージとしての「テープをダビングして他の人に見せよ」という命令は、自分の死を覚悟し、他者に迷惑をかけないようにテープを増殖させずに始末してしまった場合は、そこで「呪い」の連鎖はストップしてしまうからだ（山村貞子の生前にビデオは普及していなかったのでは、という疑問を抱いたが、これは『バースデイ』で辻つまが合わされている）。

『リング』では、浅川和行の妻・静の両親の小田徹と節子の老夫婦は、不吉なテープを処分して従容として死に就いた。可愛がっていた娘と孫娘が死んで生きる張り合いを亡くしたことと、他人に迷惑をかけずに自分たちが「呪い」の防波堤になることによって、別の家庭の崩壊を防ぐという倫理観があったからだ。こうした自己犠牲を厭わない人たちがいれば、人類は「リングウィルス」の呪いの伝染を防ぐことができる。しかし、それでは『らせん』や『ループ』は、人類の黙示録的な「未来」を物語るものではなく、単に新しい未知のウィルスと人類との戦いという、これまでの大抵ハッピーエンドで終わるSF作品の後塵を拝するだけのものとなってしまうだろう。『らせん』は『リング』の終わったところから始まるのだが、その作品としての連鎖の輪には、あえて切れ目や欠けた部分が作られている。

安藤満男は『らせん』の最後の場面において失った息子を回復する。それは妻と息子との三人家族という、かつての「家族」を完全に回復させる必要条件でもある。『リング』の浅川和行は、家族を救うために「家長」として戦ったが、『らせん』では「家長」は戦わないことによって、家族を再び得ることができたのである。それはもちろん皮肉な逆説にほかならない。人類か家族かを選択させられたら、『リング』でも『らせん』でも、主人公たちはみな「家族」を取る。家族を守る者としての「家長の心配」がその物語群の隠れたテーマであるからだ。そして、家長と家族の関係は、人と人との間の、不思議でもあり、不気味でもある連環の関係に置き換えられる。人の輪、人の鎖が途切れたり、欠けたりしながらつながってゆくことが、これらの三部作のもう一つの隠されたテーマだからである。

『ループ』がその二つを統合するものとして書かれることは、その家長による「家族愛」の最終次元の形態を表すという意味でも当然のことといえるだろう。

三部作は後の作品が前の作品世界を包摂するという形で成立する。すなわち『らせん』は『リング』の世界をその内部に含み、『ループ』は『らせん』の世界をその一部としている。箱の中にまた箱があるという入れ籠《こ》構造だが、読者は小さい箱から順番に、より大きな箱へと進んでゆくことになる。それはまた前作の矛盾点が次の作品世界では高次元で解かれなければならないということだ。『ループ』では、『リング』『らせん』の世界は、実はコンピューターの画面の上に、大掛かりに作り上げられた仮想現実の世界であったことが明らかにされる。主人公の二見馨という青年は、「ループ」と名付けられた壮大な人工生命計画のシミュレーションの世界を体験し、それが彼にとって「元」の自分の世界であったことを知らされる。彼は「あちらの世界」では「高山竜司」というコンピューター内生命だったのである。

こうした『ループ』の設定は、「生命体としてのコンピューター」という未来世界を先取りしたものであり、コンピューター未来小説としては、現実の世界と仮想現実の世界の反転であるとか、その「彼岸」と「此岸」をつなぐ輪（環）の欠損であるとか、定型的な展開が続くのだが、その作品世界内で処理し切れない「異物」というのが、「呪いのビデオテープ」という、まさに『リング』が新しいホラー小説として洛陽の紙価を高めることになった「要素」そのものだったのである。

　それは『ループ』の世界の中でまさにコンピューターウィルスのような「異物」であり、作者はついにそれを「外部世界」から侵入してきた「ウィルス」であると設定せざるをえなくなったのである。それは物語の設定上、容易に「悪魔」とも「神」ともなりうる超越的な、「外部」的存在の導入を許したということであり、「山村貞子の呪いの凝集したビデオテープ」という存在は、最初の設定から何度も自己増殖、自己分裂を繰り返し、この三部作の世界の最大の「異物＝ウィルス」として働かざるをえなくなるのである。

　二見馨は、「転移性ヒトガンウィルス」に冒された父親の秀幸、妻となるべき礼子、そしてその礼子が懐胎している自分の子供のために、文字通り自分の肉体（存在）を消滅させることによって、そのウィルスに対する「ワクチン」を作り上げる。ここで、この三部作の底に流れる「家長」の戦い、あるいは自己犠牲（これは自己増殖に対する自己消滅の本能というべきものである）というテーマは完結する。家族の幸福のために、「家長」はその身体を雲散霧消させるのである（『ループ』の世界に生まれ変わるのだが）。

　この三部作は、そのテーマを語るためにはもっともふさわしからぬホラー小説、ＳＦ小説という形式を取りながら、どうやって読者の胸にその「家族愛」というテーマを届けることができるだろうかという、悪戦苦闘の末に作り上げられた、いわば「奇蹟」的な作品として存在しているのである。

Ⅵ
庶民の冒険

〈黙示録世界〉のアルケオロジー

――笠井潔『巨人伝説《復活篇》』

『バイオレンス・ジャック』という劇画があった。永井豪の作品で、舞台は近未来の東京。大地震によって潰滅状態になった東京は、首都としては放棄され、あらくれ者たちが力によってのしあがろうとする無法地帯となっていた。そこに一本の大型ジャック・ナイフだけを武器に持った大男、バイオレンス・ジャックが登場した……。

私見ではこの『バイオレンス・ジャック』は、二つの小説作品を生みだす父親の役割を果たしたと思う。一つは、村上龍の『コインロッカー・ベイビーズ』であり、もう一つは笠井潔の『巨人伝説』である（笠井潔は『巨人伝説〈崩壊篇〉』のあとがきでこのことに触れている）。これらの〝バイオレンス・ジャックの子供たち〟は、際立った、ある共通した精神傾向を持っていた。それは、徹底した破壊衝動であり、破局願望であり、恐慌への期待ということだ。

そもそも、永井豪がそのナンセンスとエロチック・ユーモアを売り物とした『ハレンチ学園』を、〝ハレンチ大戦争〟という破局によって終結させたことは、彼の根深い破局衝動が、作品のつじつまや整合性とは無縁な精神から奔出してくるものであることを明らかにしたわけだが、当然、その精神的な息子たちも、究極の戦争、廃墟、原始的な闘争の世界というヴィジョンを手放すことはありえなかったのである。

だが、『デビルマン』のハルマゲドン（世界最終戦争）のヴィジョンなどのように、こうした破壊、戦争、恐慌、破局、終末への志向は、永井豪の場合、ほとんど〝生理的〟といってもよい資質に根ざしていたというべきだろう。

また、村上龍の場合も、『愛と幻想のファシズム』でも明らかなとおり、それはせいぜい政治、経済情報を作品中に繰り込むことによって、社会性を持たせようとしているのだが、基本的には、作者の〝感性〟の散乱としての破壊願望、廃墟願望に根ざしたものといわざるをえない。つまり、そこには盲目的で、集合無意識的な衝動以外に、思想的な検討に耐えうるものはありえなかったのである。

笠井潔の『巨人伝説』は、永井豪が生理的に、村上龍が感覚的に、〝破局〟のヴィジョンを、東京という現実の都市において、近未来的に描き出してみせたといえるならば、より論理的な方向と、より神話論的な方向へとそれを推し進めていったといえるかもしれない。論理的というのは、思想的ということでもあって、おそらく自分の無意識世界の中にあるアポカリプス（黙示録）的光景を、笠井潔は、その執拗な論理癖によって、何度も検証したはずなのであり、それを物語として組み立てていったということだ。そして、このアポカリプス的風景は、ちょうど映画フィルムを逆回しにして見ているように、逆立、逆転された歴史として、語られているのである。

F・エンゲルスは、「空想から科学へ」の社会主義の発展を説いたが、その言葉を使っていえば、この小説で書かれているのは、〝科学から空想へ〟の道筋であり、十九世紀のマルクス・エンゲルス主義が、進化論的な〝未開から文明へ〟という進歩史観をゆるぎない前提としていたのに対し、〝文明から野蛮へ〟という道筋のあることを笠井潔は、皮肉なタッチで描いてみせるのだ。

もちろん、このことは、食人種にまで〝退行〟した、もと日本人としての「エゾ」の種族というエピソードについていっているのだが、その「エゾ」族の〈委員長〉として司祭的に君臨しているモモダが、もとマルクス・レーニン主義を掲げる一党派の指導者であり、彼のいう〝マルクス・モモダ主義〟なるものが、〈人喰い〉をイデオロギー的に粉飾するものでしかないという設定に、社会主義的教条主義、セクト主義の戯画化を見ると同時に、「空想から科学へ」「野蛮から文明へ」といった野郎自大な近代主義、進歩思想への批判を見ることができるのである。

笠井潔が、この『巨人伝説《復活篇》』に込めたメッセージは、近代西欧の科学主義（マルクス主義は、弁証法的唯物論としてその〝科学性〟を僭称《せんしょう》する）、進歩・進化思想、文明史観に対する根深い疑義ということなのである。

この〈復活篇〉の語り手が、三村知之という若手の考古学者であることは、ある意味では象徴的なことであるかもしれない。歴史主義的な西欧近代の主流的な思潮（ヘーゲルからマルクスへとつながる）に異を唱えたニーチェの系譜学、それを受け継いだポスト構造主義の一つの主張が、〝アルケオロジー〟としての知の在り方ということであり、それはむろん「考古学《アルケオロジー》」にその知的な探究のモデルを見出したものなのであるから。

そして、もう一つ、隕石の地球との衝突を引きがねとして氷河期が始まったという、物語の設定そのものが、〝科学的社会主義〟を標榜するマルクス主義の、いわゆる恐慌論を批判し、それを笑うものであると思われるのだ。

資本主義がその内部矛盾によって、必然的に経済恐慌に陥るという、マルクスの理論的な予言は、多くのマルクス主義者たちの〝希望の星〟であったというべきだが、今のところ資本主義は、その予言を裏切って、壊滅的な恐慌を巧みに回避しており、むしろいわゆる社会主義体制の国々が、経済的破綻に瀕しているということは、ほとんど常識の側に属している。恐慌待望は、そういう意味では、決して〝科学〟ではなく、資本主義社会で不遇をかこつ者たちの、科学主義を装ったルサンチマンの心情にほかならない。

つまり、恐慌＝社会革命論者は、ニュートンの万有引力の法則があるからと、リンゴの木の下で、口を開けてリンゴの落ちてくるのを待っているような、愚か者と同等なのである。

いずれにしても、それは〝科学的〟決定論、近代的な合理主義的思想万能というイデオロギーに対する疑惑であり、とりわけ科学や文明、進歩、進化を自称する者たちについての仮借ない批判なのである。氷河期の再到来という、いかにもSF的な発想は、SFが、科学万能主義に対する一種のパロディであるからこそ、ここで取り入れられていると考えるべきだろう。硬直化し、個人や小集団の小さな欲望の表現となってしまった〝科学〟的な社会変革の理論。

それはまさに、パロディとしてのSF、伝奇ロマンが扱うにふさわしいテーマなのではないだろうか。

もちろん、そうしたくだくだしいことを考えずとも、〈ミノタウロス符号〉と、日本の神代文字との符号という設定に、古代史的、あるいは〝失われた文明〟的なロマンを夢見ることもできるし、インディ・ジョーンズのような、考古学者、人類学者の冒険という、活劇ロマンを楽しんでいいのかもしれない。

あるいは、古牟礼教、古牟礼一族という陰の日本史の主役たちに、半村良の『産霊山《むすびのやま》秘録』のヒの一族のような血脈のサーガを見ることもできるだろう。さらに、巨人・津荒羅《ツアラ》に、ゾロアスター（ツァラトゥストラ）教の光と影の二神の闘争という、二元論的神話をこの物語の基軸に見て、この巨人の神話的来歴を空想することも、読者に許された物語の楽しみ方の一つなのである（巨人・津荒羅の神話は、『巨人伝説《遍歴篇》』としてまとめられている）。

物語の読み方は、一人一人の読者のほとんど恣意的な欲望に委ねられている。よい物語とは、そこからさまざまな別の物語をいくつも紡いでゆき、読者自身が、いつかその物語の続編の作者となりうるようなものではないだろうか。

幸いといおうか、残念なことといおうか、笠井潔の『巨人伝説』は、いちおう三部作として完結はしたのだが、〝巨人〟の物語としては、まだまだ未完というべきなのだ。その後に続く〝バイオレンス・ジャックの孫〟たちの物語は、いまだ未知の語り手の頭の中に眠っているのである。

都市の生み出す犯罪

──島田一男『自殺の部屋』

最近、あるジャーナリストから聞いた話だが、東京にかなりある〝私立探偵事務所〟を取材調査したら、依頼で一番多いのが、依頼者本人のことを調べてくれというものだったそうだ。まさに「ここはどこ？　わたしは誰？」といったような話だが、別段、最近になって記憶喪失病患者が増えたというわけではなく、会社、職場での自分の評判や評価、近所や家庭の中でいったい自分がどう見られているか、噂されているかということを気に病み、探偵事務所に〝自分〟の調査を依頼しに来るということらしいのだ。結婚や就職の調査や、不倫などの素行調査が日本の私立探偵の本業だと思っていたら、思いがけない現代人の病理のようなものが浮かびあがってきて、面白いと感じるとともに、ちょっとぞくっとした思いをしたことも確かである。

「南国の夢」は、警視庁の鬼刑事といわれた庄司三郎が、私立探偵事務所を開き、奇妙な仕事の依頼を受けることから始まる。紳士然としたその依頼者は最近タイから帰ってきたという在外邦人の一人で、「わたしがだれなのか、調べていただきたいのですが……」と切り出して、庄司探偵はあっけに取られるのである。もちろん、この紳士の場合は〝古典〟的な「わたしは誰?」のほうで、二十年前、タイのチェンマイ駅近くの線路わきで頭にケガをして発見されたこの日本人の紳士は、それまでの記憶をすっかり失っていたのである。彼はタイでゴム園経営に成功し、自分が所持していた一枚の写真を手がかりに、自分の〝失われた時を求め〟に、日本にやって来たというのである。

若い男と若い女が並んで写っている一枚の写真。男は依頼主の若き日の姿だが、その隣りの女性は誰か。その写真についていた写真屋のネームを唯一の手がかりに、探偵は青森県の弘前市へと向かうのだった……。

〝古典〟的な記憶喪失症ものといえるのだが、この作品が実はそうした〝記憶喪失〟ものの一種の逆転ドラマ、すなわち自らのアイデンティティーを探そうとする物語かと思って読んでいると、それがドンデン返しとなるストーリー展開を持つ物語だとわかるのである。二十年という空白の時間。日本―タイという空間的距離。その空白、空虚な部分を埋めるのが、探偵の仕事なのであり、探偵は写真に写っている女性にとって、若い男がいったい誰であったのかを突きとめるのである。

自分が誰であるのかというアイデンティティーそのものを、彼は問いかけているのではない。自分がある相手、他人にとっていったい何であるのか、その相手は自分のことをいったいどう思っているのかということを、現代人は必死に探りあてようとしているのだ。つまり、自分という存在は、自分を取り囲む他者のまなざしによって、はじめて〝自分自身〟でありうるのである……。

あまりにも〝文学〟的になり過ぎてしまったかもしれないが、「南国の夢」という小説が、見〝古典〟的な〝記憶喪失〟もののように見えながら、実はもっと現代的な〝自己喪失〟の物語を孕《はら》んだものであることをいいたかったまでだ。二十年前の「青年団服」、「あの戦争騒ぎ」といった表現があることから、この小説が昭和四十年代を〝現在〟としていることがわかるが、しかし、それからさらに二十年以上も経た現在読んでも、この作品はそれほど古びてはいない。それは私立探偵事務所の営業品目が、依頼主の「自分」についての調査が主要なものになっているという現代の事態を、いわばこの作品が先取りしているといえるからだ。また、タイという海外が犯罪事件と絡むという設定も、昭和四十年代というよりは、ずっと現代的状況に近いものといえるように思われる。

庄司探偵の現役時代の事件、「部長刑事物語」に書かれた事件も、きわめて〝現代〟的なものといえる。ベテランのスリ・流れ星の松五郎が大学生殺しの犯人として挙げられ、あっさりと自白する。しかし、長年のつきあいの庄司部長刑事には、この職人肌の老スリが辻強盗を働き、若い男を刺殺して川へ投げ込んだというのは、どうしても腑に落ちないことなのだ。捜査を進めているうちに、殺された大学生と、「小島博士夫人」のみどりとの特別な関わりが明らかになってくる。さらに、夫人にはほかにもキャバレーのマネージャーという特別な関係のある若い男が浮かびあがってくるのである。

しかも、部長刑事に「連中の気持ちがわからねえのさ。お互いに、時代遅れの人間らしいぜ」と嘆かせるのは、若い男という〝坊や〟を身の回りにはべらせていたみどり夫人の行状を、夫である「小島博士」が黙認していたということと、それらの不倫、火遊び関係を男たちが〝共犯関係〟のように互いに認めあっていた事実なのだ。人情話の登場人物のような部長刑事と老スリなどは、こうした「新しき世代」の感覚、感性にはほとんどついていけない。自分の家で殺人が行われ、それに妻のみどりが重要な関わりを持っていたというのに、「小島博士」は「ならず者がわしの家で不良学生を一人殺したというだけじゃないか……、わしまで巻き添えを食らうなんて、迷惑だよ……」というばかりなのだ。

旧世代と新世代の感覚の差異。しかし、問題はそれだけではなく、昭和四十年代から急速に都市化、現代化の波が東京を、そして日本を蔽《おお》ったということにあるだろう。人妻をめぐる若い男たちの駆け引きや、それを自分とはまったく無関係なことのように無関心である中年男などは、まさにそうした都市化、現代化という大きな社会の変動の中から生まれてきた〝新人類〟のハシリだったのである。これは「夜の牙」で描かれた、まったく無関係な加害者と被害者同士という、〝取り替え殺人〟のトリックともつながるものだろう。

偶然にバーで隣り合った客同士が、それぞれに殺したい相手を胸に抱いていた。その相手を取り替えれば、その殺人はまったく動機の不明な〝理由なき殺人〟ということになるだろう。これは〝殺意〟を持った人間同士が、たまたまどこかで隣り合わせるという蓋然性の問題ということができる。むろん、そんな小説的な場面が現実にあるとは思えないが、しかし膨張し、何十万、何百万の人々が蝟集して来る大都会において、そうした偶然がまったくないとは、誰も確言することができなくなっているのが現代なのだ。

「自殺の部屋」では、スキャンダルを恐れる女優たちと堕胎医、そうしたスキャンダルを嗅ぎ回るブン屋（新聞記者）が登場する。さすがに芸能レポーターや写真週刊誌は出てこないが、芸能人のスキャンダルをめぐって、それを揉み消そうとする人間と、暴《あば》こうとする人間との葛藤は、テレビや雑誌などのマスコミの発達によって、よりエスカレートしていることは明らかだろう。これもまた、都市化と現代化とが、人々の精神を蚕食《さんしょく》している一例といえるのだ。

「蛍光燈」は、警察官の発砲、射殺事件を取り扱ったもので、巧みな死体すり替えのトリックと、主人公の警察官自身が、だんだん犯人として追い詰められてゆくというサスペンスが身上となっている。警察官の誤射、過剰警備、過剰防衛は常にマスコミによって、タタかれる対象となる。そうしたマスコミの性質を逆手にとって、警察官そのものに〝犯罪〟をなすりつけてしまうということを考えた犯罪者の心理は、倒錯した都会の人間不信が生み出したものなのであり、その意味では、この作品集に集められた小説の中の事件は、〈都市が生み出す犯罪〉の集成ということができるのである。

海峡をめぐるミステリー
——笹倉明『女たちの海峡』

其の間　家族　皆　健康ですか
かわいらしいひろあき君　元気でしょか
此の前の訪問　とても　ありがとうね
あつい時　ひじょに　御苦労様だったです
機会があったら　おりんぴくに来でください
その時　各所見物しましょう
ほんとに苦しい面会だったですね
でわ　気候がかわる今頃　特に健康に注意しで下さいね
さようなら
妹　美弥子へ
兄　丁英俊より

もし、こういう手紙だけを見せられたら、読者はこの文面からどんな物語を想像することができるだろうか。日本人の妹へ韓国人の兄が出した手紙、妹はすでに結婚して「かわいらしいひろあき君」という息子がいる。兄は日本語があまり上手ではない。そして妹は韓国語がほとんどできないのだろう。ということは、この兄と妹は、かなり早い時期に別れ別れとなり、日本と韓国とで長い間隔たったまま暮らしていたらしい……。

それにしても、日本人の妹と韓国人の兄という設定には、どんなケースが考えられるだろうか。韓国人の兄妹で、妹が日本人と結婚して帰化したケースが考えられるが、この場合、妹が韓国語ができないというのは不自然だ。韓国と日本で別々に生まれ、育った兄妹が成人してから出会ったケースとしか考えられないが、この場合父親が韓国人で、兄の母親が韓国人、妹の母親は日本人という異腹の兄妹というのがもっとも考えやすい。父親が日本人の場合は、母親が韓国人であれ日本人であれ、その子供は日本人となるケースが断然多いからである。

何やらややこしい血族関係の論議に入り込んでしまったようだが、ことほどさように、日本と朝鮮半島との間の関係は、民族の「血」や「歴史」や、それにまつわる人びとの愛憎の「感情」などがからみついて複雑で、錯綜したものとなっているのである。日本と朝鮮半島を隔てる〝海峡〟は、遠いようで近く、近いようで遠い日韓両国のへだたりを象徴しているかのように、時には荒々しく、時には穏やかに波打つのである。

こうした日韓の複雑で、錯綜した距離を主題として作り上げられたミステリー小説は、これまでにも決して少ないとはいえない。在日韓国人作家の麗羅《れいら》の作品『桜子は帰ってきたか』や

『山河哀号』や『五行道殺人事件』、植民地時代の「京城」育ちの山村美紗の処女作『愛の海峡殺人事件』や出世作『鳥獣の寺』、帚木蓬生の『三たびの海峡』、森詠の『ナグネの海峡』、梁石日《ヤンソギル》の『断層海流』、そしてミステリーとはいい難いが、梶山季之の『李朝残影』や伊集院静の『海峡』。いずれも、その作家にとって処女作や節目を迎えた転機の力作といえるもので、こうした主題が単に話題性や目新しさによって選ばれているのではないことがわかる。〝海峡〟は常にミステリアスなのである。

『女たちの海峡』は、美弥子が〝謎〟の手紙をもらって韓国へ渡ろうとするところから始まる。その手紙は「あなたのお父様　丁大吉さんはご健在でいらっしゃる／ぜひとも近々に　故国慶尚南道の郷里を訪ねられるようお勧め致します／父上代理　山崎」というものだった。美弥子の父親の丁大吉は、彼女が一歳だった時に妻子と別れて故国へ帰ったという。それ以来、父親とは音信不通のままに美弥子は成人し、籍を入れないままカメラマンの間波英昭の子・宏昭を産んで母子二人で暮らしているのである。〝父〟のいない家庭。美弥子の育った家がそうであり、また美弥子と宏昭が現在暮らしている家がそうだ。この小説は、〈父親不在〉の家庭で育って、また自分でも〈父親不在〉の家庭を作ってしまった娘が、父親を捜しに海峡を渡って韓国へと旅する物語なのである。

美弥子の父の故国訪問の旅が、単に〝瞼《まぶた》の父〟に出会うための〈ふるさと回帰〉の旅ではないことは明らかである。美弥子は自分の中の半分の〈民族の血〉を確認するために韓国を訪れたのではない。彼女はキムチや焼肉の匂いにも閉口するような偏食家であり、韓国料理をまったく受け付けない体質であって、それはたかだか一度の韓国訪問で〝矯正〟されるようなものではないのである。もちろん、韓国への旅はわずかにはそうした〝偏食〟、いいかえれば韓国に対する〝偏見〟を薄めてゆくことにはなるのだが。

　美弥子の父親捜しの旅を直接的、あるいは間接的に助けてくれる人々がいる。宏昭の「チャン」の英昭がそうであり、正体不明の「山崎」もそうであり、東大邱《トンテグ》駅の駅員の徐一洙《ソイルス》やタクシーの運転手、父親の出身の村の老人たちなどもまたそうである。彼らはむろん美弥子が〝瞼の父〟に出会えることを願って協力しているのだが、また半面ではその出会いの可能性を危ぶんでいる観客でもある。美弥子はその父親に出会うことができるだろうか。むろん、繰り返すようだが、この物語の本当の主題はそこにあるのではなく、父親が不在だった数十年間の美弥子やその母、姉の生き方と、彼女らの「現在」の生活にある。美弥子が父親を捜すということは、父親不在のままに育って来て、また父親不在の母子家庭を作った自分の生き方を再確認するということにほかならないのである（もっとも美弥子の息子・宏昭にとっては普通の家庭の〝父親〟ではないが、「チャン」はいる）。

　この小説には、日本・韓国の近現代史に関わる多くの問題が作品の中に取り入れられている。日韓併合という日本による朝鮮半島の植民地化の問題はもとより、強制連行、創氏改名、日本語強要、炭鉱などでの徴用労働、サハリン棄民といわれる残留朝鮮人問題、そして「六・二五《ユギオ》」と呼ばれる朝鮮戦争と、その後の南北分断と南北対立、〝北〟への帰還運動と、〝帰胞《キポ》〟に対する〝北〟の社会の差別問題など……。日韓の〝海峡〟の両側にはいまだ解決のつかない多くの問題がある。この小説は一面ではそうした日・韓の近現代史をミステリーというスタイルを借りて書こうとしたものともいえるかもしれない。しかし、それは決して進歩的、反体制的な立場から過去の日本の帝国主義や現在の日本・韓国の体制を声高に批判するようなものではない。

べつに急ぐことはない、日本の植民地時代の三十五年間をも含めて、一世紀近くになる日本と朝鮮半島のぎくしゃくとした歴史的関係を背景に持った日本と韓国との関わりは、徐々に少しずつ〝改善〟されればいいのであって、一気に、たちどころにあらゆる問題を解決しようなどと考えないほうがいい。作者は美弥子の〝父親捜し〟の旅を通じて、そういうことを訴えかけているように私には思われるのである。

ミステリー小説としての〝謎〟はいちおう謎として解《と》きあかされるのだが、そうした謎解きの後でも残るものがあるのが、この作家の作品の特長であるといえるだろう。ミステリーの謎解きだけでは解きあかせない人間の、人生の、社会の謎。そんな謎が、この小説家の作品の読後には残されるのであって、それはまさしく良質の「文学」の読後に残る醍醐味にほかならないのである。

最後に二つのことをいっておきたい。一つは、美弥子の母や姉が使う東北弁のことである。ミステリーの設定上、美弥子の母、姉に東北弁を使わせることに大きな意味はないが、最初に掲げた〝下手な日本語〟の手紙と同様に、作者のローカルな言語に対する関心と深い共感がそこに感じられる。人間はそれぞれの風土とその風土の文化を背負って生きている。そうした風土性をうまく使うことは、小説の世界に「ふくらみ」を持たせる効果を持つということである。口の重い東北人としての母や姉はその短い会話の中によってよくその人物が表現されているのであり、これは東北弁をうまく使った効用といえるだろう。

　もう一つは、ソウルや大邱《テグ》、釜山《プサン》という韓国の都市、そして韓国の田舎の風景が実に巧みに、その雰囲気がとらえられて描写されているということである。もちろん、これは単なる風景描写ということではなく、そこに住む人々の人情、風俗をとらえたうえで風土を描き出しているということだ。旅行者として通り一遍に韓国を回っただけでは、なかなかこのような都会の「ポジャンマチャ（屋台酒場）」の雰囲気や、田舎の老人たちの集まりのたたずまいなどを描き切ることはできないだろう。カメラマンの英昭のように、アジアの人々の生活の中に入り込み、そこで漂泊しながら観察してきたというこの作者のキャリアが、こうした部分ではからずも活きていると思われるのである。

庶民の冒険

——胡桃沢耕史『危険な旅は死の誘惑』

胡桃沢耕史の冒険推理小説には、はっきりとした特徴がある。中国、蒙古、西域地帯への情熱的な関心と偏愛。旅と冒険とスリルとに溢れたストーリー展開。謀略と裏切りと政治機密の入り乱れるサスペンス。そして時にはストイックで、マゾヒスティックなまでに登場人物の内側に秘められた恋愛感情……。

まさに「恋と冒険」と呼ぶのにふさわしい痛快な娯楽小説といえるわけだが、よく見てみると、もう一つ、別な〝素顔〟のようなものがそれらの底のほうに見え隠れしているように思える。それは彼の小説全体に〈庶民の冒険譚〉と呼びたくなるような特質が感じられるということだ。

たとえば、推理作家協会賞を受賞した『天山を越えて』の主人公・衛藤良丸は、六十までミシンを踏んで妻や子を養ってきたという元仕立て職人で、年齢七十一歳の老人である。また、『旅券のない旅』の主人公は東京郊外の駅前の小さな不動産屋の六十二歳のオヤジであり、『メコンに眠れ』の中の「ロン・コン」で、麻薬密売組織や国境警備隊相手に大活躍するのは、六十五歳の東京の下町の畳屋の御隠居さんなのである。共通するのは、老人であることと、一見まったく普通の庶民であり、どこにでもいる平凡な人々の中の一人ということなのだ。

もちろん、ただ平々凡々な普通の人ということだけでは〝痛快冒険ロマン〟の主人公になるどころか、本来は脇役を務めることさえ無理だろう。だから、元仕立て職人や、不動産屋のオヤジには、複雑怪奇で華麗な「過去」の冒険の日々があったということになっているのだが、しかし、『天山を越えて』の衛藤良丸にしても、もとをただせば、あまりうだつのあがらない日本軍の一介の上等兵にしかすぎなかったのである。

ただ、彼が鍾馗様と見間違うような髯の持主だったということが、彼のその後の運命を変えてしまった。本来は「冒険」とも「ロマン」とも縁遠いはずの彼を、美女のお伴をして天山を越え、タクラマカン沙漠を渡ってゆくような冒険の旅へと連れ出すこととなってしまったキッカケは、その見掛けだおしともいえる強《こわ》モテする「髯」だったのである。

平凡な庶民としか見えない人が、ある日突然、波瀾万丈の冒険の旅に引きずり込まれる。あるいは、ちょっとしたキッカケから奇々怪々な事件、犯罪へと巻き込まれる。胡桃沢耕史の比較的初期の短篇（「壮士再び帰らず」のみは、清水正二郎名義でオール讀物新人賞を受賞したもの）を集めたこの作品集にも、そうした作品の傾向は色濃く浮かびあがっている。

「モンローを盗んだ男」の主人公の川崎青年は、ロスアンジェルスの街に居ついた放浪青年で、特別の能力も野心もなく、ただアルバイトで異国の日々を暮す、その意味ではありふれたヒッピー青年にほかならない。ただ、彼にはマリリン・モンローに対する異常とも思われる偏愛があって、その性癖を利用されて、不思議な犯罪にたくみに巻き込まれる。

彼が実際にやったことといえば、モンローの蠟《ろう》人形を博物館から運び出し、それをダッチワイフ代りにしようとしただけなのであり、結果からいえば、彼はフェティシズムの傾向は持っているものの、少々ドジで、いくらかお人好しの平凡な青年であって、センセーショナルな新聞見出しにふさわしいような〝凶悪な殺人犯人〟のイメージからは、遙かに遠いものなのである。

「ああ革命」のラテンアメリカのP国で、革命軍に加担したとして銃殺刑を目前にしている日本人青年も、特別に何かコトをしでかそうといったタイプではなく、ずぼらで女に弱く、そこその計算能力と実務の才覚を持った青年にしかすぎない。彼が革命軍の一員として捕えられたのは、おっちょこちょいで女に甘いという性癖を、政治がらみの謀略によって利用されたというのにほかならず、そういう意味でいえば、彼は冷厳な政治の谷間に落ち込んだ被害者ともいえるのだ。

『天山を越えて』や『旅券のない旅』の長篇小説の主人公とこれらの主人公とは、老人と若者という違いはあるが、基本的にはいくらか好色なところのある（男はみなそうだともいえるわけだが）、とりたてて目立つところも変ったところもない男が、冒険、犯罪に受動的に巻き込まれてゆくということにおいては、胡桃沢耕史の長篇の冒険小説も、短篇小説も同じような構造を持っているといえるだろう。

つまり、とびきりの美男でも、抜群の知力、体力を持っているわけでもない十人並の男たちが活躍するのが、胡桃沢耕史の小説であって、それが彼の作品を〈庶民の冒険譚〉たらしめている理由なのである。

このことは、おそらく胡桃沢耕史という小説家の、一番本質的なところに根ざしているものであると同時に、作家としての彼ということだけでなく、人間として、日本人としてこれまで生きてきた彼の生活環境、時代との関わりにも深く根を下ろしたものであると思われるのである。

すなわち、それは胡桃沢耕史（本名清水正二郎）の、人間としてもっとも若く、精力的であった時代が、市井の普通の平凡な男たちを、無理矢理に〝冒険〟や〝犯罪〟へと巻き込んでゆく時代状況だったということだ。

仕立て職人がそのミシンの前から離れて戦闘機や戦車を磨き、畳屋の職人がその畳針の代りに銃を持たなければならなかった時代。すなわち、太平洋戦争とも、大東亜戦争とも呼ばれる戦争へ、庶民たちが引きずり込まれていった時代が、まさに彼らの青春、壮年時代だったのであり、彼らは文字通りの「戦中世代」なのである。

戦争は、普通の平々凡々たる庶民を、冒険ロマンの世界でしか聞いたことがない沙漠や孤島やジャングルの中へと連れてゆく。タクラマカン沙漠の熱風を浴びさせ、満洲の凍てつく朔風《さくふう》に震えさせ、蒙古高原の星空の下に眠らせる。

平凡な日本人の息子であり、兄であり、弟であり、夫であり、恋人であり、父である男たちを、マルコ・ポーロや玄奘法師のような大冒険家に仕立てあげ、時には英雄にも、犯罪者にも、大悪人にもしてしまう。〈庶民の冒険譚〉という、言葉の矛盾のようなことが、実際に行われるのが、「戦争」という異常な「冒険と犯罪」の環境においてである。不謹慎な言い方を承知でいえば、「戦争」は偉大で素晴らしい「冒険」なのだ！　その意味では胡桃沢耕史の冒険小説は、裏返しの「戦争小説」にほかならないのである。

直木賞を受賞した『黒パン俘虜記』は、まさに胡桃沢耕史の世代が体験した「戦争」と「敗戦」とを、リアルに描き出したものにほかならないが、そこには彼が「戦争」とその後の俘虜体験を経ることによってつかんだいくつかの人間や社会についての〝原理〟のようなものが書きとめられている。それは「国家」とか「民族」といったものが、いかに幻想的なものに支えられたものにすぎないかということだ。「国家」という枠からはずれ、強い者、狡猾な者、要領のよい者がのしあがってゆく俘虜収容所の生活。人間が人間に対して限界状況においてどんな残酷な振る舞いをするかが克明に書かれたこの小説は、「人間」にとって「人間」が最大の〝敵〟であるという、暗い戦場でのペシミズム、ニヒリズムに彩られている。そしてそれはまた、胡桃沢耕史のほとんどすべての小説作品の底に流れている基調音でもあるのだ。

「国家」「民族」あるいはそうした幻想を成り立たせるために、たくみに作りあげられた法律、道徳、倫理の体系が崩れ去った後に、まだ人間と人間とを結びつけうるようなものが残っているだろうか。そういう問いに密かに答えようとしているのが、「白夜の街で」や「壮士再び帰らず」のような短篇であると思われる。

北欧を旅する日本人のヒッピー風の若い女性。彼女は金持ちの中年のスウェーデン人と知り合い、結ばれるのだが、その結婚生活の背後には奇妙な〝影〟があった。職場も友人も妻の前には秘密にしようとする夫の振る舞い。この影の部分の謎ときが、この短篇小説のいわばミソなのだが、実は彼女自身にも日本という故国をとび出して来ただけの暗い〝影〟があったのである。

「白夜の街で」という作品のテーマは、結論からいえば男と女との間の〝妄執〟の強さ、ということになるだろう。むろん、それをセックスにからませた性愛の妄執としてではなく、〝恋愛感情〟ととらえてもよい。胡桃沢耕史の小説には「冒険」のほかに「恋愛」がつきものである。しかし、それは普通の意味では「恋」と呼べないような、倒錯的であったり、あまりにも過剰であったりするようなものなのだ。

「壮士再び帰らず」の、蒙古人ジャーメンドに身をやつした岩田久太郎が抱く、スウェーデン人ハムスン博士夫人のエリーナに対するストイックな愛。いや、それはストイシズムとか〝忍ぶ恋〟というよりも、むしろマゾヒスティックな忍従と献身といったほうがあたっているだろう。自分の愛情を相手に気取られることさえ許されない恋。こうした精神的な拷問ともいえるような状況に、胡桃沢耕史という小説家はしばしばその登場人物を追い込む。そして、それは「国家」や「民族」の側から課せられた職務や義務よりも、はるかに重いものとしてあるのだ。つまり、そうした妄執とも見間違えられる「恋」こそが、すべての価値や幻想が崩れ去った後にも、山や沙漠や森のように確固として残るのである。

平凡な庶民も、しかしその「恋の冒険」において非凡ともなり、〝壮士〟ともなる一瞬がある。胡桃沢耕史の小説は、そんな庶民の夢を見事に形象化しているのである。

三毛猫ホームズの〝父〟
――赤川次郎『三毛猫ホームズの正誤表』

赤川次郎は「自分」のことや、自己の作品について、あまり多くを語ることをしない作家である。

もちろん、日本の〝超〟人気作家であるが、ブランショやサリンジャーなどの外国の文学者のように、「作品」だけがすべてだといって肖像写真や私的な生活などを一切公開しないという、孤高で超俗的なライフ・スタイルを維持することは、まず不可能だ。支払った税金の額や、生年月日の星座や好みの異性のタイプや血液型まで、マスコミやファンたちは「赤川次郎のすべて」を知りたがり、情報として収集したがるのである。

読者を大事にすることでは右に出る者がいないといわれる赤川次郎は「やれやれ」といいながら（このところは解説者の臆測まじりである）、ファン・クラブの集いに参加し、映画や読書の鑑賞の履歴を語り、インタビューにも応じて、写真撮影に協力するのである。

だが、解説者としての私が見た限りでは、赤川次郎は一番肝心の「自分」のことや、自分の作品の重要な部分については、やはり、ほとんど語ろうとはしていない。つまり、読者の「あなた」の知らない「赤川次郎の謎」がある。たとえば、赤川次郎の両親の名前――私は評論に書く必要があって、氏の両親の名前を確認しようとしたのであるが――それがなかなか簡単にはわからないのである。

普通、たいていの作家には年譜とか年表とかの資料があり、その最初の項目として生年月日、生地、両親・兄弟等のデータが録《しる》されているのだが、赤川次郎の場合、その名前が本名であること（だから、たぶん兄弟中では次男であることが推測される）、生年（一九四八年）、生地（福岡市）は明らかにされているものの、両親の名前は明記されていないのである。

作家自身の個人的なデータならともかく、親兄弟（あるいは妻子）であっても別の人格であることを考えれば、親の名前や出身地などは関係のないことであり、最近では学校での生徒の調査書でも親（または保護者）の名前はともかく、職業や学歴などを記入させなくなっている。いわゆる個人情報《プライバシー》の保護である。

だが、ある人間が作家となり、個性豊かな独創的な小説作品を作るようになるについては、その才能の由来や成育歴、教育歴が大いに関わりを持つということは否定できないはずだ。時には遺伝的資質、幼少年時の家族、過程の環境や交遊関係が、その作家の作品世界の特質やテーマを決定的に規定しているということもありうる。

ある作家が、どんな人物の、どんな〝祖先〟の血を受け継いでいるかということは、単に興味本位の詮索ではなく、作家論の一つの有効な方法であり、また作家研究について欠かすことのできない必需的なデーターなのである。

三毛猫ホームズについては――残念ながら「ネコ」であるという理由によって――その親や生育歴についてあまりはっきりとしたデーターはない。しかし、実はその飼い主（というよりパートナー）である片山晴美と片山義太郎という「兄妹《きょうだい》」についても、その両親のことや、両親とともに住んでいたはずの頃の家庭環境については、それほどはっきりとしたデーターはないのである。

シリーズ第一作の『三毛猫ホームズの推理』の時から、彼ら兄妹は「兄妹」二人だけでアパート住まいをしている（赤川次郎の造語によれば〝子子《しし》家庭〟だ）。兄の片山義太郎は警視庁捜査一課の刑事であり、妹の晴美はカルチャースクールの事務をしていたOLだったが、人員削減で仕事を辞め、今のところは求職待機中の身の上である（『三毛猫ホームズの正誤表』の中での現在）。兄妹の父親はやはり警視庁の腕ききの刑事だったが、仕事中に殉職した。母親は早いうちに死去している。つまり「三毛猫ホームズ」のシリーズが始まった時点において、片山兄妹の両親は死んでおり、兄妹は二人だけでとり残された〝みなし子〟なのである（もっとも、本作品中にも登場する世話好きの叔母・児島光枝がいるが）。

こうした設定は、私に別のミステリー作者の別のミステリー・シリーズのことを思い出させる。それは故・仁木悦子の書いた「仁木兄妹探偵」シリーズの作品、とりわけその第一作目の『猫は知っていた』である。作中の探偵役は作者と同名の仁木悦子。彼女はピアノが専門の音大生であり、兄の大学生・仁木雄太郎といっしょのアパートに住んでいる。彼ら兄妹の両親についてはあまり詳しくは書かれていないが、地方在住であり、悦子と雄太郎の二人の兄妹だけが東京で暮らしているのである。

共通項は明らかだろう。兄と妹という「兄妹」二人の探偵役。彼らは親許を離れており（一方は死別、一方は別居だが）、最初（から）の作品に「猫」が探偵捜査に重要な役割をはたしている。もちろん、これらのことは偶然の一致ということもありうるだろう。重要なのはこうした主人公の設定に、作者自身にもひょっとしたら意識的ではなかった「作家」の内面の事情――謎――が反映されているのではないかということだ。

仁木悦子の場合はそれは明らかだ。作家の仁木悦子は身体障害者で終生、車椅子で生活していた。そうした彼女が小説の中では小太りでもハツラツと活動し、動き回る少女「仁木悦子」を創造したのである。また、彼女の実兄は戦争末期に学徒兵として戦場へ行き、戦死している。とり残された妹は、優しかった兄の思い出と、楽しく過ごすはずだった兄との生活を夢見て、紙の上に兄と妹との探偵役が協力して事件を解決する物語を作りあげてみせたのである。

では、赤川次郎の場合はどうか。実は氏は最近のインタビュー集（『本は楽しい』岩波書店）の中で、氏の父親のことを語っている。赤川次郎の父親は日本の学校を出ると、当時、実質的な日本の植民地だった「満洲国」（現在の中国東北部。中国では日本の傀儡《かいらい》国家として〝偽《ぎ》満洲国〟と呼ぶ）の役人となり、文化行政を担当し、半官半民の「満洲映画協会」に入社する。一九四五年八月に日本が戦争に負けると直ちに「満洲国」は崩壊し、「満洲映画協会」も絶対的な権力を振るった理事長の甘粕正彦が服毒自殺をするという衝撃的な最期を迎える。そしてその甘粕理事長の最期を看取った数人のうちの一人が、赤川次郎の父親だったのである。

日本に帰国した氏の父親は、そこに時代と社会の大きな変化を見た。その変化にうまく対応することのできなかった彼は酒と放蕩に身を持ち崩す生活を送った。たまに夜遅く家に帰り、酔って大声をあげる父親。幼い赤川次郎の心の中で「父」という存在、「父」という言葉はどんどんその影を薄くし、ついにはその存在さえ自分の心の中から拭い去ってしまった……。

もちろん、こうした「私小説」的な内面の物語は多くのミステリー同様に、よく出来た（あまり出来のよくない？）フィクションであるかもしれない。解説者としての私は、赤川次郎の作りあげた「罠」にまんまとはまり、「これが犯人だ！」と、見当違いの容疑者をあげてしまったのかもしれない（そうであるならば、赤川次郎の父君に対して何とも失礼なことをいってしまったことになる）。

だが、赤川次郎のミステリー作品の主要なシリーズ、すなわち「三毛猫ホームズ」シリーズ、「三姉妹探偵団」シリーズ、「子子家庭」シリーズのいずれを見ても、そこには「両親」とりわけ「父親」の不在ということが目立つのであり、そうした赤川次郎の作品世界の〝謎〟を解き明かすために私が知恵を絞ったのが以上のような推理だったのである。ミステリー作家自身の〝謎〟を推理する。これもミステリー作品を読む楽しみの一部として、承認してもらってもいいことなのではないだろうか。

『三毛猫ホームズの正誤表』という作品についていえば、作者は人生の中では「訂正」されることのない「誤り」というものがあるということをいいたかったのではないだろうか。文字や文章の誤植は校正紙に赤ペンで線を引いてそれを正すことができる。「赤川二郎」の間違いを「赤川次郎」と直すように。

しかし、「二郎」を「次郎」と訂正することはできても、「彼」がその父親の次男として生まれて来たことは直すことができない。いくらそれが「誤り」であることがわかったとしても、「父」と「子」という関係を赤ペンで訂正することは不可能なのである。ましてや、他人がそうした関係を「正」と見たり「誤」と見たりしたとしても、その終局的な「正誤」は誰にも決定することはできないのである。

　他人の心の中の「正誤表」。しかしそれは絶対的なものではない。誰でもそれが何かの「誤り」であることを信じたい時がある。受験合格発表の掲示板に、自分の受験番号がないという「誤り」。必死のプロポーズに対する相手の返事が「ノー」であったという「聞き間違い」。不意の電話に出た時に、家族の事故死を報《し》らされたという途方もない「あやまち」。

　それらは人生の「正誤表」の中で訂正されるべき「誤り」だ。しかし、いくらそれを文字の上や頭の中で〝訂正〟し、誤植の活字をピンセットでつまみ出すようにして入れ替えたとしてみても、そこには「運命」とか「宿命」といった文字が再び〝誤って〟入れ替えられてしまう。そこには「正誤表」を超えて生きるという作者からのメッセージが書かれているのである。

カルチュラル・スタディーズとしての陳舜臣作品

――陳舜臣『杭州菊花園』

　近年、文学や思想の研究の世界では、「ディアスポラ（離散民）」とか「サバルタン（被抑圧者）」といった言葉が流行している。また、ポスト・コロニアリズムとか、カルチュラル・スタディーズといった術語も、一般化するようになった。昨年（一九九八年）、ニューヨークに行った時に、大型書店に「カルチュラル・スタディーズ」と銘打たれた棚があってびっくりしたが、最近では日本でも「コーナー」ぐらいは設けているところもあるようだ。

　カルチュラル・スタディーズは、文字通りの訳としたら「文化研究」ということだが、これは今までの単なる文化の研究とは違って、文学作品や文化現象として表面的に浮きあがってくる「文化」がいかに「政治」に浸透されているか、「文化」という上部構造が、政治的な抑圧構造や政策の〝影響〟を受けているかといった観点から、一国の、あるいは民族の文化研究を行うもので、社会学、文化人類学、フェミニズムなどの成果を援用してマイノリティー（少数民族、社会的少数者）や障害者など、社会的弱者や被抑圧者に対する「文化研究」が試みられているのである。

陳舜臣の主に一九七〇年代に書かれた短篇を集めた『杭州菊花園』(徳間文庫)を読んで、その発表当時に日本に「カルチュラル・スタディーズ」が入っていたら、まさにその研究対象としてぴったりの文学作品として珍重されたに違いないと思った。ここに収められた七篇の短篇小説――「杭州菊花園」「夢と財宝」「宝蘭と二人の男」「もう一人の」「旋風島綺譚」「四十二年目のクルバーン」「ひげ布袋」――は、そのほとんどが日本人ではない(非日本人)主人公もしくは語り手を持ち、作品の舞台も中国の杭州であったり、北京の骨董街・琉璃廠《リウリーチャン》であったり、新《しん》疆《きょう》ウイグル自治区のウルムチであったりして、いかにも「ポスト植民地主義」的である。

日本語で書かれた小説作品の中で、主人公ないしは語り手が非日本人であるというケースは比較的珍しいし、設定された舞台が、中国といってもあまり日本人に馴染みのない張家口や潮州であるというのは、珍重に値する(その意味では日本の近現代文学は〝国粋主義〟的であり、無意識のナショナリズムに囚われている)。さらに中国庭園、台湾の芸妲《ゲエトア》の世界、南シナ海の海賊、モスレムのクルバーンの祭り、指頭画といった〝大道具や小道具〟は、さすが「大中華帝国」の文化的爛熟を背負った華僑出身小説家としての陳舜臣の華麗なる小説世界にふさわしいものなのである。

だが、もちろん単なる物珍しさや、豪華絢爛さ、波瀾万丈さに目を奪われていればそれでいいというものではない。陳舜臣は、陶展文という中華料理屋の「オヤジ」である名探偵が活躍する『枯草の根』などの長篇ミステリーが出世作となって日本文学の世界に登場したが、その作品世界のミステリー性とは、ほかの「日本人作家」のいかにも探偵小説的な「謎とき」性とはいささか異なっているような気がする。

殺人事件がある（もちろん、盗難事件でも傷害事件でも、事故や自殺でもいいのだが）。そこに現れている表面の事象、現象の背後に、いわば第二の現実とでもいうべき現実の層があって、ミステリーの「謎」はそこから胚胎している。表の現実に表わされた点と線をたどってゆくと、裏地に縫い込まれた図柄があぶり出しのように浮きあがってくる。こうした二重構造（多重構造）の世界がミステリーを成立させる要因なのだが、陳舜臣のミステリー世界では、その多重構造の層が複雑であり、かつインターナショナルであり、さらにきわめて「政治的」なのである。

たとえば、「宝蘭と二人の男」では、二人の男による相討ちの殺人事件は、「台湾芸姐（芸者）」である林宝蘭をめぐる三角関係の痴話喧嘩によるものとして処理されたのだが、それはあくまでも現実世界の表層面に表わされたものにすぎないのである。解放前の中国社会には人身売買が横行していたのだが、林宝蘭は「査某嫺《ツアボーカン》」と呼ばれる奴隷的な立場の下女だった。彼女は「大人《ターレン》」の娘の嫁入り道具の一つとして北京の婚家に移され、その軍閥の息子の家が「造反」で解散させられた時に「ひげのデブ」の「軍人」の妾になった。そこを追い出された彼女は、ゆくあてもなく、外国航路の船員にだまされて、神戸三ノ宮の「芸姐間《ゲエトアキン》（芸者屋）」に売り飛ばされたのである。

この林宝蘭の半生の物語だけでも、十分に興味深いものだが（中国の女奴隷、妾、芸姐といった女性史研究には見逃せない要素があるだろう。そうした被抑圧的な立場にいても、宝蘭が実に逞しく、天衣無縫に生きていることについても感嘆させられる）、ミステリー小説としては、この作品は周到な二重底の構造によって構成されているのである。

宝蘭の「旦那」（実質的にはヒモ）の座をめぐっての三角関係のもつれから生じたと思われた殺人事件は、実は中国の秘密共産党員（赤色テロリスト）と、それらをつけ狙う軍閥系白色テロリストとの抗争であって、二人は宝蘭の「旦那」という立場でカモフラージュしながら日本に潜入し、互いに互いを狙っていたというのである。流れ者のいかがわしい「中国人」同士の愚かな決闘と思われたものが、実はきわめて強い「政治性」を帯びた血で血を洗う抗争事件だったのである。ただし、そのことは宝蘭は知らない。彼女はいつまでも、彼ら二人は自分を争って相討ちとなった二人の「犠牲者」であると思っている。そうした第二の現実層の真実を彼女に教える必要はない。人間は、表層ではない、深層の、あるいは裏面の真実や現実といったものをことさらに知らなくていい場合もある。ミステリーは、「真実」が明らかにされなければ欠陥商品となってしまうが、現実の「謎」は、謎のままであってもいい場合が少なくないのである。

「夢と財宝」の場合も、今川博士が張家口行きの列車の中で知り合った日本人の美女が何者であるかということを、厳密に明らかにしなければならない必要性はないと思われる。盗掘された幻の遺品の逸品をスケッチし続けた考古学者の純情は、偽物の出土品を売買する悪徳業者に謀《はか》られたものなのか、さすが、中国には手の込んだ詐欺もあるものだと感心するか、摩訶《まか》不思議の幻妖な体験もまたありうる（たとえば、「彼女」はこの世のものではないと怪談風、志怪風に想像することもできる）と考えるべきか、読者は自分の好みのままにどちらかを選択すればよいのである。

もちろん、この物語にも、遺跡発掘をめぐるナショナリズムとインターナショナリズムとの葛藤がある。帝国主義的な簒奪《さんだつ》を「学問」というオブラートにくるんで発掘調査する欧米や日本の「考古学者」たちと、民族主義鼓吹《こすい》のためにそれを使おうとする中国の政治権力。インディ・ジョーンズの物語がそうであるように、考古学という一見ニュートラルな学問も、カルチュラル・スタディーズの観点から見れば、きわめて生臭い「政治」権力の抗争する場となるのである。陳舜臣のミステリー小説は、そうした「文化研究」の実践を、学問的な堅苦しさや無味乾燥さから救い上げて、天衣無縫に行ったきわめて貴重で、珍重すべき実例といえるのである。

『紙の中の殺人』あとがき

『新青年』という雑誌があった。私の生まれる前に作られ、そしてなくなってしまったのだから、私にとっては文学史上の出来事以外のものではないのだが、そこから生まれた一種の特異な〝文学空間〟は、私のサブ・カルチャー（下部の、土台的な文化と解してもらいたい）体験に刷り込まれているような気がする。それは少年誌の漫画であり、貸本屋の劇画であり、ラジオの連続放送劇であり、街の劇場にかかる映画といったメディアによって、私の中に〈新青年的なもの〉として注入され、文学、演劇、映画に対する〝趣味〟を育てあげたと思わずにはいられないのだ。

何よりもそれは、標題どおりの〝新青年〟、すなわち若い人々、少年と少女の趣味に基点を置いた文化だったような気がする。江戸川乱歩、夢野久作、久生十蘭、橘外男、稲垣足穂などの文学は、むしろ成熟といったことをテンから気にかけない、幼児性と青二才の文学だったといってもいいかもしれない。大正、昭和にかけて日本の中に生まれてきた若い世代の文化、モダニズム、マルクシズム、そして日本回帰。それは若々しくも、騒がしい文化、文学運動だったのであり、近代の都市文化、海外からの舶来直輸入の文化の最初の花開いた時代だったといえるだろう。
私が嗅ぎとったのは、それの戦後における微かな残り香であり、また六、七〇年代におけるそれのリバイバルという、覆刻版による複製文化にしか過ぎなかったのだが、その下部には、サーカスや紙芝居や子供向け探偵小説で培われた〝文化感覚〟があったことは疑いえない。そして、私の世代（とその前後）の人間たちが、そうした文化感覚を携えながら、これからの〝文化〟〝文学〟のイメージを創りあげようとしていることは、私には共感できることだったのである。

この本に収めた批評文は、私の〝趣味〟をもっともよく表現していると思う。迷宮趣味、探偵趣味、グロテスク趣味、少女趣味、そして私小説趣味までも、たぶんここでは露わになっているだろう。もちろん、批評として書いた以上は、時代性との関わり、文学史上の位置づけ、作品解釈といった批評的論理を忘れるわけにはゆかなかったが、その根源的なモチーフは、「探偵」と「少年」と「少女」とに対する私の憧れにある。この部分に共感してもらえさえすれば、この本の著者としては、さらにいうことはない。

ここに収めた批評の初出稿は、〝少年性〟を抜け切ることのない三人の編集者のお世話になった。『文藝』の高木有編集長、『ユリイカ』の西口徹氏、『幻想文学』の東雅夫氏の三氏である。そして、この本を造ってくれた河出書房新社の吉田久恭氏をあわせた〝四人の少年〟たちに、感謝の言葉を捧げる。

一九八九年四月

川村　湊

『異端の匣』あとがき

この本は、一九八九年、すなわち今から二十年ほど前に出した『紙の中の殺人』（河出書房新社）を復刊しようと思い立ったことからスタートしている。そんな前のものをそのまま出すのも芸のないことなので、その後に書いた同傾向の文章を増補することにして、この『異端の匣』が成り立ったのである。分量的には二倍ほどになっていると思う。同傾向というのは、見ての通り、ミステリー、ホラー小説、ファンタジーのジャンルに属する作品についての論考ということで、いわゆる「異端文学」についての私の評論作品の集大成ということになる。

私は以前に集英社新書の一冊として『日本の異端文学』というのを出しているが、それが総論だとしたら、これが各論ということになるのだが、前著でも書いたのだが、「異端文学」というものが、はたして日本にありうるのか、ということが、「異端」という言葉を冠する文学評論の書物に、常に課される問題なのである。もちろん、私がここで論じたミステリー、ホラー小説、ファンタジーがそのまま「異端文学」ということではない。「異端文学」とは、文学の一つのジャンルではなく、文学に関わる一つの姿勢なのではないかと思っている。文学作品を書く時の、そしてそれを読む時、批評する時、研究する時の姿勢のとり方のようなものであって、それは常に「文学」というものの固定的な在り方にアンチを唱えるような文学作品であり、文芸批評であり、文学研究ではないのだろうかと考えているのである。

　中井英夫が自分の『虚無への供物』を含めて「アンチ・ミステリー」という言葉を作り出し、従来のパターン的な探偵小説、推理小説、ミステリーのジャンルを乗り越え、書き替えてゆくような実験的な小説を称揚したことがあった。私が「異端」という言葉を使う時に、こうした「アンチ・ミステリー」の「アンチ」ということを重ね合わせて考えているといえるかもしれない。つまり、それはミステリーであること、ホラー小説であること、ファンタジーであることに安住せず、「文学」であることにも、常に居心地の悪さを感じ、「反文学」として己れを形成してゆこうという反逆的な意志なのである。

　というように、勇ましく、やや大仰な物言いとなってしまったのだが、実際にはとても趣味的な文学作品についての評論ということになっているのではないかとも思っている。この本で取り上げたのは、どちらかというと私の偏愛する作家たちのもので、文庫の解説の再録であるⅥ章以外は、依頼された原稿というより、私の方から初出の雑誌にこんなものを書きたいと持ち込んだものが多いのだ。もちろん、特集のテーマに合わせるといった、ゆるやかなシバリなどはあったのだが。

　論考のなかには、その後、別な形で焼き直しというか、使い回したような文章もあるのだが、初出の形を残したいと思ったものもあるので、大体は雑誌掲載の初出にほとんど手を入れずに収録している。だから、今から見たら、かなり古びた記述もあるのだが、それを手直しするよりは、新しく原稿を書く方がいいと思い、それはこれからの課題として考えてゆきたいと思っている（ただし、この先、まとまった国枝史郎論や久生十蘭論、尾崎翠論や山田風太郎論を書くだけの気力が、まだ私に残っていればの話だが）。

書いたはずだけれど、初出雑誌が見つからず、あわや迷宮入りかと思われた原稿を、熱心に探して見つけてくださったのは、深田卓氏である。後出しジャンケンのように、見つかった原稿を追加に追加して、増築を繰り返す不格好な家のようになってしまったのは私のせいだが、それに文句一ついわずに編集し、刊行していただいたことは、感謝にたえない。

二〇一〇年一月三〇日

川村　湊

初出一覧

Ⅰ　紙の中の殺人

黒い白鳥の歌——中井英夫論Ⅰ……『中井英夫全集6』一九九六年七月（東京創元社）

漂流する「密室」——中井英夫論Ⅱ『虚無への供物』……『幻想文学　別冊・中井英夫スペシャル』一九八六年六月（原題・「〈不条理〉への供物」）（幻想文学出版局）

監視人のいない檻——竹本健治『匣の中の失楽』、笠井潔『バイバイ、エンジェル』……『文藝』一九八四年一一月号（原題・「二つの探偵小説」）

探偵の恋——江戸川乱歩・三島由紀夫『黒蜥蜴』……『紙の中の殺人』一九八九年（河出書房新社）

「少年探偵団」の謎……『国文学・解釈と鑑賞』一九九四年一二月号（至文堂）

密室列島の殺人事件——戦後ミステリー史の展望……『ミステリーランドの人々』一九八二年一一月（作品社）

Ⅱ　「外側」の少年

少年と物ノ怪の世界——稲垣足穂論……『ユリイカ』一九八七年一月号（原題・「スラプスティック・ファンタジー」）（青土社）

「外側」にいる少年——橘外男論……『ユリイカ』一九八七年九月号（青土社）

〈鈴木主水〉の語り手たち——久生十蘭論Ⅰ……『早稲田文学』一九八三年一一月号（早稲田文学会）

〈滅びの一族〉について——久生十蘭論Ⅱ……『紀ノ上一族』一九九一年八月（沖積舎）、のち『隣人のいる風景』一九九二年三月（国文社）所収

Ⅲ　禁忌の部屋

国枝史郎という禁忌——国枝史郎論……『国枝史郎伝奇全集　第一巻』一九九二年一一月（未知谷）

「忍法帖」の時代——山田風太郎論Ⅰ……『忍びの卍』一九九四年一一月（講談社）

闇の中の「虚」と「実」——山田風太郎論Ⅱ……『文藝』一九八四年四月号（河出書房新社）

「サンカ」の発見――矢切止夫論Ⅰ……『サンカいろはコトツ唄』二〇〇二年七月（作品社）
利休殺しの涙雨――矢切止夫論Ⅱ……『利休殺しの雨が降る』二〇〇二年一一月（作品社）
文学という妖夢――宇能鴻一郎論……『早稲田文学』一九八九年五月（早稲田文学会）のち『隣人のいる風景』所収

Ⅳ　少女の系譜

妹の恋――大正・昭和の〝少女小説〟……『幻想文学』二四号・一九八八年一〇月
月の暦――〝少女病〟の系譜……『紙の中の殺人』（前出）
ブリキの月、空にかかりて――大正幻想文学十選……『幻想文学』二三号・一九八八年四月

Ⅴ　因果の軛《くびき》

綺堂・綺譚・綺語――岡本綺堂論……『幻想文学』三三号・一九九二年一月
因果の軛――坂東眞砂子論……『文學界』一九九七年二月号
道の奥の記憶――高橋克彦『緋い記憶』……高橋克彦『緋い記憶』一九九四年一〇月（文春文庫）
人の輪の不思議と不気味――鈴木光司『リング』三部作について……『本の旅人』一九九九年四月号（角川書店）

Ⅵ　庶民の冒険

〈黙示録世界〉のアルケオロジー……笠井潔『巨人伝説《復活篇》』一九八八年七月（徳間文庫）
都市の生み出す犯罪……島田一男『自殺の部屋』……一九九一年一二月（廣済堂文庫）
海峡のミステリー……笹倉明『女たちの海峡』一九九四年三月（講談社文庫）
庶民の冒険……胡桃沢耕史『危険な旅は死の誘惑』一九九六年一二月（廣済堂文庫）
三毛猫ホームズの〝父〟……赤川次郎『三毛猫ホームズの正誤表』一九九八年（光文社文庫）
カルチュラル・スタディーズとしての陳舜臣作品……『杭州菊花園』一九九九年一〇月（徳間文庫）

川村湊（かわむらみなと）
1951年、北海道生まれ。文芸評論家。法政大学国際文化学部教授。
最近の著書
『妓生—「もの言う花」の文化誌』作品社、2001年
『日本の異端文学』集英社新書、2001年
『韓国・朝鮮・在日を読む』インパクト出版会、2003年
『補陀落—観音信仰への旅』作品社、2004年
『物語の娘—宗瑛を探して』講談社、2005年
『アリラン坂のシネマ通り—韓国映画史を歩く』集英社、2005年
『村上春樹をどう読むか』作品社、2006年
『牛頭天王と蘇民将来伝説—消された異神たち』作品社、2007年
『温泉文学論』新潮新書、2008年
『文芸時評1993−2007』水声社、2008年
『狼疾正伝—中島敦の文学と生涯』河出書房新社、2009年
『あのころ読んだ小説—川村湊書評集』勉誠出版、2009年
『歎異抄』（現代語訳）光文社古典新訳文庫、2009年
『現代アイヌ文学作品選』（編著）講談社文芸文庫、2010年

異端《いたん》の匣《はこ》——幻想・ホラー・ミステリー文学論集

2010年3月10日　第1刷発行
著　者　川　村　　湊
発行人　深　田　　卓
装幀者　藤　原　邦　久
発　行　（株）インパクト出版会
〒113-0033　東京都文京区本郷2-5-11　服部ビル2F
Tel 03-3818-7576　Fax 03-3818-8676
E-mail：impact@jca.apc.org
http:www.jca.apc.org/~impact/
郵便振替　00110-9-83148

モリモト印刷